ଦେବୀ

ଦେବୀ

ସ୍ନେହ ମିଶ୍ର

ବ୍ଲାକ୍ ଇଗଲ୍ ବୁକ୍ସ
ଭୁବନେଶ୍ୱର, ଓଡ଼ିଶା

BLACK EAGLE BOOKS
Dublin, USA

ଦେବୀ / ସ୍ନେହ ମିଶ୍ର

ବ୍ଲାକ୍ ଇଗଲ୍ ବୁକ୍ସ : ଭୁବନେଶ୍ୱର, ଓଡ଼ିଶା ● ଡବ୍‌ଲିନ୍, ଯୁକ୍ତରାଷ୍ଟ୍ର ଆମେରିକା

BLACK EAGLE BOOKS

USA address:
7464 Wisdom Lane
Dublin, OH 43016

India address:
E/312, Trident Galaxy, Kalinga Nagar,
Bhubaneswar-751003, Odisha, India

E-mail: info@blackeaglebooks.org
Website: www.blackeaglebooks.org

First International Edition Published by
BLACK EAGLE BOOKS, 2022

DEVI
by **Sneha Mishra**

Cover & Interior Design: Ezy's Publication

ISBN- 978-1-64560-341-2 (Paperback)

Printed in the United States of America

- ବେବୀ ଡିଅର୍,

କି ନାଁ ଦେବି ଏ ସମ୍ପର୍କର...
ଦୂରତା, ବିଚ୍ଛିନ୍ନତା, ନୀରବତା
ଆଉ
ସବୁରି ଊର୍ଦ୍ଧ୍ୱରେ
ଆମ ଦୁହିଁଙ୍କ ଉପରେ
ବିଛୁଡ଼ି ପଡ଼ିଥିବା ମୁଗ୍ଧ ଚେତନାଟିଏ

- ଡଲି ଡିଅର୍

ସୂଚିପତ୍ର

ଦେବୀ	୦୯
ମାଁ ପାଇଁ ଶାଢ଼ୀଟେ	୧୯
ସ୍ତ୍ରୀ	୨୮
ନନ୍ଦୀ	୩୬
ବିସର୍ଜନ	୪୪
ପୁଣି ଥରେ	୫୩
ହିରଣ୍ୟଗର୍ଭା	୫୯
ଜୋକ	୬୯
ଉପାନ୍ତର ପ୍ରଶ୍ନ	୭୬
ଗଲାପରେ	୮୨
ନବରାଗ	୮୯
ସ୍ୱପ୍ନ ଭଙ୍ଗ	୯୬
ପରିଚୟ	୧୦୪
ଲୁହ ବର୍ଷା	୧୧୧

ଦେବୀ

କେଉଟ ସାହି କାଳିଆ ରାଉତର ଝିଅ ଟିକିନା ଦିହରେ ଠାକୁରାଣୀ ବିଜେ ହେବାର ଖବରଟା ଧୂଳିଆ ପବନରେ ଘରପୋଡ଼ିର ନିଆଁ ପରି ଆଖପାଖ ଗାଁ ଘରିଆଡ଼େ ମାଡ଼ିଗଲା । ମନସ୍କାମନା ପୂରଣ ପାଇଁ ଧାଡ଼ି ବାନ୍ଧିଥିବା ଭେଳା ଭେଳା ମଣିଷ ଗହଳିରେ ଅମ୍ବାପାଲି ଗାଁଟା ଖାଲି ଉଠିଲା ଆଉ ପଡ଼ିଲା । ଲୋକ ମୁହଁରେ ଗାଁରୁ ପୁଣି ଖବରଟା ସହରକୁ ଧସେଇ ପଶିଲା । ଏଥର ଗାଡ଼ି ମଟର ପେଁ ପାଁ ଘୋ ଘା ରେ କାନ ଅତଡ଼ା ପଡ଼ିଲା । ଦେଖୁ ଦେଖୁ ଗାଁ ଖୁଲି ମଝାରେ ଗୋଟେ ରକମର ଛୋଟକାଟିଆ ମୀନା ବଜାର ବସିଗଲା । ଝାଲମୁଢ଼ି, ଘଟ, ଗୁପ୍‌ଚୁପ୍‌ର ପସରା ମେଲିଲା । ତାକୁ ଟକ୍‌କର ଦେଲା ପରି ପୂଜା ସାମଗ୍ରୀର ପସରା ବଢ଼ିଲା । ଭକ୍ତମାନଙ୍କ ଖାଇବା ବ୍ୟବସ୍ଥା ପାଇଁ ଗାଁ ମନ୍ଦିର ଚଉତରାରେ ପଙ୍ଗତ ବସିଲା । ଅହୋରାତ୍ର ଭଜନ କୀର୍ତ୍ତନର ସୁର ଛୁଟିଲା । ପରିସ୍ଥିତି ଏମିତି ଅସମ୍ଭାଳ ହେଲା ଯେ ଶାନ୍ତି ଶୃଙ୍ଖଳା ରକ୍ଷା ପାଇଁ ପ୍ରଶାସନ ପକ୍ଷରୁ ଦୁଇ ଘରିଜଣ ପୋଲିସ ପଠାଇବାକୁ ପଡ଼ିଲା ।

କଥାଟା ଏଇପରି –

ସେଦିନ ଟିକିନା ଆଉ ମଇନା ଦୁହେଁ ଗାଁ ମୁଣ୍ଡ ଆମ୍ବ ବୁରେଇ ପାରି ହେଇ ମାଟିଆ ନଈ ଆଡ଼କୁ ତରଂତରଂ ହେଇ ଯାଉଥାନ୍ତି । ଦୁହେଁ ଗାଁର ସେବାଶ୍ରମ ସ୍କୁଲରେ ଚତୁର୍ଥ ଶ୍ରେଣୀରେ ପଢ଼ନ୍ତି । ମକର ସଂକ୍ରାନ୍ତିପରେ ମକର ଘଉଳ ଖାଇ ମକର ବସିଛନ୍ତି । ସବୁଦିନ ସ୍କୁଲ ଛୁଟି ପରେ ତାଙ୍କର ସେଇ ନଈ ପଠାରେ ଚକାଭଉଁରୀ ଖେଳ, ଆମ୍ବ ବୁରେଇ ସେ ପାଖ ପଡ଼ିଆରେ ଲଟା ଉହାଡ଼ରେ ଲାଜରେ ଲୁଚିଥିବା ସାଧବବୋହୁ ଧରା, ପୁଣି ରଙ୍ଗ ବେରଙ୍ଗର କଙ୍କି ଧରା ଏମିତି କେତେ ଖେଳ ଘଲେ । ବାଁ ପଟ ଗଛ ଡ଼ାଳରେ ବାରମାସୀ ଚଢ଼େଇଟା ଫୁଲ ଖୁମ୍ପୁଥାଏ । ଦୁହେଁ ଦାନ୍ତ ଚିପି ହସିଲେ । ଏଇ ଟିକିଏ ପରେ ବସାକୁ ଲେଉଟିବ ।

ତାପରେ ଆଉ ବସାକୁ ହାତ ଦେଇ ହେବ ନାଇଁ । ଦୁହେଁ ଏକମୁହାଁ ହେଇ ଛୋଟିଆ ମହୁଲ ଗଛ ଆଡ଼କୁ ଧାଇଁଲେ । ବାରମାସୀ ଚଢ଼େଇ ବେଶୀ ଉଞ୍ଚରେ ବସା ବାନ୍ଧେ ନାଇଁ । ଛୋଟିଆ ଚଢ଼େଇଟା । ଛୋଟିଆ ବସା । ଛୋଟିଆ ଡାଳପତ୍ର ଭିତରେ ଆଶ୍ରା ନିଏ । ଆଖିକୁ ସୁନ୍ଦର ଦିଶେ । ଦୁହେଁ ଥିର୍‌କିନା ବସା ଚାରିକଡ଼େ ଡାଳପତ୍ର ଘୋଡ଼େଇ ଦେଲେ ଯେମିତିକି ଆଉ କା'ର ନଜରରେ ପଡ଼ିବନି । ନହେଲେ କେତେବେଳେ ସାପ ମୁହଁରେ ତ କେତେବେଳେ ବେଙ୍ଗ ମୁହଁରେ ପଡ଼ିଯାଏ । ପୁଣି ଆଉ କେତେବେଳେ ଖଜବଜିଆ ଗାଈଆଳ ପିଲାଏ ଅଣ୍ଡାତକ ବାଟି ମାରି ଫଟେଇ ଦିଅନ୍ତି । ଟିକିନାର ଭିତରଟା କିଲିବିଲେଇ ଯାଏ । ମଇନା ସେମାନଙ୍କୁ ବହେ ସମ୍ପାକଟା କରିପକାଏ । ଏଥର ଆଉ କେହି ବି ଟେର୍ ପାଇବେନି । ଦୁହେଁ ଦୁହିଁଙ୍କୁ ଚାହିଁ ପାରିବାପଣିଆର ହସ ଝାଡ଼ି ଝାଡ଼ି ପଛକୁ ଫେରିଲେ ।

ଫେରିବା ବାଟରେ ଚମାର ସାହୁର ଆଖୁ ବାଡ଼ି । ଆଖୁ କିଆରୀ ଡାହାଣ କଡ଼କୁ ଗଛଭର୍ତ୍ତି ଶିରିଅଁଳା ଆଖି ଠାରି ଡାକୁଛି । ଦୁହେଁ ପୁଞ୍ଜାଏ ଲେଖା ଅଣ୍ଟିରେ ଭର୍ତ୍ତି କଲେ । ପାଟିରେ କୁନିକୁନି ଶିରିଅଁଳା ପକାଇ ଥିର୍‌କିନା ଆଖୁ ବାଡ଼ିକୁ ପଶିଲେ । ଚମାର କାକା ଭାରି ବଦରାଗୀ ଦେଖି ପକାଇଲେ ସେଇ ଆଖୁ ଡାଙ୍ଗରେ ମାରିପକାଇବ । କେହି ନାହିଁ । ହାଲୁକା ପବନରେ ଖାଲି ଆଖୁ ପତା ସର୍‌ସର୍ । ଆଖୁବାଡ଼ିରେ ବିଲୁଆ ରହେ । ଟିକିନା ମାଁ ତାଗିଦ୍ କରେ । ହେଲେ ସେଟା ରାତିରେ । ଏବେ ତ ଆହୁରି ସଞ୍ଜ ହେଇନି । ଶିଆର ମଝିରେ ଦୁହେଁ ପାଦ ପକାଇଲେ । ବାଛି ବାଛି ରସରସିଆ ବଙ୍ଗ୍‌ଳା ଆଖୁ ଖଣ୍ଡିକୁ ଟିକିନା ମୁଠା କଲା । ମଝି ପବଟାକୁ ଭାଙ୍ଗୁଭାଙ୍ଗୁ କଣଟାଏ ଧଡାସ୍ କଲା । ଟିକିନା କଚ୍ଛଡି ହେଇ ପଡ଼ିଲା । ମଇନା ଭଙ୍ଗା ଆଖୁ ଖଣ୍ଡିକୁ ଧରି ଆଖି କିଆରୀର ଆଡ଼ି ଉପରକୁ ଚଢ଼ିଗଲା । ଗହଳ ଆଖୁ ବୁଦା ଭିତରକୁ ନଜର ଗଳାଇ ଡରି ଥରି ମଇନା ଡାକିଲା ମ...କ... । ଘଡ଼ିଏ ଯାଇଛି କି ନା ଟିକିନା କୁଦି ଉଠି କଣଟାଏ କୁହାଟ ମାରିଲା ପରି ଡାକିଲା । ଦେଖୁ ଦେଖୁ ତା ବୋବାଳି ଶୁଣି ଆଖପାଖ ବିଲରୁ କାମ ସାରି ଫେରୁଥିବା ଲୋକ ଧାଇଁ ଆସିଲେ ।

ଏ କଣ ଦେଖୁଛି ମଇନା ! ଟିକିନାର ମୁହଁ ନାଲି । ଆଖି ନାଲି । ଅବାଗିଆ ଲାଗୁଛି । ଆଖି ଦୁଇଟା ଚଢ଼ିଯାଇଛି । ଯେମିତି ଆଉ କାହାର ମୁହଁଟା ତା ମକର ଦିହରେ ଯୋଖି ହେଇଯାଇଛି । କିଛି ବୁଝା ପଡୁନାଇଁ ତା ମୁହଁରୁ । ଟିକିନାର ଏମିତି ଉଗୁରା ରୂପରେ ମଇନା ଗୋଟେ ରକମ ଭେକ୍‌ଲି ହେଇଗଲା ।

ଲୋକେ ତାକୁ ଟେକି ଘରକୁ ବୋହି ଆଣିଲେ ।

- ଭୋଦୁଅ ଅମେଇସାଟା ତ । ଚମାର ସାହୁର ଆଖୁ ବାଡ଼ି ଯାଇ ନଈ ପାଖରେ । ମାଝିଆଣୀ ରହିଯାଇଥିବ । ବିଶିଆ ମା' କହିଲା ।

- ନଈ ସେପାଖେ ମଶାଣୀପଦା । କୋଉ ଡାହାଣୀ କି ଚିରୁଗୁଣୀ ମାଡ଼ି ବସିଥିବ । ବିଶାଲ୍ ଘର ବୁଢ଼ୀ କହିଲା ।

- ଡଉଲ ଡାଉଲ ନିଖୁଣ ଝିଅଟା ତ । ଭୂତ ପିଶାଚର ନଜର ଲାଗିଯାଏ ।

- ଦେହେଲିଆ ଜାଗା । ସେଥିରେ ପୁଣି ଭୋଦୁଅ ଅମେଇସା ଯୋଗ... ।

- କଥା ଆଉ କୋଉଠି ବୁଝିଲ । ଆଉ ଦିନମାନରେ ସେ କଣ ଯାଉ ନ ଥିଲା ସିଆଡେ । ନା ଆଉ କିଏ ସେଇ ବାଟରେ ଯାଉନି । ଚମାର ସାହୁର ବାଡ଼ିକି ନ ଯାଏ ତ ଏତେ ଅବସ୍ଥା ନ ହୁଏ । ଚମାର ଭାରିଯା କଥା ଏ ପାଞ୍ଚଖଣ୍ଡ ଗାଁରେ କିଏ ଜାଣିନି କହିଲ । ମୋର ତ ସିଧା କଥା । ନଈ ବାଙ୍କ ମୁହାଁଣୀ ଧର୍ସା । ସେଇ ପାଞ୍ଚଗଛିଆ ବରଗଛ ତଳେ ସବୁ ଅମାଇସାରେ ଭୋଗ ଚଢ଼ାଏ । ସେଠି ତ ରାଇଜଯାକର ଡାଙ୍କୁଣୀ, ଚିରିଗୁଣୀଙ୍କ ବସା । ତା ବାରି ବେଉସା ଉପରେ ସେଇମାନେ ସବୁ ନିଘା ରଖନ୍ତିଟି । ତାଙ୍କରି ଭିତରୁ ଏକା କା' ହାବୁଡ଼ରେ ପଡ଼ିଗଲା ଝିଅଟା । ଘେନୁ ମାଁ ବାକି ମାନଙ୍କ କଥା କାଟି କହିଲା ।

ଟିକିନା ମାଁ ହାଉଳି ଖାଇ କାନ୍ଦୁଥାଏ । ତାର ସୁନାନାକି ଝିଅଟାର କି ଅବସ୍ଥା ନ ହେଲା । ମଙ୍ଗଳା କୁଠି'ର କଣକୁ ବେକ ଭାଙ୍ଗି ବସିଛି । ହଲ୍ ନାଇଁ କି ଚଲ୍ ନାଇଁ । କାଳିଆ ରାଉତ ଧଇଁସଇଁ ହେଇ ଗୁଣିଆଁ ଔଷଧି ପାଇଁ ହନୁ କନ୍ଧ ପାଖକୁ ଧାଇଁଲା । ବୁଢ଼ାକୁ ମାସେ ହେଲା ଜର । ହାତ ହଲାଇ ମନା କଲା । ହାରି ଗୁହାରୀ କଲାରୁ କୁନ୍ଥେଇ ହେଇ ବାଡ଼ିଟା ଧରି ହନୁ କନ୍ଧ ବାହାରିଲା । ଝୁଣା ଧୂପରେ ଘର ଭିତରଟା ରୁନ୍ଧି ହେଲା । କେନ୍ଦୁ କାଠର ବାଡ଼ିଟାକୁ ତଳେ ପିଟି ଜରୁଆ ଦିହରୁ ସାଉଁଟା ବଳ କଷି ହନୁ କନ୍ଧ ପାଟି କଲା -

> ଆଇଁଶି ମନ୍ତର, କାଇଁଶି ମନ୍ତର... ଡୁଛାକୁ ମନ୍ତର ଡାହାଣୀ ଯା ଯା
> ବୋଲି କାହାର ଆଜ୍ଞା... ଇଶ୍ୱର ପାର୍ବତୀଙ୍କର କୋଟି କୋଟି
> ଆଜ୍ଞା... ଯାଃ... ଯାଃ...

ତଳେ କେନ୍ଦୁ କାଠକୁ ଏମିତି ପିଟିଲା ଯେ ଦେଖଣାହାରୀ ପଛକୁ ହଟିଗଲେ । ଲୁହା ଖଡିକାକୁ ଚୂଲୀ ନିଆଁରେ ପଚେଇ ଆଣି ବରୁଆଁ ଦିହରେ ଚେଙ୍କ ଦେଲା । ଶୁଖିଲା ଲଙ୍କାମରିଚ ଧୂଆଁ ଦେଲା । ଖଜୁରୀ ପତ୍ରର ଧୂଆଁ ଛାଟିଲା । ତେନ୍ତୁଳି ଛାଟ ମାରିଲା । ସାହାଡ଼ା ବାଡ଼ିରେ ତିନି ପାହାର ଦେଲା । ହେଲେ କିଛି କାଟୁ କଲାନି ।

ନହେଲେ ତ ଏଥିରେ ଯେଡ଼େଚ୍ଛା ତେଡ଼େ ଡାହାଣୀ ହେଲେ ସୁଦ୍ଧା ଛାଡ଼ି ପଳେଇବା କଥା । ଗାଁ ଘର ଲୋକ ଆହୁରି ଡରିଗଲେ ।

ଏଥର ହନୁ କନ୍ଧ ବରୁଆଁ ମୁହଁକୁ ସିଧା ଚାହିଁଲା । ଚାହୁଁଚାହୁଁ ଯେମିତି ସେ ଥମ୍ ହେଇ ରହିଗଲା । ହାତଗୋଡ଼ ସବୁ କାଉନ୍ଦା ହେଇ ସେଇଠି ସେମିତି ସାରା ଦିହଟା ଗଦା ହେଇଯିବ ଯେମିତି । ଏତେଦିନ ଧରି ମାଡ଼ି ବସିଥିବା ମାଲୁଆ ଜରଟା ତା ଦିହରୁ ଖସ୍‌ରି ଯାଉଛି । ଗମ୍‌ଗମ୍ ଝାଳ ଫିଟୁଛି । ଶୀତଳେଇ ଯାଉଛି ଦିହଟା । ଥରିଲା ହାତରେ ଅତମତ ହେଲା ପାଟିରେ ହନୁ କନ୍ଧ ବିଡ଼୍‌ବିଡ଼୍ ହେଇ କହିଲା, - ନାଇଁ ନାଇଁ... ମୋର ଦୁଷ୍ଟା ମାଫ୍ କରିଦେ ମାଁ । ମୁଇଁ ଅଧମ୍‌ଟେ ଲୋ ମାଁ । ତତେ ଫେର୍ ଝାଡ଼ିବାର ଲାଗି ଆଇଥିଲି । ମାଁ ମୋର ଶୀତ... । ସେଇଠି ହନୁ କନ୍ଧ ଲମ୍ବଛାଟ ହେଇ ପଡ଼ିଗଲା । ଆଉ ଉଠି ପାରିଲାନି । ଘରକୁ ବୁହା ହେଇଗଲା ।

- କଥାଟା ଶୁଣିଲାବେଳଠୁ ମୁଁ କହୁଛି ଏଇଟା ଶୀତଳ । ଠାକୁରାଣୀ । ସାତ ବର୍ଷରେ ଥରେ ବିଜେ ହୁଏ । ମୋ କଥା କିଏ ଶୁଣୁ ନ ଥିଲ । ଏବେ ଦେଖିଲଟି । ଯା ଆଗ ଥର ବଇକୁଣ୍ଠର ବିଧବା ଝିଅ ଉପରେ ବିଜେ ହେଇଥିଲା, ମନେ ନାଇଁ ? ସୁନାରୀ ଘର ସୁରୁବାଲୀ ଖୁଡ଼ୀ କହିଲା ।

ଦେଖୁଦେଖୁ ଖୁନ୍ଦାଖୁନ୍ଦି ମଣିଷ ଭେଳାରେ ପୁରିଥିବା ଦୁଆର ମୁହଁକୁ ଆହୁରି ଆହୁରି ମଣିଷର ସୁଅ ଛୁଟିଲା ।

- ଆରେ, ଯେତେ କଳି କାଳ ହେଲେ ବି ଦେ ଦୁରୁବାର ମାହାତ୍ମ୍ୟ କଣ କମିଯିବ ନା କଣ । ନୁରା କେଉଟୁଣୀର ବାତ ବେମାରୀ କେମିତି ଛାଡିଗଲା ଦେଖିଲଟି । ଘୋଷାରି ହେଇ ଚାଲୁଥିଲା । ପୁରୁଣା ବାତ । ଖାଲି ଠାକୁରାଣୀ ପାଖରେ ପଣା ଲାଗି କଲା । ସେଥିରେ ଏବେ ଦିନ ସାତୁଟାରେ ଟଙ୍ଗ୍‌ଟଙ୍ଗ ହେଇ ଉପର ବନ୍ଧକୁ ଗାଧୋଇ ଯାଉଛି ।

- ହେଇଟି, ହାଡୁ ଗଉଡ଼ର ଗୋଡ଼ରେ କୋଉ କାଳର ପାଣିକନ୍ଦା ଘା ପାଚି ଫାଟି ଯାହା ହେଇଥିଲା ଆଉ କହ ନାଇଁ । ଗୋଟେ ରାତି ଅଧିଆ ପଡ଼ିଲା । ପଣା ପାଇଲା । ଦିନ ଦୁଇ ଚାରିଟାରେ ଘା ଶୁଖି ଆସିଲାଣି । ଏଇ ଆଖି ଦେଖିଲା କଥା ।

ଏତେ ବେଳ ଯାଏଁ ଗାଧୁଆ ତୁଠରେ ତୁନି ହେଇ ପଥରଟା ଉପରେ ରାଗ ଶୁଝାଇଲା ପରି ଲୁଗା ପିଟୁଥିବା ପଙ୍କଜ ଭୁଏର ସ୍ତ୍ରୀ ଭାନୁମତୀ କହିଲା - ଛୋଟ ମୁହଁରେ ବଡ଼ କଥା । ମୁଁ ତ ଶୁଣିବାରେ କାଳିଆ ରାଉତର ମାମୁଁଘର ଆଡୁ ଦୁଇ ଚାରିପିଢ଼ି ଯାଏଁ କୁଆଡ଼େ ମୁଣ୍ଡଦୋଷ ଅଛି । ସେଇ ଆଡୁ ଝିଅର କଣ ଖୁଣ ଖୁବି ବାହାରିଥିବ ନ ହେଲେ... ଜୁହାର ମାଁ..., ସେଇ ଠାକୁରାଣୀ । ପର କଥାରେ ଆମର

ଭଲା କଣ କହିବାର ଅଛି । ଅଧା କରୁ ମଇଳା ଓଦା ଲୁଗାଟାକୁ ହାତରେ ଉଠାଇଲା ମୁଦ୍ରାରେ ଭାନୁମତୀ ଦେବୀ ଉଦ୍ଦେଶ୍ୟରେ ହାତ ଯୋଡ଼ିଲା ।

– କାଇଁ ଆଜି ସେଇ ଭଡ଼ଭଡ଼ି ପଙ୍କଜ ଭାରିଯାଟାର ଦେଖା ନାଇଁ । ଭାରି ସବ୍ ଜାନ୍ତା ମାଇକିନା ତ । ସଭିଙ୍କ ଉପରେ ଚଢ଼ି କଥା କହିବ । ତା ପରଦିନ ଗାଧୁଆ ଘାଟରେ ଭାନୁମତୀକୁ ନ ଦେଖି ସୁବଳର ମାଁ କହିଲା ।

– ଆଉ କହିବ କଣ ? ଏକବାର ପାଟି ବନ୍ଦ । ଗଲା ରାତିରୁ ସତର ଥର ଝାଡ଼ା ବାନ୍ତି ହେଇ ଯାଇଛି ସିଧା ଡାକ୍ତରଖାନାରେ ଭର୍ତ୍ତି ହେବାକୁ । କାଲି ବରୁଆଁର ରୋଗ ବଇରାଗ କଥା କହୁଥିଲା । ଠାକୁରାଣୀ କି ଅପରତେ କଲା । କାହିଁ ଯିବ ? ଦେବୀ କୋପଟି ।

ସାଲୁବାଲୁ ଭିଡ଼ ଭିତରେ ଶଙ୍କର୍ଷଣର ମନଟା ଖାଲି ଗୋଟେ କଥାରେ ଘାରି ହେଉଥାଏ । ସେ ପଡ଼ିଶା ଘର ମନବୋଧ ପାଣ୍ଡେର ପୁଅ ଟିକିନା ସାଙ୍ଗରେ ପଢ଼େ । ଠାକୁରାଣୀର ମଳଦ୍ୱାର ଥାଏ ନା କି ନାଇଁ । ଠାକୁରାଣୀ ଝାଡ଼ା ପରିସ୍ରା କରେ ନା ନାଇଁ । ସେଇ ଗୋଟେ କଥାରେ ତା ମନଟା ଗୋଳେଇ ଘାଣ୍ଟି ହେଉଥାଏ । ଏମିତିରେ ସେ କେତେଥର ସ୍କୁଲ ପଛ ପାଖ ତେନ୍ତୁଳି ଗଛରେ ରଙ୍କନିଧି ଆଉ ପ୍ରଦୀପ ସାଙ୍ଗରେ ଲୁଚି ରହେ । ଏ ଯାଏଁ ପାଇଖାନା ହେଇ ନ ଥିବା ସ୍କୁଲଟାର ପଛକୁ ଥିବା ଖଜୁରୀ ଗଛ ବୁଦାକୁ ପରିସ୍ରା କରି ଯାଉଥିବା ଝିଅଗୁଡ଼ାଙ୍କୁ ଅନିଷା କରେ । ମୁଣ୍ଡକୁ ଯେତେ ଝୁଙ୍କାଇ ଦେଖିଲେ ବି ନାଲି ନେଳି ଚଡ଼ିଟା ମାନ ଛଡ଼ା ଆଉ କିଛି ଦେଖା ଯାଏନି । ଝିଅଗୁଡ଼ା କଣ କମ୍ ଚଲାକ୍ କି । ମୁହଁ ଦେଖି ପକାଇଲେ ମାଷ୍ଟ୍ରକୁ କହି ଦୁନିଆଁ କାଣ୍ଡ କରିଦେବେ । ସେଇ ଭୟରେ ସେମାନେ ସବୁ ତାଳପତ୍ର ଉହାଡ଼ରେ ମୁହଁ ଲୁଚଇ ଦିଅନ୍ତି । ଯା ଭିତରେ ତ ଟିକିନା ଠାକୁରାଣୀ ହେଇଗଲାଣି । ଦିନରାତି ଭୋଗରାଗ ପଣାପାଣି ତା ପାଖରେ ଲାଗୁଛି । ସେଇ ସବୁ ଯାଉଛି କୁଆଡ଼େ ? ତାକୁ ତ ବାରିପଟ କି ପୋଖରୀକି ଯିବାର ସେ କେବେ ଦେଖୁ ନାଇଁ । ଆଜି ରାତି ପାହାନ୍ତାରୁ ସେ ଛକିବ । ଶଙ୍କର୍ଷଣ ମନେମନେ ଠାନି ନେଲା ।

ପାହାନ୍ତାକୁ ଆଉ ଟିକିଏ ବାକି । ଟିକିନାକୁ ତା ମାଁ ବାରିପଟକୁ ନେଇଗଲା । ବାରିପଟେ ବାଉଁଶତାଟି ଘେରା ପାଇଖାନା । ଟିକିନା ଗୋଟେ ରକମ ଟଳମଳ ପାଦରେ ଭିତରକୁ ପଶିଲା । ବାଉଁଶ ତାଟିର ଘେରକୁ ଲାଗି ଥିବା ପିଜୁଳୀ ଗଛ ଡାଳରୁ ଶଙ୍କର୍ଷଣ ମୁଣ୍ଡ ଝାଙ୍କିଲା । ଡାଳ ହଲିଲା । ଟିକିନା ଚଟକିନା ମୁହଁ ବୁଲାଇ ଦେଲା । ଫିକା ଜହ୍ନ ଆଲୁଅରେ ଟିକିନାର ଆଖି ଦୁଇଟା ଶଙ୍କର୍ଷଣକୁ ଧୋବ ଫରଫର ହୁଳାଟିଏ ପରି ଲାଗିଲା । ଛାତିଟା ଚଉଁ କଲା । ଗଛ କାଟିଲା ପରି ଶଙ୍କର୍ଷଣ ତଳେ କଚଡ଼ି ହେଲା ।

ତା ପରଦିନ ଗାଁରେ ହୁଲସ୍ଥୁଲ । ମନବୋଧର ପୁଅଟା ଉପରେ ଦେବୀ କୋପ । ଦିହରେ ଖଇଫୁଟା ଡାଡି । ଓଷଧ କାଟୁ କରୁ ନାହିଁ ।

ଏଥର ଭିଡ଼ର ସୁଅତୋଡ଼ ଆହୁରି ଅସମ୍ଭାଳ ହେଇପଡୁଥାଏ । ଠାକୁରାଣୀଙ୍କ ଶାଢ଼ୀ, ଚୂଡ଼ି, ସୁନା ଆଖି, ସୁନା ଜିଭ, ରୂପା ମୁକୁଟ, କିରିଟ ମାନ ଚଢ଼ା ହେଉଥାଏ । କାଳିଆ ରାଉତର ରନ୍ଧାଘର, ଅଗଣା, ଢେଙ୍କିଶାଳ ସବୁଠି ଚଳକୁ ଛୁଇଁବା ଯାଏଁ ନଡ଼ିଆ ଗଦା । ଝିଅ ବାହାଘର, ପୁଅର ଚାକିରୀ, ଜମିଜମା ବିବାଦ, କୋର୍ଟ କଚେରୀ ମାମଲା, ରୋଗ ବଇରାଗ ଆଉସବୁ ଯେତେକ ସମସ୍ୟାରୁ ମୁକୁଳିବାର ବାଟ ଦେବୀ କେମିତି ଫିଟେଇ ଦଉଛି ତାର ଚର୍ଚ୍ଚା ଯେମିତି ଚାଲିଥାଏ, ସେମିତି ଭକ୍ତଙ୍କ ସଂଖ୍ୟା ବି ବଢ଼ି ଚାଲିଥାଏ ।

କାଳିଆ ରାଉତ ଟିକିନାକୁ ଅନେଇଲା । କେତେ ସୁନ୍ଦର ଡଉଲ ଡାଉଲ ଝିଅଟା ତାର କଳାକାଠ ପଡ଼ିଗଲାଣି । ଖାଲି ତାକୁ ବଲବଲ୍ କରି ଚାହୁଁଛି । ଯେ ଲୋକଗୁଡ଼ା ତାକୁ ଅଧାପ୍ରାଣ କରିଦେଲେଣି । ତା ଅବସ୍ଥା ଆଉ ଦେଖି ହେଉ ନାହିଁ ।

– ହେଇଟି ଶୁଣିଲୁ, କାଲିସୁଦ୍ଧା ଯଦି ଏ ଭିଡ଼ ନ ହଟେ, ମୁଁ ସିଧା ଯାଇ ଥାନାରେ ରିପଟ୍ ଲେଖାଇବି କହୁଛି... ଧୀରେ ଅଥଚ ବେଶ୍ ଜୋର୍ ଦେଇ ଅଧୈର୍ଯ୍ୟ ହେଲାପରି କାଳିଆ କହିଲା ।

ରନ୍ଧାଘରେ ଶିକାରେ ଝୁଲୁଥିବା ଅଳନ୍ଧୁଲଗା ମାଟି ସୁରେଇଟା ଭିତରେ ସୁନା ଆଖି, ସୁନା ଜିଭ, ମୁକୁଟ, କିରୀଟ ଗଣିଗଣି ପୁରାଉଥିବା ଟିକିନାର ମାଁ ତା କଥାରେ ଚମକି ପଡ଼ିଲା ।

– କିସ୍‌ଟା ପାଇଁ ଶୁଣେ ଆଗ ? ଟିକିନାର ମାଁ ଉହୁଙ୍କି ଆସି ଅଥଚ ବେଶ୍ ସନ୍ତର୍ପଣରେ ପଚାରିଲା । ଆଉ ରନ୍ଧାଘର ତାଟିକୁ ଆଉଜାଇ ଦେଲା ।

– ଠାକୁରାଣୀ ମୋର ଲୋଡ଼ା ନାହିଁ । ମତେ ମୋର ଝିଅ ଦରକାର । ଛାତିରେ ହାତ ମାରି ଗୋଟେ ରକମ ଧକେଇ ହେଲା ପରି କାଳିଆ କହିଲା ।

– ଓହୋରେ ମୋ ଝିଅ ସୁଆଗୀ ବାପ ! ବାପ ଅଜାର ସମ୍ପତ୍ତି ଥୁଆ ହେଇଛି ତ ! ସେଇଲାଗି ଏଡ଼େ ଆଣ୍ଠ କଥା ! ଆଉ ଯୋଉତ ପାରିବାର କେଉଟ । ପୁଞ୍ଜାଏ ମିରିକାଳି ଛଡା ରୋହି କି ମାଗୁରଟାଏ କେବେ ଜାଲରେ ପଡ଼ିବାର ଦେଖା ନାହିଁ । ଆହୁରି କଣ ନା ଆପଣା ଛାଆଁକୁ ଜାଲରେ ଧରା ଦେଇଥିବା ସୁନା ଇଲିଶିକୁ ହାତରୁ ଖସାଇ ଦବାକୁ ମନ ! ହାଇରେ ମୋ କପାଳ... ମୋରି ଭାଗ୍ୟକୁ ଏକା ଏଇ ଅଲକ୍ଷଣା ମରଦ... ଟିକିନା ମାଁ ଶିକାର ମାଟି ସରାଟାକୁ ବାଗରେ ସଳଖି ଦଉଦଉ ନାକ ସୁଁସୁଁ ହେଲା । ପୁଣି ବୁଝାଇଲା ପରି କହିଲା – ମୋ କଥା ବୁଝ କହୁଛି ।

ସବୁଦିନ ତ ଆଉ ଝିଅ ଉପରେ ଠାକୁରାଣୀ ବିଜେ ହେବେ ନାହିଁ । ନା ସବୁଦିନ ଘରେ ଏଇ ଭଜନ କୀର୍ତ୍ତନ ଚାଲିଥିବ ? ଦିନ କେଇଟାର କଥା ମୁଣ୍ଡ ଉପରେ ଗୋଟେ ନୁହେଁ କି ଦୁଇଟା ନୁହେଁ, ଏକାସାରି ତିନି ତିନିଟା ଝିଅର ବୋଝ । ସେଇ କଥାକୁ ଟିକେ ହେଜ କହୁଛି । ନ ହେଲେ ମୁଁ ତାକୁ ଦଶମାସ ପେଟରେ ଧରିଛିଟି... ମୋର କଣ ତାକୁ ଲୋଭ ନାହିଁ...

କିଏ ଜଣେ ରୋଷଘର ତାଟି ପିଟିଲା । ଟିକିନା ମାଁ ଅଗତ୍ୟା ଚୁପ୍ ରହିଗଲା । କାଳିଆ ସେମିତି ଶୁଖିଲା ମୁହଁରେ ଅଗଣାକୁ ବାହାରି ଆସିଲା । ଟିକିନା ମାଁଟା କିଛି ନାକରା କଥା କହୁ ନାହିଁ ଯେ । ହେଲେ ବି ଝିଅଟା ତାର କେମିତି କାଇଲା ହେଇଗଲାଣି । ମନ ବୁଝୁନାହିଁ । ଅଗଣା ମୁହଁରେ ଲଥ୍‌କିନା ବସିପଡ଼ିଲା । ଘଡ଼ିଏ ପରେ ବାଁ କଣକୁ ଦେଖେତ ଅଗଣା ତଳକୁ ରଖା ଗୋବର ଘଷି ଖରିକୁ ଲାଗି ଟିକିନା ମକର ମଇନା କାକୁସ୍ଥିଆ ହେଇ ଠିଆ ହେଇଛି ।

- ମକରକୁ ଭେଟିବୁ କି ବୁଇ ?

ମଇନା ମୁଣ୍ଡ ଟୁଙ୍ଗାରିଲା । ଯା ହେଉ ତା ମନ କଥା ଜାଣିପାରିଲା ପରି ମିତ'ବା ପଚାରିଲା । ମକରକୁ ଦେଖିବାଲାଗି କେତେଦିନୁ ତା ମନଟା ଉକୁବୁକେଇ ଯାଉଛି । ମିତ'ବା ତାକୁ ମଙ୍ଗଳା କୁଠି ଭିତରକୁ ହାତ ଧରି ନେଇଗଲା । ନହେଲେ କେଞ୍ଚାକେଞ୍ଚି ଭିଡ଼ ଭିତରେ ସେ ଭଲା କୋଉ ଯାଇ ପାରିଥାନ୍ତା ଯେ ।

ହେଲେ କୁଠି ଭିତରକୁ ପଶୁପଶୁ ମଇନାର ମନଟା କେମିତି କେମିତି ହେଇଗଲା । ଝୁଣା ଧୂପ ଧୂଆଁରେ ପୁଣି କୁଠି ଭିତର ଅନ୍ଧାରରେ ମକରର ମୁହଁଟା ଛାଇଛାଇଆ ଦିଶୁଛି । ତା ମୁହଁଟା କେଡ଼େ ବେଖାପ ଲାଗୁଛି । କେମିତି ଦୁର୍ବଳିଆ ଦିଶୁଛି ତଳେ କ୍ଷୀର ଆଉ ନଡ଼ିଆ ପାଣି ପଚପଚ । ତା ଉପରେ ବି ଥୋକେ ଆଣ୍ଠେଇ ପଡ଼ି ମନ୍ତ୍ର ପଢୁଛନ୍ତି ତ ଆଉ ଥୋକେ ବାଉଳା ହେଲା ପରି ଲମ୍ୱଛାଟ ହେଇ ତଳେ ଗଡୁଛନ୍ତି । କି ଅଜବ ଲୋକ । ମଇନା ଭାବିଲା । ମକର ସାମ୍ନାରେ ଜଳୁଥିବା ହୋମ ନିଆଁ ଧାସରେ ମଇନା ତା ପାଖରେ ପହଞ୍ଚିଗଲା ।

- ମକର, ତୁ କ'ଣ ସତସତିକା ଠାକୁରାଣୀ ହେଇଯାଇଛୁ ? ମଇନା ଫିସ୍‌ଫିସ ହେଇ ତା କାନ ପାଖରେ ପଚାରିଲା ।

ଟିକିନା ତାକୁ ବଲ୍‌ବଲ ହେଇ ଚାହିଁଲା । ହସିଲା ।

- ହେଇଟି ମକର । ଗୋଟେ କଥା କହିବି । କାହାକୁ କହିବୁ ନାହିଁ ଏଇ ନିଆଁ ଧୂନିଟା ଭିତରେ ଲୁଣ ଛିଞ୍ଚା ମାରିଲେ ସିଆଡ଼େ ବାରମାସୀର ଅଣ୍ଡା ଚଡ଼କି ଫୁଟିବ । ସେଇ ତିନିକାନିଆ କରଞ୍ଜ ଗଛର ବସା ମନେ ଅଛି ତ ? ମାଁ ଚଢ଼େଇ

ଭୋର୍‌ରୁ ଚରା ଖୋଜିବାକୁ ଯାଇଥିବ । ଆମେ ଯାଇ ତା ଛୁଆ ମୁହଁରେ ଚରା ଟୋକିବା । କେମିତି ମଜା ! ମୁଁ ପାହାନ୍ତିଆକୁ ଆସିବି । ଦୁଆର ମୁହଁରେ ହାତ ଠାରିବି । ତୁ ଚୁପ୍‌କିନା ଚାଲିଆସିବୁ, ବୁଝିଲୁ । ଗୋଟେ ନିଶ୍ୱାସରେ ତା ଭିତରେ ଗଣ୍ଠେଇଥିବା କଥାଟିକୁ କହିଦେଇ ଯେମିତି ଯାଇଥିଲା ସେମିତି ଠେଲିପେଲି ହେଇ କୁଠି ଭିତରୁ ବାହାରି ଆସିଲା ।

– ଲୁଣ !

ଟିକିନା ମୁହଁରୁ କଥା ବାହାରିଛି କି ନାଇଁ ଦନାରେ, ମୁଣାରେ, ଟୋକେଇରେ, ଜରିରେ ଭର୍ତ୍ତି ଲୁଣ କୁଠି ଭିତରେ ଗଦା ହେଇଗଲା । ହୋମ ନିଆଁ ଉପରେ ଟିକିନା ମୁଠା ମୁଠା ଲୁଣ ଛାଟିଲା, ଲୁଣ କଡ଼କଡ଼ ହେଇ ଫୁଟିଲା । ଟିକିନା ବାରମାସୀ ଚଢ଼େଇର ଅଣ୍ଡା ଚଡ଼କି ଫୁଟିବାର ଦେଖିଲା । ଚଞ୍ଚୁ ମେଲାଇ ଛୁଆତକ ତାକୁ ଚାହିଁଲେ । ଟିକିନା ଛୁଆ ମୁହଁରେ ଚରା ଟୋକିଲା । ତିନିକାନିଆ କରଞ୍ଜ ଗଛଟା ପବନରେ ଦୋଳି ଖେଳିଲା । ଗାଧୁଆ ଘାଟର କଳା ମୁଗୁନି ପଖନ ଉପରେ ବସି ମକର ଉପରକୁ ସେ ପାଣି ଛିଟା ମାରିଲା । ମଇନା ବନ୍ଧ ଆଡ଼ି ଉପରେ ଢ଼େଇଁ ଢ଼େଇଁ ପାଦ ଛାଟିଲା । ଟିକିନା ଖିଲିଖିଲି ହେଇ ହସିଲା ।

ଠାକୁରାଣୀ ହସିବାର ମାନେ ଆସନ୍ନ ବରଦାନର ଶୁଭ ଲକ୍ଷଣ । ଲୋକେ ଆହୁରି ଉଚ୍ଚାଟିତ, ଉତ୍ସାହିତ ହେଇ ଦେବୀ ମାଜଣାରେ ଲାଗିଗଲେ ।

କେତେଦିନ ହେଲା ସୁଯୋଗ ଉଣ୍ଡି ପଦେ ଗୁହାରୀ କରିବାକୁ ଚାହୁଁଛି ଯେ ଭିଡ ଯୋଗୁଁ ତା କେବେ ହେଇ ପାରୁନି । ଖାକି ଡ୍ରେସରେ ଦେବୀ ପାଖକୁ ଯାଇ ଅଧିଆ ପଡ଼ିବାକୁ କେମିତି ମାଡ଼ି ପଡୁଛି । ସରାଇପାଲିର ଥାନା ଭିତରେ ଭୂତ ପିଶାଚ ଘଉଡାଇବା ପାଇଁ ପୋଲିସ କେମିତି ହୋମଯଜ୍ଞ କରିଥିଲା ତାକୁ ନେଇ ଗୁଡ଼ାଏ ଯାତ୍ରୁସ୍ୟାତ୍ରୁ କଥା ଖବରକାଗଜରେ ବାହାରିଥିଲା । ତା ନାଁରେ ତ ଏମିତିରେ ଅଯଥାଟାରେ ଗୁଡ଼ାଏ ଅଫିସିଆଲ୍ ଝାମେଲା ପଡ଼ିରହିଛି । ସେଥିପାଇଁ ଏତେଦିନ ଯାଏଁ ପ୍ରମୋଶନ୍‌ଟା ଅଟକି ରହିଲାଣି । ତାକୁ ନେଇ ଏଠି ଆଉ ନୂଆ ଇସ୍ୟୁ ନ ହେଉ । ଭିଡ଼ ସମ୍ଭାଳିବା ପାଇଁ କାଳିଆ ରାଉତର ବାଟ ମୁହଁରେ ଡ୍ୟୁଟି କରୁଥିବା ହାବିଲଦାର ଭରତ ବେହେରା ବେଶ୍ ଚିନ୍ତିତ ମୁଦ୍ରାରେ ଭାବିଲେ । ବରଂ ଗୋଟେ କାମ କଲେ ହେବ । ସେ ଘରକୁ ଯାଇ ତାର ସ୍ତ୍ରୀକୁ ଘେନି ଆସିବ । ସିଏ ଏକା ତା ସ୍ୱାମୀର ପ୍ରମୋଶନ ବାଧା କେମିତି ଦୂର ହେବ ସେଥିପାଇଁ ହାରି ଗୁହାରି କରିବ । ଏତେ ଲୋକ କଣ ତୁଛାଟାରେ ଏଠିକି ଦଉଡୁଛନ୍ତି । କିଛି ତ କାରଣ ଥିବ । ଆଜି ରାତି ଲାଇନ୍ ବସରେ ଚାଲିଗଲେ ଠିକ୍ ହେବ । ଅଧିଆ ପଡ଼ିଥିବା କଷ୍ଟିମାନେ

ଶୋଇପଡ଼ିବେ । ବିଶେଷ କିଛି ଅସୁବିଧା ହେବ ନାହିଁ ତେବେ ଉପରକୁ ଜଣାଇ କରି ଯିବାକୁ ହେବ । କିଛି ଗୋଟେ ଜରୁରୀ କାରଣ ବାହାନା ବନାଇବାକୁ ପଡ଼ିବ । ଭରତ ବେହେରା ଅଗତ୍ୟା ହେଡ୍ କ୍ୱାଟରସ୍ ଅଫିସ୍‌କୁ ଫୋନ୍ ଲଗାଇଲେ ।

ଠାକୁରାଣୀ ଉଭାନ୍ !

ଆତଙ୍କବାଦୀଙ୍କ ଗୁଳିରୁ ବର୍ତ୍ତିବା ପାଇଁ ତଳେ ପେଟେଇ ପଡ଼ି ଆତ୍ମସମର୍ପଣ କରିଥିବା ଅସହାୟ ବନ୍ଦୀ ପରି ଅଧିଆ ପଡ଼ିଥିବା କଷ୍ଟିଙ୍କ ଭିତରୁ କିଏ ଜଣେ ସକାଳ ପହରୁ ପ୍ରଘଟ କଲା ।

ଲୋକଙ୍କ ଭିତରେ ଛନକା ପଶିଲା । କାଳିଆ ରାଉତର ବାରିପଟ, ସାଇ ପଡ଼ିଶାର ଗୁହାଳଘର, ପିଜୁଳୀ ଗଛ ଠୁ ଗାଁ ମୁଣ୍ଡ ବରଗଛ, ମନ୍ଦିର ଚଉତରା ପୁଣି ଗମ୍ଭିରୀ ଘର, ଭାଗବତ ଟୁଙ୍ଗୀ ସବୁଆଡ଼େ ଖେଦିଗଲେ । କାଳେ କୋଉଠି ଠାକୁରାଣୀ ଗୁପତରେ ବିଜେ ହେଇଥିବେ ଭାବି ଗାଁଟା ଯାକର ପୁଆଳ ଖରି, କାଠଗଦା ଆଉ କିଛି ବାକି ରହିଲା ନାହିଁ । ଘଡ଼ିକରେ ସବୁ ଦରାଣ୍ଡି ପକାଇଲେ । ପୂଜାଧଜାରେ କଣ ନାକରା ହେଇଗଲା କି ଆଉ । ଏ ନେଇ ଥୋକେ ପରସ୍ପର ଦୋଷ ଲଦାଲଦିରେ ଲାଗିଗଲେ । ଗାଁଟା ଉପରେ ଆସନ୍ନ ମରୁଡ଼ି, ବନ୍ୟା ବିପ୍ଳାତ, ଗୋ ମଡ଼କ, ମହାମାରୀର ଭୟରେ ଲୋକେ ଆତଙ୍କିତ ହେଲେ । ଏ ଯାଏଁ ମାନସିକ ପୂରଣ ହେଇପାରି ନଥିବା ଭକ୍ତମାନେ ପ୍ରମାଦ ଗଣିଲେ । କାଳିଆ ରାଉତ ଗାଁ ଲୋକଙ୍କ ଉପରେ ମନଇଚ୍ଛା ବର୍ଷୁଥାଏ । ଟିକିନା ମାଁ ହାଉଳି ଖାଇ କାନ୍ଦୁଥାଏ ।

- ଠାକୁରାଣୀ ଯୋଉଠି ଉଭା ହେଇଥିଲା ତାକୁ ନ ଦେଖି ଖାଲିଟାରେ ଏଠିସେଠି କିନ୍ତ୍ରି ବୁଲୁଥିଲେ କଣ ଲାଭଟା ଯେ । ଏତେବେଳେକେ କେହି ଜଣେ ବୁଦ୍ଧି ଖଟାଇ କହିଲା ।

ଆରେ ସତେ ତ ! ଗାଁ ଲୋକେ ଚମାର ସାହୁର ଆଖୁ ବାଡ଼ିକି ମୁହାଁଇଲେ । ତା ଭିତରୁ ଦି ଚ଼ରିଜଣ ଗିନି, କରତାଳ, ଘଣ୍ଟ ବି ସାଙ୍ଗରେ ନେଇଯିବାକୁ ଭୁଲିଲେ ନାହିଁ ।

ତିନିକାନିଆ କରଞ୍ଜ ଗଛଟାକୁ ଆଉ ଖଣ୍ଡେ ଦୂର ବାକି । ମଇନା ଆଉ ଟିକିନା ଏଥର ଚମାର ସାହୁର ଆଖୁ ବାଡ଼ି ଦେଇ ଆଉ ଗଲେ ନାହିଁ । ବାଁ ପଟ ଧରସାରେ ତରଂତରଂ ହେଇ ପାଦ ପକାଇଲେ । ସକାଳୁଆ ପଙ୍ଖା ପବନରେ ରଙ୍ଗବେରଙ୍ଗୀ କଙ୍କିମାନ ଫିର୍‌ଫିରେଇ ଉଡୁଥାନ୍ତି । ଦୁହେଁ ଦୁଇ ହାତର ପାପୁଲି ଛନ୍ଦରେ କଙ୍କି ଧରିଲେ । ଆଙ୍ଗୁଠି ସନ୍ଧି ଫାଙ୍କରୁ କଙ୍କି ଖସିଗଲା । ଦୁହେଁ କିରିକିରି ହେଇ ହସିଲେ । ଧର୍‌ସାରେ ଓଷଭିଜା ମାଟି ଉପରେ ଡେଇଁ ଡେଇଁ ଆଗକୁ ବଢ଼ିଲେ । ମକରଟା ଆଉ

ଆଗ ପରି ଜୋର୍‌ରେ ଚାଲିପାରୁ ନାଇଁ । ମଇନା ମକରର ହାତ ଧରି ପାଦ ଜୋର୍ କଲା । ନହେଲେ ବେଳ ଗଡ଼ିଗଲେ ମାଁ ଚଢ଼େଇ ବସାକୁ ଫେରି ଆସିବ ଯେ ।

ଘଡ଼ିକ ଭିତରେ ଚମାର ସାହୁର ଲସଲସିଆ ଆଖୁ ବାଡ଼ିଟା ବାତ୍ୟା ବିଧ୍ୱସ୍ତ ବାଲୁଙ୍ଗା ଭୂଇଁ ଖଣ୍ଡେ ପରି ଦେଖାଗଲା । ମେଳା ଭିଡ଼ର ଦଳାଚକଟାରେ ତଳେ ପଡ଼ିଥିବା ନିରୀହ ଶବ ପରି ଆଖୁଯାକ ତଳେ ଶୋଇଗଲେ । ଉଚ୍ଛନ୍ନ ଆତଙ୍କିତ ହେଇ ଲୋକେ ଚାରିଆଡ଼େ ଚାହିଁଲେ ।

ପାଟିତୁଣ୍ଡ ହୋ ହଲ୍ଲା ଶୁଭିଲା । ଟିକିନା ମଇନା ପଛକୁ ଚାହିଁଲେ ।

- ହେଇ... ସିଆଡ଼େ... କେହି ଜଣେ ରଡ଼ି ଛାଡ଼ିଲା ।

ଟିକିନା ମଇନା ପ୍ରାଣମୂର୍ଚ୍ଛା ଆଗକୁ ଧାଇଁଲେ ।

ପଛରେ ଜନତାର ହିଂସ୍ର କୋରସ୍ ।

ଆଗରେ ମାଟିଆ ନଈ । ହାତ ଧରାଧରି ହେଇ ଦୁହେଁ ଆଗକୁ ଧାଇଁଲେ । ପଛରୁ କୋରସ୍‌ର ବେଗ ବଢୁଥିଲା । ମଇନା ଟିକିନା ଆହୁରି ଧଇଁସଇଁ ହେଇ ଧାଇଁଲେ । ଆହୁରି ଆଗକୁ । ଆହୁରି...

ମାଟିଆ ନଈର ଶୀତଳ ଫୁତ୍କାରରେ ଚକାଭଉଁରୀ ଖେଳୁଥିବା କଳା ବିନ୍ଦୁ ଦୁଇଟି କ୍ରମଶଃ ଅସ୍ପଷ୍ଟ ଦେଖାଯାଉଥିଲା ।

■

ମାଁ ପାଇଁ ଶାଢ଼ୀଟେ

- ହଇହୋ, ତମକୁ ଆଶାପାଲି ସ୍କୁଲରେ ଅଟକାଇବା ପାଇଁ କହିଥିଲି, ତମେ କ'ଣ ଚର୍ଚ୍ଚ ଯାଏଁ ନେଇ ଆସିଲଣି । ଅଟୋରୁ ଓହ୍ଲାଉ ଓହ୍ଲାଉ ଭଦ୍ରଲୋକ ଜଣେ ବିରକ୍ତ ହୋଇ କହିଲେ ।

- ସେଠି ଆଜ୍ଞା ବହୁତ ଭିଡ଼ । ଟ୍ରାଫିକ ଧରିବ । ବିନ କହିଲା ।

- ତା ହେଲେ ବସାଇବା ଆଗରୁ କହିଲନି । ତମେ କେଡ଼େ ନିୟମ ମାନିବା ବାଲା ମୁଁ ଜାଣିନି । ଯାହା ତ ପାସେଞ୍ଜରଠୁ ଲୁଟୁଛ । ଅଟୋ ଛୁଇଁଲେ ଦଶ ଟଙ୍କା । ନିଶା ପାଣିରେ ଗାଡ଼ି ଚଲାଇ ମଣିଷର ଜୀବନ କେତେବେଳେ ନେବ ଯେ ଠିକଣା ନାଇଁ... । ଦଶ ଟଙ୍କା ବଢ଼େଇ ଦଉଦଉ ସେମିତି ଝାଡ଼ି ଦେଇଗଲେ ।

ଅନ୍ୟଦିନ ହେଇଥିଲେ ଦି ଚରିପଦ ସେ ବି ଶୁଣାଇ ଦେଇଥାନ୍ତା । ଆଜି ବେଳା ଭଲ ନାଇଁ ଭାବି ଚୁପ୍ ରହିଗଲା । ଯେ ଲୋକଗୁଡ଼ା ବି କମ୍ ଜନ୍ତୁ ନୁହଁ । ତାଙ୍କୁ ନେଇ ସିଧା ଘର ମୁହଁରେ ଛାଡିଲେ ଯାଇ ହେବ । ଦୁଇ ପାହା ଆଗ ପଛ ଚାଲିଦେଲେ ତାଙ୍କର ମାନ ଖସିପଡୁଛି ଏକବାର । ଆଗ ନିୟମ ଭାଙ୍ଗିବେ । କ'ଣ ଅଘଟଣ ହେଲେ ଡ୍ରାଇଭରଙ୍କୁ ମାଡ଼, ଗାଡ଼ି ପୋଡ଼ା ଆଉ ସରକାରଙ୍କୁ ଶୋଧା - ବାସ୍, ସେତିକିରେ ଦାୟିତ୍ୱ ତୁଟିଗଲା । ନିଶା ପାଣି ସେ କରେ ନାଇଁ ବୋଲି କଥା ନୁହଁ । ତେବେ ନିଶା ପାଣିରେ ବେହାଲ ହେଲା ପରିକା ମସ୍ତି କରିବା ପାଇଁ ତାର ମାଲ୍ କାହିଁ । ଏକେ ତ ଭଡ଼ା ଗାଡ଼ି । ସେଥିରେ ଘର ଖର୍ଚ୍ଚକୁ ନିଅଣ୍ଟ । ଛାଡ, ଆଜି ବହନିଟା ବିଗିଡି ଗଲା ।

ବିନ ଆଗକୁ ବଢ଼ିଲା । ବାଟରେ ଗୋଟେ ଫାଳେ ବି ପାସେଞ୍ଜର ଜୁଟିଲେ ନାହିଁ । ଅଇଁଠାପାଲି ଛକ ସେପଟକୁ ବୁଢୀଟାଏ ହାତ ମାରି ବୁଲା ରାସ୍ତା ଆଡ଼କୁ ଠାରିଲା । ସାଙ୍ଗରେ ପାଞ୍ଚ ଛଅ ବର୍ଷର ଝିଅଟାଏ । ରିଜର୍ଭ ପାସେଞ୍ଜର ପରିକା ଲାଗୁଛି । ଯା ହେଉ, କିଛି ଜୁଟିବ ।

- କାହିଁ ଯିବୁ କି ବଡ଼ି ? ବିନ ପଚାରିଲା,

- ବୁର୍ଲା ଡ଼ାକ୍ତରଖାନା। ଭାଡ଼ାଟା ତ କହ ଆଗେ।

- ହଁ ଯାହା ଦେବା କଥା ଦେବୁ। ହେଉ ତୋଠୁ ଆଉ କ'ଣ ଅଧିକ ନେବି ?

ବୁଢ଼ୀ ବଡ଼ ବଡ଼ ଅଖା ବେଗ୍ ଦୁଇଟି ନେଇ ଅଟୋରେ ରଖିଲା। ଗୋଟିକରେ ଲୁଗାପଟା। ଆରଟାରେ ତଟକା ମକା ଭର୍ତ୍ତି। ଝିଅଟିର ହାତ ଧରି ବସାଉ ବସାକୁ କହିଲା- ସମ୍ଭାଳି କରି ବସ। ଗୋଟେ ବେମାରୀରେ ତ ଘାଣ୍ଟି ହୋଇ ମରୁଛି। ଆଉ ତୁଛାକୁ ବିପତ୍ତି ଡାକ ନାଇଁ।

- କା'ର କ'ଣ ହେଲା କି ବଡ଼ି ? ଗାଡ଼ିରେ ଷ୍ଟାର୍ଟ ମାରୁ ମାରୁ ବିନ ପଚାରିଲା।

- ଏଇ ଆମ ବୁଢ଼ାର। ଛାତିରେ ପାଣି ଜମିଛି, ଡାକ୍ତର କହିଲା। ଓଉଷଧ ଆଉ କାଟୁ କରୁ ନାହିଁ। ପାଣି କାଢିଲେ ଯାଇ ଭଲ ହେବ। କାଲି ଛାଡ଼ି ପଅରିଦିନ ତାରିଖ ଦେଇଛି ଡାକ୍ତର। ଗାଁକୁ ଯାଇଥିଲି ଟଙ୍କା ପଇସା ଯୋଗାଡିବାକୁ। ଯାଇ ଆସି ମତେ ବି କାଇଲା ଲାଗୁଛି।

- ଘରେ...

ବିନ ମୁହଁରୁ କଥା ସରିଛି କି ନାଇଁ ବୁଢ଼ୀ ତା କଥା କହି ଚାଲିଲା। ତିନି ବର୍ଷ ତଳେ ପୁଅ ପେଟ ବେମାରୀରେ ମରିଗଲା। ଦେଢ଼ବର୍ଷ ହେଲା ବୋହୂ ତା ଛୁଆଟାକୁ ଛାଡ଼ି ବିହାରୀ ପିଲାଟା ସାଙ୍ଗରେ ଉଦୁଲିଆ ପଳେଇଲା। ଅଟୋର ଘର୍ ଘାର୍ ଶବ୍ଦ ଭିତରେ ବୁଢ଼ୀ ତା'ର ପାଟିଟାକୁ ପାରୁ ପର୍ଯ୍ୟନ୍ତ ଉଠେଇ କହି ଚାଲିଥାଏ।

- ଡାକ୍ତରଖାନାକୁ ବୋଝେ ମକା ଧରି କ'ଣ ପାଇଁ ଯାଉଛୁ ଯେ।

- କ'ଣ କହିବିରେ ବାବୁ, ଆଉ ତିନି ଚାରିଦିନ ଗାଁରେ ରହି ପାରିଥିଲେ ମକା ବିକି ଦେଇ ଦୁଇ ପଇସା ହେଲେ ଆଣି ପାରିଥାନ୍ତି। ଫି ହପ୍ତା ଲଖନ୍‌ପୁର ହାଟକୁ ନେଇ ବିକେ। ଡାକ୍ତରର କଥା ଶୁଣି ମୋର ତ ହିଆ ଶୁଖିଗଲା, ହରବର ତରବର ହୋଇ ସବୁକୁ ଭରି ଆଣିଛି। ହେଲେ ମୋର ବୁଢାର ହାତଟା ବାଜିଗଲେ, ଶୁଖା ଭୂଇଁରେ ବି ଗଛପତ୍ର ଲସ୍‌ଲସେଇ ଯାଏ। ମୋର ଛୋଟ କପାଳକୁ ବୁଢାକୁ ବେମାର ଧରିଲା।

ହସପିଟାଲ ସାମ୍ନାରେ ଗାଡ଼ି ରଖିଲା ବିନ। ବେଗ୍ ଦୁଇଟାକୁ ବାହାର କରିଦେଲା। ପାଞ୍ଚ ଛଅଟା ମକା ବୁଢ଼ୀ ତାରି ଆଡକୁ ବଢାଇଦେଲା।

- ଥାଉ ଥାଉ। ତୁ ରଖିଥା। ଛୁଆଟା ଖାଇବ। ବିନ କହିଲା

- ଇଏ କେତୋଟି ମକା ଖାଇପାରିବ ଭଲା। ବୁଢ଼ୀ ଟିକେ ଅସନ୍ତୋଷ

ଗଳାରେ କହିଲା। ବୁଢ଼ୀ ଟିକିଏ ରହି କହିଲା, - ଗାଡ଼ି ଭାଡା ନାଇଁ ଦିଏ ବୋଲି ମତେ ଅପର୍‌ତେ କରୁଛୁ କି ବାବୁ? କାହାର ବର୍‌ମସ ମୁଁ ଲାଗେ ନାଇଁ, ବୁଝିଲୁ।

- ନାଇଁ ନାଇଁ ସେଇମିତି କିଛି ନାହିଁ ଯେ... ବିନ ଗୋଟେ ରକମର ଅପ୍ରସ୍ତୁତ ହେଇ କହିଲା। ବୁଢ଼ୀ ଗାଡ଼ି ଭଡ଼ା ବଢେଇ ଦେଲା। ତା ହାତରୁ ଉଡାଟା ଧରୁ ଧରୁ ରୋଡ୍ ସେପାଖରେ ପରିବା ଦୋକାନରେ ତାର ଆଖି ପଡ଼ିଲା। ସେଠି ପରିବା ଗଦା ଭିତରେ ଚାରି ଛଅଟା ମକା ପଡ଼ିଥିବାର ଦେଖିଲା। ଟଙ୍କାଟା ପକେଟରେ ରଖୁ ରଖୁ କହିଲା - ଆଛା ଚଲ୍ ତ ବଢ଼ି, ଯିବା...

ଗାଡ଼ିରେ ଚାବି ମାରି ମକା ବେଗଟାକୁ ଉଠେଇ ବୁଢ଼ୀ ସାଂଗରେ ପରିବା ଦୋକାନକୁ ଗଲା। ସେଠି ମୂଲଚାଲ କରି ମକାତକ ବିକେଇ ଦେଲା। ଦୋକାନୀ ହାତରୁ ଟଙ୍କା ଧରୁଧରୁ ବୁଢ଼ୀର ଆଖିଟା ଉଜଳି ଗଲା। ଯେମିତି କି ଟଙ୍କାଟା ସେ ବାଟରେ ଯାଉଯାଉ ହଠାତ୍ କୋଉଠି ପାଇଗଲା। ତେଲିଆ ମୁହଁରେ ଧାରେ ହସ ଖେଳାଇ କହିଲା- କେଡେ ବୁଦ୍ଧିଆରେ ପୁଅ ତୁ... ମୋର ପିଲାଟାର ବି ଏମିତି ସରସା ବୁଦ୍ଧି ଥିଲା...। କହୁ କହୁ ହସଟା ପୁଣି ସାଙ୍କୁରି ଆସି... ତେଲିଆ ମୁହଁରେ ଲୁଚି ଗଲା।

- ବାଇ... ବୁଢ଼ୀର କାନି ଟାଣି ଝିଅଟା ପାଖରେ ଛଣା ହେଉଥିବା ସିଙ୍ଗଡ଼ା ଆଡକୁ ହାତ ଦେଖାଇଲା।

- ତତେ ତ ଦିନ ରାତି ଭୋକ ରଗଡୁଛି। ସକାଳୁ ଚହା ମୁଢ଼ି ପେଟେ ଠୁସିକି ବାହାରିଲୁ। ଫେର୍ ଏବେ ମରିଯାଉଛୁ ଖାଇବା ପାଇଁ। ବୁଢ଼ୀ ବିରକ୍ତ ହୋଇ ଆକଟିଲା।

ଦଶ ଟଙ୍କାର ସିଙ୍ଗଡ଼ା କିଣି ବିନ ଝିଅଟା ହାତରେ ଧରେଇ ଦେଲା। ଆଉ ବୁଢ଼ୀକୁ କହିଲା - ଚଲ୍, ବାଟ ମୁହଁ ଯାକେ ମୁଁ ବେଗ୍‌ଟା ନେଇ ଦଉଛି।

ଝିଅର ହାତ ଧରି ବୁଢ଼ୀ ଆଗେ ଆଗେ। ପଛରେ ବେଗ୍ ଧରି ବିନ। ବୁଢ଼ୀ କଥା ସିନା କହୁଛି। ହେଲେ ଦିହରେ ଆଉ ବଳ ନାଇଁ। ଦୂରରୁ ଦେଖିଲେ ସାଗୁଆ ଧଡି ଲୁଗା ଗୁଡା ହେଇ କୋଉ ଶୁଖିଲା ଗଛର ଡାହି ଖଣ୍ଡେ ହଲୁଛି ପରି ଦିଶୁଛି। ହସପିଟାଲ ବାଟ ମୁହଁରେ ପହଞ୍ଚିବା ଟିକେ ଆଗରୁ ବିନ ଥିର୍‌କିନା ବୁଢ଼ୀଟିର ଭଡ଼ା ଟଙ୍କାଟାକୁ ତା ବେଗ୍‌ରେ ଗଳେଇ ଦେଲା। ଏଥର ବେଗ୍‌ଟାକୁ ତା ହାତରେ ଧରେଇ ଦେଇ କହିଲା - ହଉ ତମେମାନେ ଯାଅ ଏଥର।

ବୁଢ଼ୀ ଉପରକୁ ହାତ ଯୋଡ଼ି ତା ପାଇଁ ପରମାୟୁ ମାଗିଲା। ବିନ ଫେରି ଆସିଲା।

ମନଟା ଗୋଟେ ରକମର ହାଲୁକା ଲାଗିଲା। ହେଲେ ମାଁ ପାଇଁ ଶାଢ଼ୀ କିଣିବା କଥା ମନେ ପଡୁ ପଡୁ ବିନ ନିଜ ଉପରେ ରାଗିଲା। ଏମିତି ଯୋଗ ଫିଟିଲେ ତ ପୁଅ ଜିଉଁତିଆକୁ ଶାଢ଼ୀଟେ ନେଇ ପାରିବନି ପରିକା ଲାଗୁଛି। ଗଲାବର୍ଷ କେତେ ଭାବିଥିଲା, ଶାଢ଼ୀ ଧରି ନିଶ୍ଚେ ଯିବ। ହେଲେ ଆଠ ଦଶ ଦିନର କମାଣି ପାଣିରେ ଗଲା। ଦଶ ଦିନ ଯାଏଁ ଗ୍ୟାରେଜ ମିସ୍ତ୍ରୀ ଚାରି ଜଣଙ୍କୁ ଷ୍ଟେସନରୁ ନିଆ ଅଣା କରୁଥାଏ। ଏମିତିରେ ତ ଘର ଖର୍ଚ୍ଚରେ ସବୁ ଖାଲି ହୋଇ ଯାଉଛି। ସେଠୁ ଏକାଥରକେ ପଇସା ଧରିଲେ ମାଁ ପାଇଁ ଭଲ ଶାଢ଼ୀଟେ ନେଇକି ଯିବ ଭାବିଲା। ଶଳା ବେଇମାନ୍ ଯାକ ପଇସା ପତ୍ର ନଦେଇ ଉଡନ୍ ଛୁ ମାରିଲେ। ଗ୍ୟାରେଜ ମାଲିକକୁ ମାଗିଲାରୁ ସେ ଓଲଟା ତାକୁ ଶୋଧିଲା। 'ଅଟୋ ୟୁନିୟନ'ରେ କଥା ପକାଇଲା। ୟୁନିୟନ୍ ସେକ୍ରେଟାରୀ ଶମ୍ଭୁ ସିଂ କହିଲା- ଆରେ ୟାର୍, ତୋ ମୁଣ୍ଡରେ ଭେଜା ଅଛି କି ନାଇଁ ? ଜାନ୍ ପେହେଚାନ୍ କିଛି ନାଇଁ, ଗେରେଜ୍ ମାଲିକର ଭରସାରେ ଦଶଦିନ ଯାଏଁ ବେଠି ଖଟୁଥିଲୁ ? ଏଥିରେ ୟୁନିୟନ୍ କ'ଣ କରିବ ଭାୟା। ସେମାନେ ଏଠିକାର ହୋଇଥିଲେ କିଛି ଗୋଟେ ବାଟ ଫିଟେଇ ହେଇଥାନ୍ତା।

- ବୁଝିଲୁ ବିନ, ମୁଁ ଯାହା ଦେଖୁଛି, ତୋର ଅବସ୍ଥା କେବେ ସୁଧୁରିବ ନାହିଁ। ଏକେ ତ ଭଡ଼ା ଗାଡ଼ି। ତତେ ଏମିତି ସବୁ ଦୁର୍ବୁଦ୍ଧି ଜୁଟୁଛି। ଶୀତଳ ଷଷ୍ଠୀରେ ଦିଟା ଘୋଡ଼ା ମଦୁଆଙ୍କୁ ଧରି ସହର ସାରା ବୁଲାଇଲୁ। ଭଡ଼ା ତ ଗଲା। ଓଲଟି ବାଡାବାଡିରେ ତୋର ଗାଡି ଭଙ୍ଗାରୁଜା ହେଲା। ସେଥିରେ ତୋରି ହାତରୁ ସାରିଲୁ ଟି। ଶେଃ ! ଶଙ୍କର ମହାନନ୍ଦ କହିଲା।

- ଆରେ ୟାର୍। ଥୋଡ଼ା ସା ଦିମାକ୍ ଲଗାଓ। ସୁରତ୍ ଦେଖ୍‌ନେ ସେ ପତା ଚଲ୍ ଯାତା ହୈ କି ପାସେଞ୍ଜର କିସ୍ ଟାଇପ୍ କା ହୈ। ୟୁନିୟନ୍ ପ୍ରେସିଡେଣ୍ଟ ସକିଲ୍ ରେହେମନ୍ ତାର ପିଠି ଥାପୁଡ଼େଇ କହିଲା।

ସବୁ ଏମିତି କଥା କୁହାଳିଆ। ତାରି କାମକୁ କେହି ବାହାରିବେନି। ସେତ ଅଟୋ ରକ୍ଷରେ ଜଣେ ଭାଗରକ୍ଷୀ ମାତ୍ର। ତାର ଭଲା କେତେ ଦମ୍ କେତେ ଯେ ସେ ଟାଣ କରି ଏମାନଙ୍କୁ ଦି ପଦ ଶୁଣାଇବ। ଲାଗ୍ ଲାଗ୍ ମରୁଡି ପାଇଁ ସହର ମୁହାଁ ହେଇ ଏମିତି ବାର ହିନସ୍ତା ହେବାକୁ ପଡୁଛି। ନ ହେଲେ ସିଏ କିଏ ଏଇ ଧନ୍ଦା କିଏ। ମା କେତେ ଥର କହିଲାଣି ଗାଁକୁ ଫେରିଯାଇ କିଛି ଗୋଟିଏ କାମ ଧରିବାକୁ। 'ଗାଁ ମାଟି - ଶହେ କୋଟି। ମା କହେ। ହେଲେ ଗାଁକୁ ଯିବାର କଥା ଉଠିଲେ ବାସନ୍ତୀ ମୁହଁ ଫଣଫଣ କରି ତାକୁ ରଖେଇ ଥୁଅଇ ଦିଏନି। କେତେ କଷ୍ଟରେ ନୂଆଁଖାଇକୁ ଦୁଇ ଦିନ ପାଇଁ ଯାଏ। କାଳେ ଗାଁକୁ ଯିବ ବୋଲି ଚାଲାକିରେ ତିନି ବର୍ଷର ଛୁଆଟାକୁ

ନେଇ କୋଉ ସ୍କୁଲରେ ନାଁ ଲେଖାଇ ଦେଲା। ତା ବୋପାର ଖଜାନା ଅଛି ତ ଏଠି, ଖୋଲି ଖୋଲି ଖାଇବ। ଏଥର ନୂଆଁଖାଇକୁ ଗଲେ ଯାହା ହେଲେ କିଛି ବିଚାର କରିବ।

ହେଲେ ମଝିରେ ମଝିରେ ମାଁ ଚାଲିଆସେ। ବିଧବା ଭତ୍ତାରୁ ଟଙ୍କା କାଣ୍ଟିକୁଣ୍ଟି ଛୁଆଙ୍କ ପାଇଁ ଦୁନିଆଁ ରକମର ଜିନିଷ ଧରି ଆସେ। ଚାଉଳ, ଡାଲି, ପନିପରିବାଠୁ ଆରମ୍ଭ କରି ତାର ମନପସନ୍ଦ ଆଚାର, ଆମ୍ବୁଲ ବୋହିକି ଆଣେ। ଶାଶୁର ଭାର ସରିବା ଯାଏଁ ବାସନ୍ତୀ ମନଟା ଠିକ୍ ରହେ। ମାଁକୁ ଆଦର କରେ। ହେଲେ ଆଠ ଦଶ ଦିନ ଯାଇ ଥିବକି ନାଇଁ ପୁଣି ତାର କାରନାମା ଦେଖାଏ। ବେଳହୁଁ ସାବଧାନ ପରି ମାଁ ଆପଣାଛାଏଁ ଯିବାକୁ ବାହାରେ। ରହି ଯିବାକୁ କହିଲେ କହେ - ଏହି ଭତ୍ତା ଟାକୁ ପରା ମୁଁ ସେଠି ଯମ ପରି ଜଗି ବସିଛି। ଏଠି ରହିଗଲେ ଏଇଟା ପୁଣି କାହା ନାଁରେ ଚଢିଯିବ କେଜାଣି। ଆଜିକାଲି ପରା ଗାଁରେ ଯେତେକ ବାଡୁଅ ମିଛିମିଛିକା ସ୍ୱାମୀର ରାଣ୍ଡ ହୋଇ ଭତ୍ତା ନେଉଛନ୍ତି। ବେସରମି ଯାକ କୋଉଠାର। ଛିଃ ଛିଃ...

ପୁଅ ଜିଉଁତିଆର ବାସି ଦିନ ଲସର ପସର ହୋଇ ଧାଁଇଆସେ। ପୁରା ଗୋଟେ ଦିନ ନିର୍ଜଳା ଉପବାସ। ଏଇ ବୟସରେ ବି ନିୟମ ଢିଲା କରେ ନାଇଁ। ଶହେ ଆଠ ଦୁବରେ ଶହେ ଆଠ ଅକ୍ଷତ ଅରୁଆ ଚାଉଳ ଚଢ଼ାଉ ପୁଅ ପାଇଁ ଶହେ ଆଠ ବର୍ଷର ପରମାୟୁ ମାଗେ। ତାକୁ ଦୁବ ଛୁଁଆଇଲେ ଯାଇ ପାଣି ପିଏ। ଦୁବ ମାଖିଲାବେଳେ ସେ ଗୋଟେ ରକମର ଦୋଷୀ ଦୋଷୀ ଗଳାରେ ସେଥର କହିଲା- ଏଥର ବି ଶାଢ଼ୀଟା ପଠାଇ ପାରିଲିନି। ଏଇ ସାନଟାର ଝାଡ଼ାବାନ୍ତିରେ ଗୁଡ଼େ ଟଙ୍କା ଖର୍ଚ୍ଚ ହୋଇଗଲା ତ... ! ମାଁ ତା ପାଟିରୁ କଥା ଛଡ଼ାଇ କହିଲା- ହଉ ତୁ କହିଲୁ , ମୁଁ ପିନ୍ଧିଲି। ମୋର ଆଉ କେତେ ଦିନ ଯେ ତୁଛାଟାରେ ବାକସ୍ ପିନ୍ଧିବାକୁ ଲୁଗା କିଣିବୁ। ଟଙ୍କା ପଇସା ଏମିତି ସେମିତି ଖରଚିବୁ ନାଇଁ। ପିଲାଙ୍କୁ ଦେଖ୍। ମାଁ ପାଇଁ ତୋ ମନରେ ଦକ ଅଛି ତ। ହେଲା, ସେଥିରେ ତ ମୁଁ ସରଗ ଚଢ଼ିବି। ମୋର ଲୁଗାପଟାରେ ହେବ କ'ଣ ?

ଏମିତିରେ ୟାଡୁ ସ୍ୟାଡୁ କେତେ ଖର୍ଚ୍ଚ ହେଇଯାଉଛି। ହେଲେ ମାଁ ବେଳକୁ ସେ ବି ଆପଣାଛାଏଁ ଢିଲା ହୋଇଯାଏ। ମାଁ ର ଅରମାନ ବୋଲି କିଛି ନ ଥାଏ ନା କ'ଣ ଦୁନିଆଁ ଯାକର ସବୁ ଭାବ ଅଭାବରେ ତାକୁ ଚଳେଇ ନେଇ ହୁଏ। ବଜାର ଛକର ପାନ ଦୋକାନୀ ଭଜ କାକା ଠିକ୍ କହେ - ବୁଝିଲୁ ବେଟା, ଆଗ କାଳେ ମୁନି ଋଷି ମାନେ ବହୁତ ଭାବି ଚିନ୍ତି ନୀତି ନିୟମ ରଖିଛନ୍ତି ଟି। ପୁଅ ଜିଉଁତିଆ, ଭାଇ ଜିଉଁତିଆ କି ସାବିତ୍ରୀରେ ନୂଆ ଲୁଗା ଖଣ୍ଡେ ଦେବାର ରିକ୍ମା ନଥିଲେ ମାଈକିନା ମାନେ ଏତେ ସହଜରେ ଲୁଗାଟେ ପିନ୍ଧି ପାରି ନ ଥାନ୍ତେ। ପୁରୁଷ ମନଟା ଆପଣା ସାର୍ଥିକ। - ଏ

କଥା ମୁନି ଋଷିମାନେ ଠିକ୍ ଜାଣିଥିଲେ ରେ। ମାଁ ତା ଆଉ କିଛି ନ ଭାବିଲେ ବି, ନିଜର ତ ଫେର୍ ଭାବିବାର ଅଛି। ତିନି ଦିନ ପରେ ଇଦ୍। ପଠାଣ ଅଟୋ ବାହାରିବ ନାହିଁ। ସେଇ ମଉକାରେ ଦି ପଇସା ଅଧିକା କମାଣି କରି ହେବ।

ସତକୁ ସତ ଇଦ୍‌ରେ ବିନ ସାରାଦିନ ଥକିଲା ନାହିଁ। ତା ପରଦିନ ଶନିବାର। ଚକିରୀଆ, ପଢୁଆ ଯାକର ଘରକୁ ଯା ଆସର ଭିଡ଼ରେ ବି ବେଶ୍ କିଛି କମାଣି ହୋଇଗଲା। ତା ହାତରେ ସହଜରେ ତ ପଇସା ତ ରହେ ନାଇଁ। ଅଗତ୍ୟା ସେ 'ସମ୍ବଲପୁରୀ ବସ୍ତ୍ରାଳୟ'କୁ ଚାଲିଗଲା। ଲୁଗାପଟା ତାକୁ କିଣି ଆସେ ନାଇଁ। ବାସକୁ ନେଇ ଦୋକାନକୁ ଆସିଥିଲେ ଭଲ ଶାଢ଼ୀଟେ ବାଛି ଦେଇଥାନ୍ତା। ହେଲେ ଏଇଟା ଖାଲି ଭାବିବା କଥା ସିନା। ସେଥର ତାରି ପାଇଁ ଶାଢ଼ୀ କିଣିଲାବେଳକୁ ମାଁ କଥା ଉଠେଇଲାରୁ ମୁହଁଟା ଯେମିତି କଲା ଯେ ସେ ପଦେ କଣ କହି ଦେଇଥିଲେ ସେଇଠି ଦୋକାନରେ ଏକା ଝଗଡା ହେଇଯାଇଥାନ୍ତା। ଏ ମାଇକିନାଯାକ ଏମିତି ଛୋଟ ପରକୁତି କାଇଁ ଛାଡ଼ି ପାରନ୍ତି ନାଇଁ କେଜାଣି। ଭଜ କକାକୁ ପଚାରିଲେ କହିପାରନ୍ତା। ମାଁର ମୁହଁ, ରଙ୍ଗ ଆଖିରେ ରଖି ରଖି ବୋଝେ ହେବ ଲୁଗା ଘାଣ୍ଟିଲା। ଦେଖୁ ଦେଖୁ ହଠାତ୍ ସେଦିନ ବୁର୍ଲା ହସ୍ପିଟାଲରେ ଛାଡିଥିବା ବୁଢ଼ୀଟାର ଶାଗୁଆ ଧଡି ଲୁଗାଟା ମନେ ପଡ଼ିଗଲା। ବିନ ସେମିତି ଗୋଟେ ଶାଢ଼ୀ କିଣି ଆଣିଲା। ଶାଢ଼ୀଟାକୁ ଅଟୋ ସିଟ୍ ତଳେ ରଖିଦେଲା। ଘରକୁ ନେଲେ ବାସ ଦୁନିଆଁ ଝାମେଲା କରିବ।

ମାଁ ପାଇଁ ଶାଢ଼ୀ ଖଣ୍ଡେ କିଣି ପାରିଥିବାର ଖୁସିଟାକୁ ଭିତରେ ଭିତରେ ସମ୍ଭାଳି ନ ପାରିଲା ପରି ଦିନେ ଖାଉ ଖାଉ ବିନ ପଚାରି ପକାଇଲା, ଆଚ୍ଛା, ଆଗ ନୂଆଖାଇ ପଡ଼େ ନା ପୁଅ ଜିଉଁତିଆ ?

- କାଇଁ ? କଣ ପାଇଁ ଏତେ ଲଗନ୍ ଦେଖା ? କେତେ କମାଣି କରି ଏକବାର ଜମ୍‌କି ଯାଇଛ ଯେ ଖାଲି ପରବ୍ ମନେଇବାକୁ ବାହାରି ପଡୁଛ। ଆଗରୁ କହି ଦେଉଛି, ନୂଆଁଖାଇ ନାଟ ଲଗାଇବନି। ଏଠି ସହରରେ କେହି ଆଉ ନୂଆଁ ଖାଉ ନାହାଁନ୍ତି ନା କ'ଣ ? ଖାଲି ଗାଁକୁ ଗଲେ ଯାଇ ସବୁ କଥା ହେଉଛି। ତମ ମାଁକୁ ଏଠିକି ଡ଼ାକି ଆଣିଲେ କଣଟା ଅଶୁଦ୍ଧି ହେଇ ଯାଉଛି କେଜାଣି। ଜାଉ ଟିକିଏ ଚାଖିବା ପାଇଁ ହଜାର ଟଙ୍କା ଖର୍ଚ୍ଚ କରି ଏତେ ବାଟ ଧାଇଁବାର ଦରକାର ନାଇଁ କହୁଛି। ହାତରେ କମାଣି ଭଲା ସେତିକି ହୁଅନ୍ତା।

ତାର ଧାଡ଼ିକିଆ ପ୍ରଶ୍ନର ଏକ ଲମ୍ବା ଚଉଡା ଉତ୍ତରଟା ପାଇଁ ବାସନ୍ତୀ ଯେମିତି କୋଉ ଦିନରୁ ଟାକି ରହିଥିଲା। ସୁବିଧା ଅସୁବିଧାରେ ତାର ସଂସାରକୁ କଷ୍ଟେ ମଷ୍ଟେ ବାସ ଚଳେଇ ନଉଛି। ସତ କଥା। ହେଲେ ତାର ମୁହଁ ଟାଣ କଥା ଆଉ ସହି ହଉନି।

ଗାଁରେ ଅଲଗା ରକମର ଥିଲା। ଯାକୁ ସହରୀ ପାଣି ଆଛା ଚଢ଼ିଲା। ସହରୀ ଢଙ୍ଗ କଥା ପଡିଲେ ମାଁ କଥା ମନେ ପଡ଼େ। ପହିଲା କରି ମାଁ ତା ପାଖକୁ ଆସିଥାଏ। ରିଂ ରୋଡ୍‌ରେ ଦଳ ଦଳ ଲୋକଙ୍କ ସକାଳ ବୁଲା ଦେଖି ଭାରି ବ୍ୟସ୍ତ ହେଇ ପଚାରିଲା: ହଇରେ, ପୁଣି କାହାର କଣ ଅଘଟଣ ହେଲା କି ? ଏତେ ଗୁଡେ ଲୋକ, ମାଈକିନା ଏମିତି ଧାଇଁ ଧପାଲି ଯାଉଛନ୍ତି ଯେ।

– ନାଇଁ ନାଇଁ, ସେଇଟା ତାଙ୍କର ସକାଳ ବୁଲା, ବିନ ଟିକେ ହସି କହିଲା।

– ସହରରେ ଚାକିରୀଆ ଲୋକର ସିନା ସକାଳୁ ଚାଷ କାମ ନାଇଁ। ଏ ମାଈକିନା ଯାକ ବାସିକାମ ନ କରି ଏମିତି ଭଟା ଜାଗାରେ ଟଙ୍ଗ୍‌ଟଙ୍ଗ୍ ହେଇ କିଆଁ ଯାଉଛନ୍ତି ଯେ ?

– ଘର କାମପାଇଁ ତାଙ୍କର ଲୋକ ଥାଆନ୍ତି। ଦେହ ଫିଟ୍ ରଖିବା ପାଇଁ ସେମାନେ ସକାଳୁ ଚାଲନ୍ତି। ଏଥର ବୁଝିଲୁ ତ ? ବିନ ସେମିତି ହସି ହସି କହିଲା।

– ଏଁ ! ଇଆଡ଼େ ଘର କାମକୁ ଦିହ ଅଳସ, ସିଆଡେ ଦିହ ଅଳସକୁ ଏ ମାଙ୍କଡ଼ ନାଚ ! ହାଏରେ ଏ ସହରୀ ଢଙ୍ଗ ! ମାଁ ମୁଣ୍ଡରେ ହାତ ମାରି କହୁ କହୁ ବାସ ଆଡକୁ ଥରେ ଆଖି ପହଁରେଇ ଦେଲା।

ବାସ ଯାଉ କି ନଯାଉ ସେ ଏଥର ନିଶ୍ଚୟ ଯିବ। ବିନ ମନେ ମନେ ଠାନି ଦେଲା। କେତେ ଦିନ ହେଇଗଲାଣି ମାଁ ମୁହଁଟା ପିଟି ହେଉଛି। ଆଗ ପରି ମାଁ ବି ଆଉ ଯା ଆସ କରି ପାରୁନି। ଗଲା ଥର ପୁଅ ଜିଉଁତିଆ ବାସି ଦିନ ଆସି ପାରିଲାନି। ବାତ ପାଇଁ ଗାଡ଼ିରେ ଉଠାବସା କରିବାକୁ ସାହସ କଲାନି। ଦୁବ ମାଖିବାକୁ ଯିବା ପାଇଁ କେତେ ଜଣଙ୍କ ହାତରେ ସେ ଯେ ଖବର ପଠାଇଛି ତାର ହିସାବ ନାହିଁ। ଆଜି ଯିବି କାଲି ଯିବି ହେଇ ହେଇ ସେ ବି ହେଲା କରି ଦେଇଛି। ଏଥର ଯାଇ ଦୁଇ ବର୍ଷର ଦୁବ ଯାକ ମାଖିକି ଆସିବ।

ରବିବାରିଆ ସକାଳଟା ବିନର ସେତେ ହରବର ନାଇଁ। ପାସେଞ୍ଜର ବଜାର ମାନ୍ଦା। ସ୍କୁଲ, କଲେଜ, ଅଫିସ ପାସେଞ୍ଜର ସବୁ ବନ୍ଦ। ବିନ ଧିରେ ସୁସ୍ଥେ ଷ୍ଟେସନ ଆଡକୁ ଗାଡ଼ି ଛୁଟାଇଲା। ଷ୍ଟେସନରେ ପହଞ୍ଚୁ ପହଞ୍ଚୁ ମୋବାଇଲ ବାଜିଲା। ସେପଟେ ମଝିଆଁ କାକାର ପୁଅ ସୀତାରାମ କହୁଥିଲା, ତୋ ମାଁ କୁ ଜର। ସାତଦିନ ହେଲା। ମଝିରେ ଔଷଧ ଆଣି ଦେଇଥିଲି। ଟିକେ ଛାଡ଼ିଥିଲା। ପୁଣି ଧରିଛି। ଏଠି ତ ସବୁ ଦୋକାନରେ ନକଲି ଔଷଧ। ଏଥିରେ କ'ଣ ଭରସା କରିବୁ। ତୁ ଆସି ତାକୁ ନେଇ ଯା। ବୁର୍ଲାରେ ଟିକେ ଦେଖାଇଦେବୁ। ତୁ ହଇରାଣ ହେବୁ ବୋଲି ତତେ ଫୋନ୍ କରିବାକୁ ମନା କରିଥିଲା। ମୁଁ ମୋ ଆଡୁ ତାକୁ ନ କହି ଫୋନ୍ କଲି...।

ବିନ ସେଇଠି ସେମିତି ଝବି ମାରି ରଖିଦେଲା। ବାସକୁ ସେଇଠି ଫୋନ୍‌ରେ କହିଦେଇ ଗାଁ ବସ୍ ଧରିଲା। ଯିବା ଆଗରୁ ବେଗ୍‌ଟାଏ କିଣିଦେଇ ତା ଭିତରେ ଫଳମୂଳ, ବିସ୍କୁଟ, ପାଉଁରୁଟି କିଣି ଭରିଲା। ମନେ ପକେଇ ଅଟୋ ସିଟ୍ ତଳୁ ଶାଢ଼ୀ ଖଣ୍ଡକ ବି କାଢି ଆଣି ବେଗ୍‌ରେ ଭରିଲା। ମାଁ ଖଣ୍ଡିକ ବି କଣ କମ୍ କି। ସେଥର ସେମିତି ବେମାର ଥିବା ଖବର ପାଇଁ ତାକୁ ଆଣିବାକୁ ଗାଁକୁ ଗଲା। ମାଁ ତା ସାଙ୍ଗରେ ଆସିବ କ'ଣ, ଓଲଟି ସେ ସାଙ୍ଗରେ ନେଇକି ଯାଇଥିବା ଫଳ ବିସ୍କୁଟ ସବୁ ଛୁଆ ଖାଇବେ କହି ଫେରାଇ ଦେଲା। ତାର ମଥା ଆଉଁସି କହିଲା- ତୁ ତ ମୋର ସବୁ ରୋଗ ବଇରାଗର ଓଉଷଧିରେ ପୁତା। ତତେ ଦେଖିଲି। ଏଥର ମୋ ଦିହ ଛାଆଁକୁ ଛାଆଁ ବାଗେଇଯିବ, ଦେଖିବୁ। ସତକୁ ସତ ଚାରି ଦିନରେ ମାଁ ପୁଣି ଚେଙ୍ଗା ହେଇ ବାଡି କାମରେ ଲାଗିଗଲା। ଏଥର ପୁଣି ଆସିବାକୁ ମଙ୍ଗୁଛି କି ନାଇଁ ଦେଖ।

ଗାଁ ମୁଣ୍ଡରେ ପାଦ ରଖୁ ରଖୁ କୈଳାସ ଗୁଡିଆ ପାଖ ଗାଁରୁ ବରା ବିକି ଫେରୁଥାଏ। ତାକୁ ଦେଖି କହିଲା - ହଇରେ ବିନ, କଥାଟା ଠିକ୍ ହେଉନାଇଁ। ବିନା ବାପରେ ତୋ ମାଁ ତୋତେ ବଢେଇ ଥିଲାଟି। ଏଇ ବୟସରେ ତାକୁ ଏମିତି ଏକୁଟିଆ ପକାଇ ରଖିବାଟା ଧରମ ସତରେ ସହିବନି କହୁଛି।

ବିନ ତରତର ହୋଇ ଆଗକୁ ବଢିଲା। ଯିଏ ଭେଟ ପଡ଼ିଲା ସେହି ଗୋଟେ କଥା। ଖାଲି କହିବାର ଢଙ୍ଗଟା ଅଲଗା ଅଲଗା। ମାଁ ଉପରେ ମନେ ମନେ ଟିକେ ଅସନ୍ତୋଷ ହେଲା। ତାରି ବୁଦ୍ଧି ଯୋଗୁଁ ପୁଅଟା ଏମିତି ବାର ହିନସ୍ତା ହେଉଛି। ସେ କଥା କଣ ସେ ବୁଝୁଛି। ଏଥର ଯେମିତି ହେଲେ ସବୁ ବୁଝାଇ କହିବ।

ଘର ଭିତରକୁ ପଶୁ ପଶୁ ବିନ ଗୋଟିଏ ରକମ ଥମ୍ ହେଇ ରହିଗଲା। ଖଟିଆରୁ ମାଁର ଦିହଟା ଆଉ ଅଲଗା ଦେଖା ଯାଉନଥିଲା। ମାଁ ବଲ୍‌ବଲ୍ କରି ଝହିଁଥିଲା। ମଝିଆଁ ଖୁଡି, ସାନ କାକା ସମସ୍ତେ ତା ପୁଅ ଆସିଥିବା କହି ତାକୁ ଚେତେଇ ଦଉଥାନ୍ତି। ମାଁର ଆଖି ଦୁଇଟା ମେଲା ଥିଲା। ବେଗ୍‌ଟାକୁ ମଝିଆଁ ଖୁଡି ହାତରେ ଧରେଇ ଦେଇ ବିନ ମାଁର ମୁଣ୍ଡ ପାଖରେ ବସିଲା। ମାଁର ମୁଣ୍ଡକୁ ଆଉଁସିଲା। ଡାକିଲା। ମାଁ ଉପରକୁ ଚାହିଁଲା। ଆଖିରେ ପାଣି ଜମିଲା।

- ଏଇ ପଅରଦିନ ସକାଳ ଯାଏଁ ଚଲାବୁଲା କରୁଥିଲେ ନାନୀ। କାଲି ରାତିରୁ ଆଉ ହୋସ୍ ରହିଲା ନାହିଁ। ମଝିଆଁ ଖୁଡୀ କହିଲା।

ସାଇ ପଡ଼ିଶା ଘର ଲୋକଙ୍କ ପଦେ ଦୁଇ ପଦ ଧୀମା କଥା ଭିତରେ ବିନ ମାଁର ଗୋଡ଼ ପାଖରେ ବସିଥାଏ। ଖଟିଆ ସେପାଖ ଝୁଲୁଥିବା ବାଉଁଶ ଅଡାରେ ମାଁର ଚିରା ଶାଢ଼ୀଟାକୁ ଦେଖି ବେଗ୍‌ରେ ଥିବା ନୂଆ ଶାଢ଼ୀଟା ତା ମନଭିତରକୁ ଧସେଇ ପଶି

ଆସିଲା ଯେମିତି। ବାଉଁଶ ଅଡାର ମୁଣ୍ଡରେ ଛୋଟ ଜରିଟାଏ ଓହଳା ହୋଇଥାଏ। ଜରି ଭିତରେ ଶୁଖିଲା ଦନାରେ ମୋଡା ହୋଇ ଶୁଖିଲା ଦୁବ କେରାଏ ରଖା ହୋଇଥାଏ। ଗଲା ବର୍ଷର ଦୁବ।

ଖରା ମହଲଣ ବେଳକୁ ମା'ର ଆଖି ପଡ଼ିଗଲା। ଆଖପାଖ ଜାତିଲୋକ ସମସ୍ତେ ଏ ଅବେଳରେ ସାହାପଟ ହେବାକୁ ଧାଇଁ ଆସିଲେ। କିଏ ଜଣେ ବାସ ପାଖକୁ ଲୋକ ପଠାଇ ଡକାଇ ଆଣିବାକୁ କହିଲେ। ଆଉ ଜଣେ କିଛି ଲାଭ ନାହିଁ କହି ମନା କଲା। ବିନ ମୁହଁ ତଳକୁ କରି ବସିଥାଏ। ସାନକାକା ବାଡିରୁ କଦଳୀ ଗଛ ଚାରିଟା କାଟି ଆଣିଲା। ମା'କୁ ତଳେ ଶୁଆହେଲା। ଖଟ ଓଲଟାଇ ଚାରି ପୁହାରେ ଚାରିଟା କଦଳୀ ଗଛ ବନ୍ଧା ହେଲା। ଓଲଟା ଖଟରେ ଛିଣ୍ଡା କୋତରା ସହିତ ମା'କୁ ଶୁଆଗଲା। କନ୍ଦା କଟା ଆହା ପଦ ଭିତରେ ସାଇ ମାଇକିନା ନୀତି ନିୟମର କାମତକ ନିଜ ଆଡୁ ସାରିଦେଲେ।

- ଆହା, ଯାହା ହେଲେବି ତା'ରି ରକତ। ପିଲାଟାର ମନ କ'ଣ ଲାଗିଲା କେଜାଣି ନୂଆଁ ଲୁଗା ଖଣ୍ଡେ ବି ନେଇକି ଆସିଛି ବିଚରା। ବେଗ୍‌ରୁ ଶାଢ଼ୀ ଖଣ୍ଡକ କାଢ଼ି ମାଁ ଦେହରେ ପକେଇ ଦେଉ ଦେଉ ମଝିଆଁ ଖୁଡି କହିଲା।

ବିନର ତଣ୍ଟିରେ କଣଟାଏ ଅଟକି ଗଲା। ସାଗୁଆ ରଙ୍ଗର ଧଡ଼ି ଶାଢ଼ୀଟାକୁ ସେ ମାଁ ଦେହରେ ଘୋଡ଼େଇ ଦେଲା।

ମାଁର ଶବ ଉଠିଲା। ବିନ ଆଉ ତାର କକା ପୁଅ ତିନି ଜଣ କନ୍ଧା ଦେଲେ। ମାଁକୁ ଉଠାଉ ଉଠାଉ ବିନ ଧରିଥିବା ପଟର ଖଟ ପୁହାଟା ବାଉଁଶ ଅଡାରେ ବାଜିଗଲା।

ଅଡ଼ା ମୁଣ୍ଡରେ ଟଙ୍ଗା ଜରିରୁ ଦୁବ କେରାଟା ଫିଟି ଯାଇ ବିନର ମୁଣ୍ଡ ଉପରେ ବିଞ୍ଚି ହେଇଗଲା।

■

ସ୍ତ୍ରୀ

ତରତର ହେଇ ପଧାନଘର କ୍ଷେତର ହିଡ଼ ଉପରକୁ ଉଠିଲା ଗୁର୍ବୀ। ମୁଣ୍ଡରେ ବୋହିଥିବା ପିତ୍ତଳ ପରାତ ଥାଳିରୁ ତୋରାଣି କଂସାଟା ଓହ୍ଲାଇ ଆଣି ବଡ଼ ସନ୍ତର୍ପଣରେ ଥୋଇଲା। କାନିରୁ ଲୁଣ ଲଙ୍କା ପୁଡ଼ିଆଟା ଖୋଲି ରଖିଲା। ତୋରାଣି ଢାଳି ହେଇ ଲୁଣ ବତୁରିଯିବ ବୋଲି ସବୁଦିନ ସେ କାନି ପଣତରେ ବାନ୍ଧି ରଖିଥାଏ। ତୋରାଣି କଂସା ଉପରେ ନାଲି ଲଙ୍କାମରିଚଟିଏ ପକେଇଲା ଗୁର୍ବୀ। ନ ହେଲେ ଗାଁ ଦାଣ୍ଡରେ ଆଇଲାବେଳେ କେତେ ଲୋକଙ୍କ ଅସୁର-ଦୃଷ୍ଟି ପଡ଼ିଯିବ। ପାତଳଘଣ୍ଟା ଆଉ ବାଇଗଣ ପୋଡ଼ା ଚକଟାରେ ଚିଙ୍ଗୁଡ଼ି ଭାଜିକି ପକେଇଛି। ପୀତବାସ ଭାରି ସୁଖପାଏ। ଏଇଠୁ ଚାହିଁଲେ ଗାଁ ଘରମାନଙ୍କରୁ କାଁ ଭାଁ ଗୋଟିଏ ଦିଇଟା ଚାଳିଆ ଦେଖାଯାଉଛି। ନ ହେଲେ ଗାଁଟା ଏକବାର ଲୁଚି ଯାଇଛି। ଉପରକୁ ଚାହିଁଲେ ଲାଗୁଛି, ଯେମିତି ଗାଁ ଖଣ୍ଡିକ ଆକାଶରେ ଝୁଲୁଛି। ତଳକୁ କ୍ଷେତ ଖଳା ବାଡ଼ି। ଡୁଙ୍ଗୁରି ମଝିରେ ଅରମା ଜଙ୍ଗଲ କାଟି ଯେ ଯାହାର ଆବୋରି ଚାଷ ଜମିର ଧାଡ଼ି ଲମ୍ବେଇ ଦେଇଛନ୍ତି। ମଝିରେ ମଝିରେ ଆପଣା ଜମି କରକୁ ଚାଷ ଘର କାନ୍ଥ ଦିଆହୋଇଛି। ଜାଗାଏ ଜାଗାଏ ଢିପ ବାରିକୁ ପାଣି ନେବା ପାଇଁ ଟେଣ୍ଡା ଖଞ୍ଜା ହୋଇଛି। କ୍ଷେତର ଚାରିଆଡ଼େ ଥରେ ଆଖି ବୁଲେଇ ଆଣିଲା ଗୁର୍ବୀ। ଖରା ଦିହକୁ କାଟିଲାଣି। ଆଜି ପଧାନଘର ଜମିକୁ ହଳ ନେଇଯାଇଛି ପୀତବାସ। ତା'ର ନିଜ ଚାଷ ଜମି ଖୁବ୍ କମ୍। ଜଲ୍‌ଦି କାମ ସରିଯାଏ। କାଳିଆ କଷରା ବଳଦ ଦିଓଟିକୁ ଗୁର୍ବୀ ଖୁବ୍ ଯତ୍ନରେ ରଖେ। ଖାଲି ସମୟରେ ପୀତବାସ ଦିହିଁଙ୍କୁ ଭଡ଼ା ହଳରେ ଲଗେଇ ଦି'ପଇସା ପାଏ। ତେଲ ଲୁଣ ଚଳିଯାଏ ସେଥିରେ। ଦି' ବରଷ ହେଲା ଗୋତି ରହୁନାହିଁ। ମୁଠେ ଖାଇବା ପାଇଁକି ପର ଜମିରେ ହାଡ଼ଭଙ୍ଗା ମିହନ୍ତ ପିଟେଇକୁ ଆଉ ସୁହାଇଲା ନାହିଁ।

କ୍ଷେତ ସବୁ ଖାଁ ଖାଁ- କିଛି ନ ଥାଏ। ଫସଲ ଉଠିଗଲା ପରେ ଜମି ସବୁ ହଳ

କରାଯାଉଥାଏ। ଯୁଆଡ଼େ ଦେଖିଲେ, ଖାଲି ମାଟିଆ ମାଟିଆ। ଆଖ ପାଖର ତାଷ ଘରୁ ଗୋଟି ହଳିଆ କା'ର ମୁହଁ ଦେଖାଯାଉନି। ସଭିଏଁ ତୋରାଣି ପିଇ ଯେଝା ଯେଝା କ୍ଷେତକୁ ବାହାରି ଗଲେଣି ପରିକା ଲାଗୁଛି। ପଧାନ ଘର କ୍ଷେତକୁ ଭୋଇ ଘର କ୍ଷେତ ଲାଗିଛି। କ୍ଷେତ ମୁଣ୍ଡକୁ ଭୋଇ ଘର ତେଣ୍ଡା କେଁ କଟର ଡାକୁଛି, ନିଛାଟିଆ ବେଳରେ ଡରେଇ ଦେବ ଯେମିତି। ଆଉ ଟିକିଏ ଛାଡ଼ି ଭୋବନି ଘର ଗୋଟି ହଳ କରୁକରୁ ଘାଗଡ଼ା ଗଳାରେ ସୁର ଛୁଟେଇଛି .... ରାମ ଯେ ଲଇକ୍ଷଣ ମୃଗୟାକୁ ଗଲେ...।

ନି'ତି ସକାଳୁ ପିତେଇ ଚା' ପାଣି ଦି' ଢୋକ ଆଉ ମୁଢ଼ି ଦି' ଚାରିମୁଠା ପାଟିରେ ପକେଇ କ୍ଷେତକୁ ଆସେ। ସକାଳ ଖରା ଟାଣେଇବା ଆଗରୁ ସେ ବାସି ତୋରାଣି ନେଇ ପହଞ୍ଚିଯାଏ। ଗାଁଟା ସାରାର ଯାହା କ୍ଷେତରେ କାମ କରୁଥିଲେ ବି ମିଶ୍ର ଘର ନୂଆବନ୍ଧରେ ଗାଧୋଇକି ଫେରେ ପିତେଇ। ନୂଆ ବନ୍ଧ ପାଣି ତା ଦିହକୁ ଆଠକାଳି ବାରମାସୀ ସୁହାଏ। ବାମ୍ପଉଠା ଭାତ ସାଙ୍ଗକୁ ଶାଗ, ରାଇ କି ଚିଙ୍ଗୁଡ଼ି ବେସର ଯୋଉଦିନ କରିପାରେ, କରେ। ରାତିକୁ ବି ସେଇୟା। ଆଉ କା' ଘର ପଖାଳ ପାଣିରେ ପିତେଇର ମନବୋଧ ହୁଏନାଇଁ। ତା'ରି ହାତରନ୍ଧାକୁ ଭାରି ସୁଖପାଏ ସେ। ଯାହିତାହି କରି ମୁଠାଏ ଥୋଇଦେଲେ ତା' ତଣ୍ଟିରେ ତ ଗଳେ ନାଇଁ। ବେଳ ଜଗି ଖାଇବାଟା ନ ହେଲେ ସଙ୍ଗେ ସଙ୍ଗେ ଖପ୍‌ପା ହୋଇଯାଏ, ଯାହାତାହା ବକିଯାଏ। ଲୋକବାକ ଜାଗା ଅଜାଗା ଆଉ ଦେଖେନି। ଆଜି ସକାଳୁ ପାଣି ଦି' ଢୋକ ବି ପିଇନନାହିଁ। ରାହାବାଳି ଶାଶୁ ବୁଢ଼ୀର ନାଟ ଯୋଗୁଁ ହିଁ ଆଜି ଦିନଟାର ଯୋଗଟା ବିଗିଡ଼ି ଗଲା। ଆଖିକୁ ପଛେ ଅଧା ଦେଖାଯାଉନି, ସେଥିରେ ସବୁ କଥାକୁ ନଜର ରଖେ ବୁଢ଼ୀ। ବାହାଘରର ଛଅ ସାତ ବର୍ଷ ପରେ ଗୁର୍ବୀର ପିଲାଝିଲା କିଛି ହେଇନି। ତା ପାଇଁ ପୂଜା ମାନସିକ ବି ବହୁତ କରେ। ହେଲେ, ଏ ନେଇ ପିତେଇର ମନ ଅସୁଖ ହେବାର ସେ କେବେ ଜାଣିନାଇଁ। ଗୁଣିଗାରେଡ଼ି କଥା କହିଲେ ପିତେଇ ହଃ କରି ଉଡ଼େଇ ଦିଏ। ବେଶୀ କଟରକଟର କଲେ ଗାଗିଯିବ ଭାବି ଗୁର୍ବୀ ବି ଲଗାଏନି। ଆଜି ସକାଳୁ ନଣନ୍ଦର ସାନପୁଅକୁ ପୋଷିଆଁ ପୁଅକରି ଆଣିବା ପାଇଁ ବୁଢ଼ୀ ଲଗେଇଲା। ତାକୁ କି ପିତେଇକୁ ପଦେ ନକହି ନଣନ୍ଦ କାନରେ ବି କଥାଟା କେବେଠୁଁ ପକେଇ ଦେଇଛି। ଏଇ କଥାକୁ ନେଇ ପାହାନ୍ତା ପହରୁ ଶାଶୁ ବୋହୂଙ୍କର କଥା କଟାକଟି ଆରମ୍ଭ ହୋଇଗଲା। ଦି'ଜଣଙ୍କ ପାଟିତୁଣ୍ଡ ଭତରେ ପିତେଇ ଭୁସ୍‌କିନା ରନ୍ଧାଶାଳକୁ ପଶିଆସି ତା' ପିଠିରେ ଦୁଲ୍‌ଦୁଲ୍ ବସେଇ ଦେଲା। ଦି' ହାତର କଚଟିକୁ ଏମିତି ଦାବିଦେଲା ଯେ ପିନ୍ଧା କାଚତକ ଭାଙ୍ଗିଯାଇ ଚୁଲି ମୁଣ୍ଡରେ ପଡ଼ିଲା।

ଗରଗର ହେଇ ହଳ ନେଇ ଘରୁ ବାହାରି ଗଲା ପିତେଇ। ଭଙ୍ଗା ଚୁଡ଼ିସବୁକୁ ଚୁଲି ମୁଣ୍ଡରୁ ସାଉଁଟୁ ସାଉଁଟୁ ଗୁର୍ବୀ ଲୁହ ପୋଛି ଶାଶୁ ବୁଢ଼ୀକୁ ବହେ ସମ୍ଭିଲା। ସବୁଥର ଏଇମିତି ହୁଏ। ବୁଢ଼ୀମା' ଉପରେ ତା' ରାଗଟାକୁ ତା'ରି ପିଠିରେ ସାରେ ପିତେଇ। ପଛନ୍ତେ ପସ୍ତେଇ ହେଲେ କ'ଣ ହେବ, ରାଗଟା ତ ତା' ନାକ ଅଗରେ ପାଚିଲା ବିଷଫଳ ପରି ଝୁଲୁଛି! କୋଉ କଥାକୁ ଟିକିଏ ବେଳ ଗଡ଼ିଗଲେ ମୁହଁଟା ତା'ର ଏକବାର ଫଣଫଣେଇ ତାକୁ ଗାଳି ଦେଇଯାଏ କାହିଁରେ କ'ଣ - ତାକୁ କେମିତି ସେ, ଦିନରାତି ପର ଘରେ ଖଟି, ପୋଷୁଛି... ବେଳା ଘଡ଼ି ଗୁର୍ବୀର ବାପର କାଇଦାରେ ଚଳୁନାଇଁ, ଦିହମିହନ୍ତ କାମ। ତା' ବାପ ସରକାରୀ ଚାକିରୀ ଥୋଇ ଦେଇନି... ଏମିତି ଆଉ କେତେ କେତେ କଥା। ଗୁର୍ବୀ ତୁନି ହୋଇ ତା' ଗାଳି ଶୁଣିଯାଏ। ପିତେଇର ରାଗଟାକୁ ଅଦିନିଆ ମେଘ ପରି ଉଡ଼େଇ ନିଏ ସେ।

ଆଜି ବେଳ ଗଡ଼ି ଗଲାଣି, ଆଉ ପଖାଳ ତୋରାଣି ଆଣିବାର କିଛି ଅର୍ଥ ନାଇଁ। ତାକୁ ଲାଗୁଥାଏ, ଏ ବିଳମଝିରେ ସେ ଯେତେ ବେଶୀ ଅପେକ୍ଷା କରି କଟାଇବ, ପିତେଇର ରାଗ ସେତେ କମିଯିବ। କେବେ କେମିତି ଜରୁରୀ ପଡ଼ିଲେ କା' ଘରେ ବେଳେ ଅଧେ ଖାଇ ଦେଇଥାଏ ପିତେଇ। ତେବେ, ଆଜିକା କଥା ଅଲଗା। ପଖାଳପାଣି ସାଙ୍ଗକୁ ଆଜି ତାକୁ ବୁଝେଇବା ଦରକାର ଯେ କ'ଣ ପାଇଁ ତା'ର ଏତେ ଡେରିହେଲା। ଶାଶୁ ବୁଢ଼ୀର ଏମିତି ପାଲା ବାହାରେ। ଜନମ କଲା ମା'। ପିତେଇ ବି କ'ଣ ଆଉ କରିବ! ଆଉ କେତେଦିନ ବା ବଞ୍ଚିବ ଶାଶୁ ବୁଢ଼ୀ। କରୁ। ହେଲେ, ସକାଳ ଘଟଣାଟିକୁ ଘୋରତେଇ ପୋରତେଇ ସେ ଖାଲି ହେତୁ କରୁଥାଏ। ଗୁର୍ବୀ ଭାବୁଥାଏ, କେମିତି ବାଗରେ ପିତେଇକୁ କଥାଟା କୁହାଗଲେ ସେ ଠିକ୍ ବୁଝିପାରିବ, ଆଉ ହଠାତ୍ ରାଗରେ ନିଆଁବାଣ ହେବନାଇଁ। ପିତେଇର ରାଗଟା ଭାରି ଖରାପ। ଆଉ ଏଇକ୍ଷିଣା ଯଦି ବୁଧିଆ ଗାହାକ କଥା ଅଖାଡୁଆ କରି କିଛି କହିଦେବ, ତେବେ ପିତେଇ ଫାର୍ସା କୁରାଢ଼ି ନ ଉଠାଇ କଥା କହିବ ନାହିଁ।

ବୁଧିଆ ଗାହାକ ନାଁରେ ଏଣୁତେଣୁ ଗୁଡ଼ାଏ କଥା ଶୁଣାଯାଏ। ପାଲା ଆଉ କରମସାନୀରେ ଗାହାକ ହେଇ ଗୀତ ବୋଲେ। ଆଖପାଖ ଗାଁରୁ ବେଶ୍ ଡାକରା ଆସେ। ଯୋଉଠିକି ଯାଏ, କିଛି ନା କିଛି ଝମେଲା କରିଥାଏ। ତା'ର ଏଇ ଗୁଣ ଯୋଗୁଁ କୋଉ ବାହାକ ସାଙ୍ଗରେ ତା'ର ପଟେ ନାଇଁ। ତା'ର ସୁରଟା ଭଲ ଆଉ ଗାଏ ବି ଭଲ। ସେଇଥିପାଇଁ ଲୋକେ ଡାକନ୍ତି। କୁଟିଆପଦର ଗାଁରୁ, ଦି' ଛୁଆର ମା' ହେବ, ଗୋଟେ ମାଇକିନାକୁ ନେଇ ପଳେଇ ଆସିଥିଲା ବୋଲି ଗାଁ ଲୋକେ କୁହାକୁହି ହୁଅନ୍ତି। ଆଉ କେହି କେହି କୁହନ୍ତି, ମାଇକିନାଟା ତାକୁ ବିଭାହେବାକୁ ଜିଦି

ଧରିବାରୁ ତା' ପିନ୍ଧା ଲୁଗାରେ ତଣ୍ଟିଚିପି ମାରିଦେଲା କୁଆଡ଼େ । ପୁଲିସିକୁ ହାତଗୁଞ୍ଜା ଦେଇ ମୁହଁ ବନ୍ଦ୍ କରିଦେଲା । ଯେତେଦୂର ସମ୍ଭବ ଗାଁ ଲୋକେ ତାକୁ କରଛଡ଼ା ଦେଇ ରହନ୍ତି । ତା' ସାଙ୍ଗରେ କେହି କଥା କହନ୍ତି ନାଇଁ କହିଲେ ଚଳେ । ତା' ବୁଢ଼ୀ ମା'ଟି ବି ପୁଅର ଅପକର୍ମକୁ ଘୋଡ଼େଇବାରେ ଓସ୍ତାଦ । କିଏ ପଦେ କହିଲେ, ଦଶ ପଦ ହାଣିଦବ । ଲୋକଟା ନାଁରେ ଯେତେ ଶୁଣିଲେ ବି ଗାଁର ଝିଅ ବୋହୂ ଓ ପୁଣି ଗୁର୍ବୀ ଉପରେ ଆଖି ପକେଇବ, ଏ କଥା ସେ କେବେ ଭାବି ନ ଥିଲା । ସହଜେ ତ ଗାଁ ମାନ୍ୟରେ କକା-ଶଶୁର ହେବ, ଅଥଚ ତା'ର ବହପ ଦେଖ, କୂଅମୂଳେ ତାକୁ ଏକୁଟିଆ ଦେଖି କେଡ଼େ ଅପମାନ ନ ଦେଲା ।

ସକାଳ ପହରୁ ଘର କଳିରେ ଅଣନିଃଶ୍ୱାସୀ ହେଲାପରି ତରତର ହେଇ କୁମ୍ଭାରପଡ଼ା କୂଅକୁ ପାଣିପାଇଁ ବାହାରିଗଲା ଗୁର୍ବୀ । ପିଇବା ପାଇଁ ସେଇ କୂଅର ପାଣି ଆଣେ । ଗାଁଟା ସାରାର କୂଅପାଣି ଖାରିଆ ଲାଗେ । କୁମ୍ଭାର ସାଇର ଲୋକେ କୂଅମୂଳକୁ ସବୁବେଳେ ମାଠିଆ ଧରି ଯା'ଆସ କରୁଥାନ୍ତି - ଶାଳ ହାଣ୍ଡି ପାଣି ଭର୍ତ୍ତି ପାଇଁ । ଆଜି ତା ଦୁରୁଯୋଗକୁ ସକାଳୁ ସେଠି କେହି ନଥିଲେ । କୋଉଠି ଥିଲା କେଜାଣି, ବାଡ଼ିପଶା ବୁଧିଆ ଧାଇଁକିନା ତା ସାମ୍ନାକୁ ଆସି କହିଲା,- କିଲୋ ବୋହୂ ଆଜି ଏଡ଼େ ସକାଳୁ ସକାଳୁ... ପାଣି ମନ୍ଦେ ଢାଳି ଦେ, ପିଇବି । ରେମତା ଗାଁରେ ରାତିସାରା ସୁର ଧରିଧରି ତଣ୍ଟି ପଡ଼ିଯାଇଛି । ପାଣି ମାଗୁଛି, କେମିତି ବା ମନା କରିବ ! ଗରିଆ ମୁହଁକୁ ଆଡ଼େଇ ତା ହାତରେ ପାଣି ଢାଳିଲା ଗୁର୍ବୀ । ନଇଁପଡ଼ି ବୁଧିଆ ପାଣି ପିଇବ କ'ଣ, ତା' ଓଦା ଆଙ୍ଗୁଠି ଉପରେ ହାତ ରଖି ରଇଜଳା କହୁଛି, ଆଲୋ ବୋହୂ, କେତେ ସୁନ୍ଦର ରୂପ ତୋ'ର କଳାକାଠ ପଡ଼ିଗଲାଣି... । ପିତେଇଟା ଦେଖାଶୁଣା କରୁ ନାଇଁ କି ? ସେତିକିରେ ତ ଗୁର୍ବୀର ଦିହରେ ଚିଆଁ ଲାଗିଗଲା ଯେମିତି ! ଯୋଉଟାକୁ ଡରୁଥିଲା । ସେଇଟା ହିଁ ହେଲା । କିଛି ଭାବିବା ଆଗରୁ ଗୁର୍ବୀ ତମତମ ହେଇ କହିଲା - ମୁଁ ମୋର ଭଲ ଅଛି । ତୁମେ ଯାଉଛ ନା ଅଇଛା... । ପୋକପଡ଼ା ମୁହଁରେ ଆହୁରି ଦାନ୍ତ ନିକୁଟି କହିଲା - ରାଗୁଛୁ କାହିଁକି ବୋହୂ? ରେମତାରେ ବାଦି ପାଲା ହଉଛି, ଦେଖିଯିବୁ କି... ? ଗୁର୍ବୀ ଫଁ ଫଁ ହୋଇ ପାଣିତକ ତା' ମୁହଁ ସାମ୍ନାରେ ଅଜାଡ଼ି ଦେଇ କୂଅ ମୂଳରୁ ବାହାରି ଆସିଲା । ସେ ଯେମିତି ଖଣ୍ଡେ ଦୂର ଆସିଛି କି ନାଇଁ, ପଛରୁ ହି ହି ହସି ଆଣ୍ଠୁକୁଡ଼ା ଫେର୍ କହିଲା, - ଖରାପ ଘିନିଲୁ କିଲୋ ? ଶଶୁର-ବୋହୂ କ'ଣ ଯାତରା ଦେଖି ଯାଆନ୍ତି ନାଇଁ... କି... ତୁ କଥା ବୁଝୁନାଉଁ କି ଗୁର୍ବୀ... । ପୁଅ ଥିଲେ ତୋ'ରି ପରି ବୋହୂଟିଏ ଘରକୁ ଆସି ସାରନ୍ତାଣି । ରଇଜଳାର ଢଙ୍ଗ ଦେଖ । ଗାଁ ଝିଅ ହୋଇଥିଲେ ବଉଁଶବୁଡ଼ାକୁ ସେଇଠି ପାଟିତୁଣ୍ଡ

କରି ଟାଙ୍କେ ଚଢ଼େଇ ଦେଇଥାନ୍ତା । ହେଲେ, ଗାଁର ନିଶାପ କଥା ତାକୁ ଜଣା । ଝିଅ ପାଇଁ ଗୋଟେ ନ୍ୟାୟ, ବୋହୂ ପାଇଁ ଆଉ ଗୋଟେ । ମୁହଁରେ ସେଠି ଦୁଇ ପଦ କହିଦେବେ ସିନା, ପଛରେ ତା'ରି ନାଁରେ ଫୁସୁର ଫାସର ଲଗେଇ ତା' ସଂସାର ଫଟେଇଦେବେ। ଶାଶୁ ବୁଢ଼ୀକୁ କହିବା ଯାହା, ଦଶ ଖଣ୍ଡ ଗାଁରେ ତୁଣ୍ଡ ବାଇଦ ବଜାଇବା ତାହା। ଖାଲି ଗରିଆ ଧରି ଫେରି ଆସିଲା ଗୁର୍ବୀ। ବଜ୍ଜାତ୍‌କୁ ଠିକଣା ଜାଗାରେ ପାନେ ଚଖାଇବି। ଏ ବିଷୟରେ କାହାକୁ କିଛି କହିବନି ଭାବିଲା। ଲୋକଙ୍କର କ'ଣ ଅଛି। କେମିତି ଡେଙ୍ଗୁରା ପିଟିପିଟି ସଜ ଫୁଲରେ ପୋକ ପକେଇବେ ସେଥିପାଇଁ ଓର ଉଣ୍ଡିଥାନ୍ତି। ଏକା ତା'ରି ମାନ ମହତ ଯିବ। ଲୋକଟାର ବୁଦ୍ଧିସୁଧି ନାଇଁ, ନ ହେଲେ ପିତେଇର ମିଜାଜ୍‌ଟା ଗାଁଟା ସାରା ଲୋକଙ୍କୁ ଜଣା। ତା ହାଡ଼ ପଞ୍ଜରା ସବୁ ଭାଙ୍ଗି ଚୂରି ଏକାକାର କରି ଦେଇ ଛାଡ଼ିବ ଯେ'। ତା ଉତାରୁ ପୁଣି ପାଣି ଯୋଗାଡ଼ କରି ପଖାଳ ପାଣି ସଜ କରୁ କରୁ ଖରା ଆସିଲାଣି। ତା' ପରେ ପଧାନଘର କ୍ଷେତଟା ବି ଏଠି ପାଖରେ ନୁହେଁ, କାହିଁ କେତେ ଦୂରରେ। ଘଡ଼ିଏ ବସିଲା ପରେ ଯାଇକି ଆଉ ଧଇଁସଇଁ ଲାଗୁନି। ଦିହରୁ ଝାଳ ବେଶ୍ ଫିଟି ପଡୁଥିଲା। ଝାଳ ମରିଗଲା ପରେ ଗଛ ଛାଇରୁ ଅନିଶା କଲା, ପିତେଇ ହଳ ଆଡ଼େଇ ଇଆଡ଼େ ଆସୁଛି। ଖଣ୍ଡେଦୂର ଆଗକୁ ଯାଇ ତାକୁ ଶୁଭିଲା ଭଳି ପାଟିରେ କହିଲା,- ଆଜି ଟିକିଏ ଡେରି ହୋଇଗଲା... କୁଆଡ଼େ ଥିଲ... ପିତେଇ ନ ଶୁଣିଲା ପରି ହଳ ଆଉ ଗୋଟେ କ୍ଷେତକୁ ଆଡ଼େଇ ନେଉଥିଲା । - ହେଇଟି ପଖାଳପାଣି କେତେବେଳଠୁ ଆଣିଥାନ୍ତି... । ଗୁର୍ବୀ ହାତ ଉଞ୍ଚ କରି ପୁଣି ଡାକିଲା।

- ପଖାଳ ଖାଇବ ତୋ... ଏଣୁତେଣୁ ଖରାପ କଥା ଗୁଡ଼ିଏ ବକିଦେଇ ପିତେଇ ତଳ ହିଡ଼କୁ ହଳ ଆଡ଼େଇ ନେଲା।

- ହେଇଟି ଶୁଣ... କ'ଣ ପାଇଁ ଡେରିହେଲା କି... ?

- ଯାଉଛୁ ନା ଶାଳୀ, ଫେର୍... ? ଆହୁରି ଯେତେସବୁ କୁଭାଷା ବାନ୍ତି କରି ଦେଇଗଲା ପିତେଇ। ଗୁର୍ବୀ ଜାଣେ ଆଉ ପଦେ କିଛି କହିଲେ ତା ଉପରକୁ ପଖାଳ କଂସା ଫୋପାଡ଼ି ଦେବ। ସବୁ କ୍ଷେତରେ ଲୋକ ଯେଝା କାମରେ ଲାଗିଛନ୍ତି। ସମସ୍ତିଙ୍କ ଆଗରେ ଆଉ କେତେ ବାର ହିନସ୍ତା ହେବ। ତାକୁ ଦେଖିଲେ ହିଁ ସେ ବିରକ୍ତ ହୋଇଛି ବୋଲି ଜଣା ପଡ଼ିଯାଉଥିଲା। ଓଠ ହଲୁ ନ ଥାଏ। ଓଠ ଉପରେ ଦାନ୍ତର ଜାବ ଫିଟେଇ ତା ଉପରେ ଏକାଥରକେ ବର୍ଷି ପଡ଼ିଲା, ପିତେଇର ରାଗ ମିଜାଜ୍‌କୁ ଗୁର୍ବୀର ଭାରି ଡର। ଥକା ହୋଇ ବସିପଡ଼ିଲା ସେ। ସକାଳୁ ତା' ପାଟିରେ କିଛି ବି ପଡ଼ିନି। ସକାଳ ଘଟଣା ସାଙ୍ଗକୁ ପିତେଇର ପାଟିତୁଣ୍ଡରେ ତା' ଆଖିକୁ ଲୁହ ଆସିଗଲା।

ଖରା ମୁଣ୍ଡ ଉପରକୁ ଉଠିଲାଣି। ହିଡ଼ ଉପର ଗଛଡାଳରୁ ମଝିରେ ମଝିରେ ଚଢ଼େଇଟିଏ ଖଣ୍ଡିଉଡ଼ା ଦେଇ ଏ ଗଛରୁ ସେ ଗଛ ହେଉଥାଏ । ବିଲମଝିରୁ ଲୋକବାକ କମିଗଲେଣି । ଗୁର୍ବୀ ପଧାନ ଘର ହୁଡ଼ାରୁ ପାଣି ପିଇ ପୁଣି ଗଛ ଛାଇରେ ବସିଲା। ଏଥର କାହାଘର କ୍ଷେତକୁ ପିତେଇ ହଳ ନେଇଗଲା, ସେତକ ବି ତାକୁ ଜଣାନାଇଁ । ତେବେ ଫେରିଲା ବେଳେ ଏଇ ବାଟରେ ଏକା ଫେରିବ । କେତେବେଳେ ଫେରିବ, ତା'ର କିଛି ଠିକଣା ହେଲେ ଅଛି ! ତା'ଠୁ କଥା ଦି'ପଦ ଶୁଣିକି ଯାଇଥିଲେ ଲୋକଟାର କ'ଣ ବା ଲୋକସାନ ହୋଇଥାନ୍ତା । ଏଣେ ଶାଶୁ ବୁଢ଼ୀଟା ଘରେ ଏକୁଟିଆ। ଯାହିତାହି କରି ପେଜ ପାଣି ମନ୍ଦେ ଢୋକିଦେଇ ତାକୁ ସମ୍ଭିକାଟି ଥୋଉଥିବ। ପୁଅ ପାଇଁ ଘାବରେଇଯାଇ ସାଇ ପଡ଼ିଶାଙ୍କ ଆଗରେ ସୁଆଗି ହଉଥିବ। ବୁଧିଆ ଗାହାକ ଆଗତୁରିଆ ତା ନାଁରେ ଫେରାଦ ଦେଇ ନଥିବ ତ ! ଗୁର୍ବୀର ଛାତି ଧଡ଼ଧଡ଼ ହେଲା । ଏଣେ ପିତେଇ ମୁଣ୍ଡରୁ ରାଗଟା କେତେବେଳେ ଉତୁରିବ, ତା'ର କିଛି ଠିକଣା ନାଇଁ। ଖରାରେ ଗୁର୍ବୀର ମୁଣ୍ଡ ଝାଇଁ ଝାଇଁ କଲା। ପିତେଇର ରାଗଟା ଅକାରଣ ବି ତ ନୁହେଁ, ହାଡ଼ଭଙ୍ଗା ଖଟଣି, ଆଉ ତାକୁ ଭୋକ ବି କରେ ବହୁତ । ଆଉ ଟିକେ ନେହୁରା ହୋଇ କହିଥିଲେ ସେ ନିଶ୍ଚେ ମାନିଥାନ୍ତା। ଏବେ ଆଉ କରିବ କ'ଣ ! କ୍ଷେତକୁ ହଳନେଲା ନା କ'ଣ, ଆଉ ଆଖିକି ଦେଖାଯାଉନି । ଗାଳିମନ୍ଦ ଭୟରେ ଆଉ ସେ ତା' ପିଛା କଲାନାଇଁ। ତା' ପାଟିଟା ସିନା ଖରାପ, ହେଲେ ଭିତରଟା ନରମ। ଗୋଟାପଣେ ପଣସ ପରି। ଫି ହାଟ ପାଳିକି ତା ପାଇଁ କିଛି ନା କିଛି ସଉକିନି ଜିନିଷ ଆଣେ।

– ପିତେଇ ବୋହୂ କିଲୋ, ଏତେବେଳ ଯାଏଁ ବଇଚୁ! ପିତେଇ ଆପେ ଯିବନାଇଁ କି ଘରକୁ! ପିଲାଲୋକ। ରାଗିମାଗି ଗଲା । ଟିକିରା ପଡ଼ାର ଚମାରୁକକା କହୁକହୁ ହିଡ଼ ଉପରେ ପାହୁଣ୍ଡ ପକାଇ ଚାଲିଗଲା ଆଗକୁ।

– ହଁ, ଯିବି ଯେ, ମୁହଁ ଆଗକୁ ଲୁଗା ଟାଣି କହିଲା ଗୁର୍ବୀ। ଚମାରୁ କକା ବେଶ୍ ଥିଲାବାଲା ହେଲେ ବି କ୍ଷେତରେ ଲୋଟଣି ପାରା ପରିକା ଖଟୁଥାଏ। ଗାଁରେ କାହାର ଦାନାପାଣି ଅଭାବ ନାହିଁ କହିଲେ ଚଳେ । ଅଳ୍ପେ ବହୁତେ ସବୁରି ଚୂଲି ଜଳେ। ବୟସ୍କ ଲୋକେ କହନ୍ତି, ଉତ୍ତର-ପଶ୍ଚିମକୁ ଯେଉଁ ଗାଁରେ ବିଲ, ସେଇ ଗାଁରେ କୁଆଡ଼େ ଲକ୍ଷ୍ମୀ ରହନ୍ତି ନାହିଁ। ଦକ୍ଷିଣ-ପୂର୍ବ ଦିଗରେ ଯୋଉ ଗାଁର ଚାଷ ଜମି, ସେଠି ଲକ୍ଷ୍ମୀ ଠାକୁରାଣୀ ଭାରି ଦୟା କରନ୍ତି । ସତରେ ତ, ଏ ଗାଁର ଚାଷ ଜମି ଦକ୍ଷିଣ-ପୂର୍ବକୁ। ପିତେଇର ମାଣେ ଜମି ଠିକ୍ ମଝିରେ। ଗାଁର ସବୁ ପାଣି ଯାଇ ପଡ଼େ ବିଲରେ। ଗାଁରୁ ବୋହିଯାଉଥିବା ପାଣିରେ ଫସଲ ଟୁବୁକା ମାରେ। ଗୁର୍ବୀ ଏ ଗାଁକୁ ବୋହୂ ହୋଇ ଆସିଲା ଦିନଠୁ ଦେଖୁଛି।

- ଖୁଡ଼ୀ କିଲୋ ? ଏ ପିତେଇ କକା କେଡ଼େ ହରକତିଆ ମଣିଷ, ଦେଖୁଛି। ଏଇଠି ତମକୁ ଡକେଇ ଦେଇଛି।" ଟହଲୁ ବାରିକ ଚମକେଇ ଦେଲାପରି ପଛରୁ କହିଲା। ଟହଲୁ ପିତେଇର ପାଖାପାଖି ବୟସର ହେବ। ମାନ୍ୟରେ ଖୁଡ଼ୀ ଡାକେ।

- ମତେ କିଆଁ ସେ ଟକେଇବେ ? ମୁଁ ମୋର ସେମିତି ବସିଛିନା ! ଆଜି ଦିନଟା ସାରା ତେଣେ ଓପାସ ରହିଲେଣି।

- କକା ଫେର୍ ଓପାସ ରହିବା ଲୋକ ? ପଧାନ ଘର ହାଣ୍ଡିରୁ ଖାଇ ତେଣେ ହେଣ୍ଡି ମାରୁଥିବ। ବୁଝିଲ ଖୁଡ଼ୀ, କକେଇର ଦିମାକ ତ ସବୁବେଳେ ଆକାଶ ଉଞ୍ଚରେ।

- ହଃ, ସେଇଟା ସବୁ ମରଦଙ୍କ ଗୁଣ। କୋଉ ନୂଆ କଥା ଯେ'।

- ହଉ, ଏ ଅବେଳରେ ଆଉ ଅଜାଗାରେ ବସିଛୁ ଯଦି, ବସିଥା ଖୁଡ଼ୀ, ମୁଁ ମୋ'ର ଯାଏ।

ମନେମନେ ଟହଲୁ ଉପରେ ବିରକ୍ତ ହେଲା ଗୁର୍ବୀ। ତା' ଘର ଲୋକ କଥାରେ ଯାର ଏତେ ମୁଣ୍ଡବଥା କ'ଣ ପାଇଁ କେଜାଣି। ଖାଲିଟାରେ ଆଇନ ଶିଖାଉଛି କ୍ଷେତ ମଝିରେ।

ଦେଖୁଦେଖୁ ଦିନ ଢଳିଲା, ତା ସାଙ୍ଗରେ ଆକାଶର ରଙ୍ଗ ବି ଉପର ଓଳି କାଁ ଭାଁ କେହି କ୍ଷେତକୁ ଆସି ସକାଳର ବାକିଆ କାମ ତକ ଚଞ୍ଚଳ ସାରିବାରେ ଲାଗି ପଡ଼ିଛନ୍ତି। ବସି ବସି ଗୋଡ଼ଦି'ଟା ଘୋଳେଇ ଗଲାଣି। ଦିହର ଭାରାକୁ ଗଛର ଗଣ୍ଡି ଉପରକୁ ଖସେଇ ଦେଇ ଦୀର୍ଘଶ୍ୱାସ ପକାଇଲା, ଆଉ ସାମ୍ନାରେ ଫାଙ୍କା ଆକାଶକୁ ଅନେଇ ରହିଲା। ଆଖିଟା ଟାଣିଓଟାରି ମେଲା ରଖିଲେ ବି ବୁଜି ହେଇ ଆସୁଥାଏ। ତାକୁ ଲାଗିଲା, ସେ ଘରେ ଅଛି, କିଏ ଜଣେ ରାତିଅଧରେ କବାଟ ଖଡ଼ଖଡ଼ କରି ଡାକୁଛି। କବାଟ ଖୋଲି ଦେଖିଲା ବେଳକୁ ବୁଧିଆ ନାହାକ... ତା ଘର ସାମ୍ନାରେ ଗାଁ ପଞ୍ଚା'ତ ବସିଛି। ନାହାକର ମୁଣ୍ଡବାଳ ଧରି ଗାଁ ଦାଣ୍ଡରେ ଘୋଷାରି ନଉଛି ପିତେଇ। ସାଇ ପଡ଼ିଶା ଟୁପୁରୁଟାପର ହେଇ କଥା ମାଜୁଛନ୍ତି। ଶାଶୁ ବୁଢ଼ୀ ତା' ଗାଁ ଫଟା ତଣ୍ଟିରେ ରଡ଼ି ଛାଡ଼ିଛି... ମୋ ଘରକୁ ଦାଣ୍ଡର ଝିଞ୍ଚାଟ ଆଣି ପୂରୋଉଛି ଯେ ବାଞ୍ଝ ବାଡ଼ିପଶୀ...

ବାହୁ ଦିଟାକୁ କିଏ ହଲେଇ ଦେବାରୁ ଗୁର୍ବୀ ଚମକି ପଡ଼ିଲା। ଆଖି ମେଲା କଲା ବେଳକୁ ମାଛି ଅନ୍ଧାର। କ୍ଷେତରେ କୁକୁର ପିଲାଟେ ବି ନାହିଁ। ଚଢ଼େଇଯାକ ବସାକୁ ଫେରି କୁଙ୍କୁରି କାଙ୍କୁରି ହୋଇ ଶୋଇବା ଉପରେ। ଝିଙ୍କାରୀର ଝିଁ ଝିଁ ଡାକରେ କାନ ଅତଡ଼ା ପଡୁଛି। ଆଖିମଳି ଦେଖିଲା, ପିତେଇ ତା' ପଛରେ ବସି ମୁଣ୍ଡର ଠେକାଟାରେ ବିଞ୍ଚି ହେଇ ତାକୁ ଅନେଇଛି।

- ତୁ ଆହୁରି ଘରକୁ ଯାଇନୁ... କ୍ଷେତଟାରେ ସକାଳ ପହରୁ ବସିଛୁ ଏଇ ତୋରାଣିକଂସାକ ଧରି... ବାଇଆଣୀନା କ'ଣ !

- ତମେ କା' କ୍ଷେତକୁ ଗଲ କେଜାଣି, ଆଉ ଆଇଲ ନାଇଁ। ମୁଁ ଆଉ କ'ଣ କରିଥାନ୍ତି ଯେ'! ବସୁବସୁ ଛାଇନିଦ ଆସିଗଲା, କହୁ କହୁ ପାପୁଲିରେ ଆଖି ରଗଡ଼ିଲା ଗୁର୍ବୀ।

- କ'ଣ କହିବୁ, କହୁଥିଲୁ ସେତେବେଳେ ପରା... !

- କିଛି ନାଇ ଯେ', ଘରେ କହିବି

- ହଉ, ଚାଲ୍ ଉଠ୍, ଯିବା ଏଥର।

ମୁଣ୍ଡରେ ପଖାଳ ତୋରାଣି ଥିବା ପରାତ ଥାଳିକୁ ସଳଖି ରଖିଲା ଗୁର୍ବୀ। ମୁଣ୍ଡର ଠେକାଟିକୁ ଫିଟେଇ କାନ୍ଧରେ ପକାଇଲା ପିତେଇ। ପାଖରେ ପଡ଼ିଥିବା ଅମରି ବାଡ଼ିଟାରେ ହଳକୁ ଆଡ଼େଇ ନେଇ ତା' ପଛରେ ଚାଲିଲା। ତା' ପଛକୁ ଗୁର୍ବୀ। ଖଣ୍ଡେବାଟ ଯାଉଯାଉ ପିତେଇ କହିଲା,- କାଲି ବାଗ୍‌ବାଡ଼ିର ହାଟପାଳି। ମୋ' ସାଙ୍ଗରେ ଯିବୁ କି? ଚୁଡ଼ି ନିଜେ ବାଛି ଏକାଥରକେ ପିନ୍ଧିକି ଆସିବୁ।

ଗୁର୍ବୀ ହୁଁ ମାରିଲା।

■

ନନ୍ଦୀ

- ବାଃ କେଡେ ସୁନ୍ଦର ବେଲୁନ୍ ! କିଏ ଆଣିଦେଲାରେ ଚନ୍ଦୁ ? ପଡ଼ିଶା ଘର ତୁଳସୀ ବଡ'ମା ପଚାରିଲା ।

- ରମେଶ କାକା । ଦୁଆର ମୁହଁ ତେନ୍ତୁଳି ଗଛ ତଳେ ରଙ୍ଗ ବେରଙ୍ଗୀ ବେଲୁନକୁ ଉପରକୁ ଉଡାଉ ଉଡାଉ ଚନ୍ଦୁ କହିଲା ।

- ଆଉ କଣ ସବୁ ଆଣି ଦିଏ କିରେ? ତୁଳସୀ ବଡ'ମା ଥିର୍‌କିନା ପଚାରିଲା ।

- ମଟର ଗାଡି, ଉଡାଜାହାଜ, ପେଁକାଳି...

- ଆଉ ?

- ଆଉ ? ଗୁପ୍ ଚୁପ୍, ବରା ସିଙ୍ଗଡ଼ା, ଝାଲମୁଡି....

- ଭଲ... ନନ୍ଦୀକି ଭୋଗ ରାଗ ଦେଇ ତୁଷ୍ଟି କଲେ ସିନା ମହାଦେବଙ୍କ ବର ପାଇବ ! ତୁଳସୀ ବଡ'ମା ତା ପାଖରେ ବସି ବିଡ଼ି ମୋଡୁଥିବା ଚିନା ନାନୀକୁ ଆଖି ମିଟିକା ମାରି କହିଲା ।

ଚନ୍ଦୁ ବେଲୁନ ପୁଞ୍ଜାଏ ଧରି ପଡାରେ ଘେରାଏ ବୁଲି ଆସିଲା । ଅଗଣା ଖୁମ୍ବରେ ତାକୁ ବାନ୍ଧି ଦେଇ ଘର ଭିତରକୁ ପାଣି ପିଇବା ପାଇଁ ଗଲା । ଦି ଚାରି ଢୋକ ପିଇବା ପରେ ଅଇଁଠା ଗିଲାସଟାକୁ ସେମିତି ଧରି ପଚାରିଲା, ମାଁ ନନ୍ଦୀ କିଏ କି ?

- ଶିବ ମହାପ୍ରଭୁଙ୍କର ବାହନ । ମାନେ ତାଙ୍କର ଖାସ୍ ଲୋକ ଶିବଙ୍କୁ ପାଇବାକୁ ହେଲେ ପହିଲେ ନନ୍ଦୀଙ୍କି ଖୁସି କରାଇବାକୁ ପଡ଼େ । ସୁମତି ପୁଅକୁ ବୁଝାଇଲା ଢଙ୍ଗରେ କହିଲା ।

- ଆଉ ନନ୍ଦୀ ଖୁସି ନ ହେଲେ ?

- ନ ହେଲେ ଆଉ କଣ, ଶିବଙ୍କ ପାଖ ସୁଦ୍ଧା କେହି ମାଡିପାରିବେନି ।

ହେଲେ ଆଜି କଣ ପାଇଁ ତୋର ଏତେ ପୁରାଣ ପଢ଼ା କି ?

– ନାଇଁ, ଖାଲି ପଚାରୁଥିଲି।

ଅଧାପିଆ ପାଣି ଗିଲାସ ରଖିଦେଇ ଚନ୍ଦୁ ଖେଳିବା ପାଇଁ ପୁଣି ବାହାରି ଗଲା। ବାପ ଗଲା ଦିନଠୁ ଚନ୍ଦୁଟା ଭିନ୍ନେ ରକମର ହେଇଯାଇଛି। ସିଆଣିଆ କଥା କହୁଛି। ବିନା ବାପରେ ବଢୁଛି ତ। ଆକଟିବାକୁ କେହି ନାଇଁ ବୋଲି ଗୋଟେ ରକମ ଏକଜିଦିଆ ବି ହେଇଯାଇଛି। ପୁଅର ଯିବା ବାଟକୁ ଚାହିଁ ସୁମତି ଭାବିଲା।

ପଡ଼ାର ପିଲାଙ୍କ ସାଙ୍ଗରେ ଦୁଇ ଚାରି ଥର ବାଟି ଖେଳି ଘରକୁ ଫେରି ଦେଖେତ ଅଗଣା ଖୁମ୍ବରେ ବନ୍ଧା ବେଲୁନ ପୁଞ୍ଜାକର ଚାରିପଟେ ମେଞ୍ଚଡ ଛୁଆ କେଇଟା ଘେରି ବସିଛନ୍ତି । ବେଲୁନ ଉପରେ ହାତ ମାରୁଛନ୍ତି। କଣ ଭାବିଲା କେଜାଣି ଚନ୍ଦୁ ଗୋଟାଏ ଲେଖାଏଁ ତାଙ୍କୁ ଦେଇଦେଲା। ସୁରୁ ନାନୀ ପାଖରୁ ଶୁଖା ଲଙ୍କା ଧରି ଫେରୁଥିବା ସୁମତି ସାଇ ଛୁଆଙ୍କ ହାତରେ ବେଲୁନ ଦେଖି ରାଗିଗଲା ଇଏ ଚନ୍ଦୁର କାମ। ଘରକୁ ପଶୁ ପଶୁ ଚନ୍ଦୁ ଉପରେ ବର୍ଷିଗଲା – କ'ଣ ପାଇଁ ଏତେ ଦାନ ଖଇରାତ କରି ପକାଉଛୁ ଶୁଣେ ? ଯେମିତି ବୋପା ଖଜନା ଛାଡିକି ଯାଇଛି। ବାପା ଛେଉଣ୍ଡ ଛୁଆଟା ବୋଲି ଆହା କରି ଜଣେ ତତେ ଦୁଇ ଦରବ ଆଣି ଦଉଛି। ଆଉ ଯାର ଦାନୀପଣିଆ ଦେଖ ....'

ମାଁ ଏମିତି କଥା କଥାରେ ବାପ ଛେଉଣ୍ଡ କି ବାପାର ଖଜାନା କହିବାଟା ଚନ୍ଦୁକୁ ଜମାରୁ ଭଲ ଲାଗେ ନାଇଁ। ବାପା ବି ଏମିତି କେତେ ଜିନିଷ ତା ପାଇଁ ଆଣି ଦଉଥିଲା। ଚନ୍ଦୁକୁ ଗେଲ କରେ। ବୁଲାଇ ନିଏ। ହେଲେ ରାତିରେ ବାପା କେମିତି ଅଲଗା ରକମର ହେଇଯାଉଥିଲା। ନିତି ମଦ ପିଇ ଆସେ। ଆଖି ଦୁଇଟା କେମିତି ଅବାଗିଆ ଦିଶେ। ମାଁ ଉପରେ ଯାହିତାହି ବକେ। ମାଁ ତା ମୁହଁ ଉପରେ ଜବାବ ଦେଲେ ତାକୁ ପିଟେ। ଦିନେ ଦିନେ ଏମିତି ମାରେ ଯେ ମାଁ ହାତରୁ ଚୁଡ଼ି ଭାଙ୍ଗିଯାଏ। ଓଠ ଫାଟିଯାଏ। ଆଖି ତଳ, ଗାଲ ସବୁ କଳା କାଠ ପଡ଼ିଯାଏ। ଚନ୍ଦୁ ମାଁର ଅବସ୍ଥା ଦେଖି ବିକଳ ହେଇ ପାଟିକରି କାନ୍ଦେ। ସାଇ ଲୋକ ଜମା ହେଇଯାନ୍ତି। ବାପାଙ୍କୁ ଛଡ଼ା ଛଡି କରି କାବୁ କରି ନିଅନ୍ତି। ହେଲେ ସେତେବେଳେ ଯିଏ ବି ପାଖକୁ ଗଲା ସିଏ ବାପାକୁ ଲାତ ଗୋଇଠା ଦୁଇ ଚାରିଟା ଖାଏ। ବାପା ଟା ବି ଗୋଟେ ଅଜବ। ଦିନେ ଦୁଇଦିନ ଯାଇଥିବ କି ନାଇଁ ମାଁ ପାଇଁ ନୂଆଁ ଚୁଡ଼ି ଆଣିଦିଏ। ମାଁକୁ ଗେଲ କରେ।

ଗଲା ବର୍ଷ ପୁଷପୁନିରେ ବାପା ସକାଳୁ ବାହାରି ଗଲା। ରାତି ଅଧରୁ ଉଠି ମାଁ କେତେ ପିଠା ପଣା କରିଥିଲା। କିଛି ଖାଇଲା ନାଇଁ ରାତିରେ ଘରକୁ ତାର ଲାସ୍

ଫେରିଲା। ବାପା କୁଆଡ଼େ ନକଲି ଦାରୁ ପିଇ ମରିଗଲା, ସାଇ ଲୋକେ କହିଲେ। ତା ପରଠୁ ମାଁ କାମକୁ ଯାଉଛି। ଆଗେ ବାପା ତାକୁ କାମକୁ ଛାଡୁ ନ ଥିଲା।

– ଆରେ ଚନ୍ଦୁ ଇସ୍କୁଲକୁ ଯିବୁ ନାଇଁ କି ? ଡେରି ହେଲାଣି, ଜଲଦି ଉଠିପଡ ! ମାଁ ଡାକିଲା ।

ସକାଳ ପଢା। ଚନ୍ଦୁ ତରତର ହୋଇ ବାହାରିଲା। ଏମିତିରେ ବି ସେ ଟିକେ ମଠେଇ ଚାଲେ। ଇସ୍କୁଲରେ ପହଞ୍ଚିଲା ବେଳକୁ ପ୍ରାର୍ଥନା ସରି ଗଲାଣି। ଦିଦିଠୁ ଗାଳି ଖାଇଲା। ଆଗ ପରି ଆଉ ବେତ ମାଡ କି ଆଣ୍ଠା ଆଣ୍ଠି ନାହିଁ। ରକ୍ଷା। ସବା ଶେଷ ଧାଡ଼ିଟାରେ ବସି ଚନ୍ଦୁ ଖାଲି ଝରକା ବାହାରକୁ ଥରକୁ ଥର ଅନାଉ ଥାଏ। ମାଁ ମନେକରି ସୁପ ନାନୀ ପାଖରେ ଘର ଚାବି ଦେଇଥିବ ତ। ନ ହେଲେ ସେ ଫେର କଣ କରିବ ଯେ। ମାଁ କାମରୁ ଫେରୁ ଫେରୁ ଉଛୁର ହେଇଯାଏ କେବେ କେବେ ବେଶୀ ଡେରି ହେଲେ ରମେଶ କାକା ମାଁକୁ ସାଇ ମୁଣ୍ଡରେ ଆଣି ଛାଡ଼ି ଦିଏ। ମାଁଟା ବି ଏତେ ଡରିବାର କଣ ଅଛି ଯେ। ରାସ୍ତାରେ ତ କେତେ ଲୋକ ଯା'ଆସ କରୁଥାନ୍ତି।

– ମାଁ ଆଜି ତ ଛୁଟି। ମୁଁ ତୋ ସାଙ୍ଗରେ ଯିବି। ଚନ୍ଦୁ ଜିଦ୍ କଲାପରି କହିଲା।

– ଏତେ ଖରାରେ ତୁ ଯାଇ କ'ଣଟା କରିବୁ। ଘରେ ଛାଇରେ ଥା। ମାଁ କହିଲା ।

– ନାଇଁ ନାଇଁ ଖରାବେଳେ କେହି ଘରୁ ବାହାରନ୍ତିନି। ମତେ ଏକୁଟିଆ ଡର ଲାଗିବ।

– ସାଇ ସାରା ଏତେ ଲୋକ। ତତେ କଣ ପାଇଁ ଏତେ ଡର ଲାଗୁଛି ଶୁଣେ ? ମାଁ ବିରକ୍ତ ହେଇ କହିଲା।

– ତତେ କେମିତି ଫେର୍ ଡର ଲାଗେ ? ବାଟରେ ତ ଏତେ ଲୋକ ଥାନ୍ତି। ଚନ୍ଦୁ ଓଲଟା ଜବାବ ଦେଲା।

ସୁମତି ପୁଅକୁ ସିଧା ଚାହିଁଲା। ପୁରା ବାପ ବାଗିଆ। ସବୁ କଥାରେ ଏକଜିଦିଆ। ଯାହା ବୁଝିଥିବ ସେଇଆ।

– ହଉ ଚାଲ, କଣଟା ତାଡ଼ି ପକାଇବୁ ଦେଖିବି। ସୁମତି ବିରକ୍ତ ହେଇ କହିଲା ।

ଘର ତିଆରି କାମ। ମାଁ ତସଲାରେ ବାଲି, ଇଟା, ଗେଟି ବୋହିକି ମିସ୍ତ୍ରୀ ପାଖକୁ ନେଇଥାଏ। ଆଉମାନେ ବି ବୋହୁଥାନ୍ତି। ରମେଶ କାକା ବି ସେଠି କାମ କରୁଥାଏ। କେତେବେଳେ କେମିତି ମାଁ ମୁଣ୍ଡ ଉପରେ ବୋଝ ଟେକି ଦେବାକୁ ଆସିଯାଏ ତ ବାକିମାନେ ମୁହଁ ଚାହିଁ ଚାହିଁ ହେଇ ହସନ୍ତି। ଚନ୍ଦୁକୁ ସେଟା ଭଲ ଲାଗେ

ନାହିଁ। ଅଧା ପଲସ୍ତରା ସିମେଣ୍ଟ କାନ୍ଥ କଡ଼ରେ ବସି ଚନ୍ଦୁ ଗେଟି ପଥରକୁ ବାଟି ମାରି ଖେଳୁଥାଏ। ହେଲେ ତାର ନଜର ସିଆଡ଼ିକି ଥାଏ।

ଖରାବେଳେ କୁଲି ରେଜା ସବୁ ଖଣ୍ଡିଆ ଘର ଛାଇରେ ଖାଇବସିଲେ। ଚନ୍ଦୁ ବି ମାଁ ସାଙ୍ଗରେ ଖାଇବାକୁ ବସିଲା। କୋଉଠୁ ପାଇଲା କେଜାଣି ଗରମ ଅଣ୍ଡା ଭୁଜିଆ ଦନାଏ ଆଣି ରମେଶ କାକା କହିଲା - ଚନ୍ଦୁ, ନେଇ ଖା। ଗରମ ଗରମ ବଢ଼ିଆ ଲାଗିବ। ତା ପଛରେ ଖାଇବସିଥିବା କୁଲିମାନେ ଫେର୍ ସେମିତି ଦାନ୍ତ ଚିପି ହସିବା ପରି ତାକୁ ଲାଗିଲା। ତା ପାଖକୁ ତା ମାଁ ସାଙ୍ଗରେ ଖାଇବସିଥିବା ତାରା ମାଉସୀର ତିନି ବର୍ଷର ପୁଅ ରାଜୁ ଭୁଜିଆ ଦନାଟାକୁ ଡାଆଣା ଆଖିରେ ଅନେଇ ଥାଏ। ମାଁ ଜାଣିପାରିଲା ନା କଣ ତାକୁ ସେଥିରୁ ଟିକିଏ ଦେଲା। ତା ମାଁ ଚନ୍ଦୁ ପାଟିରେ ଟିକେ ଦେଇଛି କି ନା ଚନ୍ଦୁ ଥୁ ଥୁ ହେଇ ଭୁଜିଆତକ ପାଟିରୁ ବାହାର କରିଦେଲା। ଜିଭଟାକୁ ଭିତରେ ଲାଳରେ ଏପଟ ସେପଟ କରି ହୁ ହୁ ହେଲା। ସୁମତି ନିଜେ ଟିକେ ପାଟିରେ ପକାଇଲା। ଭୁଜିଆତକ ଗିଳି ଦେଇ ବିରକ୍ତରେ କହିଲା - 'କିଛି ତ ରାଗ ନାଇଁ। ତୁଛାଟାରେ ଖାଲି ଢଙ୍ଗେଇ ହେଉଚୁ। ନ ଖାଇଲେ ନ ଖା।'

ସେଦିନ ଘରକୁ ପଶିଲାକ୍ଷଣି ତାକୁ ମୁଢ଼ି ଟିଣଟା ଦରାଣ୍ଡିବା ଦେଖି ମାଁ ଆହୁରି ଚିଡ଼ିଗଲା - ଦିନ ବେଳା ତ ଭଲକରି ଖାଇଲୁନି। ଯାହା ଅଛି ପେଟରେ ପୁରାଇ ଦେ। ଯାକୁ କହନ୍ତି ଯାଚିଲେ ନ ରୁଚେ, ଫେର୍ ମାଗିଲେ ଯାଇ ଚଳେ। ବାପ ଛେଉଣ୍ଡ ଛୁଆଟା ବୋଲି କ'ଣ ଟିକେ ଭଲମନ୍ଦ ଆଣିଦେଲେ ଏମିତି ଦେଖେଇ କ'ଣ ପାଇଁ ହଉ ? ଅଲଖେଣା କୋଉଠିକାର..."

- କାଇଁ ତାରା ମାଉସୀର ପୁଅ ରାଜୁ ପାଇଁ ତ କିଛି ଆଣି ଦଉନି। ତାର ବି ତ ବାପା ନାଇଁ।

ବାଉଁଶ ଅଡାରେ ଲୁଗା ରଖୁ ରଖୁ ସୁମତିର ହାତଟା ରହିଗଲା। ଚନ୍ଦୁକୁ ତେରଛି ଚାହିଁଲା। ପୁରା ବାପ ଠାସରେ କଥା କହୁଛି। ଖାଲି ଟିଣଟା ଭିତରେ ହାତଟା ଏପଟ ସେପଟ କରି ସେମେଟା ମୁଢି ସାଉଁଟୁଥିବା ଚନ୍ଦୁକୁ କହିଲା - ହଉ ହଉ, ତୋର କାହା ପାଇଁ ଏତେ ଓକିଲାତି କରିବାର ଦର୍କାର ନାହିଁ। ଯା, ମୁଢ଼ି ଆଣିବୁ ଯା। ତାଜା ମୁଢ଼ି ଥିଲେ ଦଶ ଟଙ୍କାର ଆଣିବୁ। ବୁଝିଲୁ ତ।

ମୁଢି ଟିଣଟା ଧରି ଚନ୍ଦୁ ଘରୁ ବାହାରି ଗଲା। ମାଁଟା ବି ଏମିତି କଥା କଥାକେ ବାପ ଛେଉଣ୍ଡ କହିବା କଣ ଦରକାର ଯେ। ଭଲ କଥାରେ ହେଉ କି ମନ୍ଦ କଥାରେ ହେଉ ସେହି ଗୋଟିଏ କଥା ଉଘେଇବ ମୁଢି ଟିଣରେ ଆଙ୍ଗୁଠି ଟିପେଇ ଟିପେଇ ଗଲାବେଳେ ଚନ୍ଦୁ ଭାବିଲା। ହେଲେ ମାଁ କଥାଟା ବି ସତ ଯେ। ଆଗେ ବାପା

ଥିଲାବେଳେ କେବେ କେବେ ରମେଶ କାକା ଘରକୁ ଆସେ। ସେତେବେଳେ ତା ପାଇଁ କିଛି ଜିନିଷ ଆଣୁ ନ ଥିଲା। ବାପା ମଲାପରେ ଏଇ ଏବେ ଏବେ ତା ପାଇଁ ପ୍ରାୟ ହର ଦିନ କିଛି ନା କିଛି ନେଇକି ଆସେ।

ପରଦିନ ପୁଣି ତାର ପଢ଼ାରେ ମନ ଲାଗିଲାନି। ଝରକା ଦେଇ ହତା ଭିତରେ ଥିବା ପିଜୁଳି ଗଛଟାକୁ ଅନାଇଲା। କେତେ ଚଢ଼େଇ ଆସି ଗଛ ଡାଳରେ ଗଡର ଗଡର ହେଉଥାନ୍ତି। କଣ ଗୋଟେ ଛୋଟିଆ ଚଢ଼େଇଟେ। ଦୂରରୁ ଜଣା ପଡୁନାଇଁ। ଥଣ୍ଟକୁ ଥଣ୍ଟ ପୁରାଇ ଟିକି ଚଢ଼େଇ ମୁହଁରେ ଚରା ଟୋକିଲା। ପବନ ସରସର୍ ହେଲା। କିଏ ଆସିଗଲା ଭାବିଲା ନା କଣ ଚଢ଼େଇ ଉଡିଗଲା। ଚନ୍ଦୁରୁ ମନଟା ଟଂ ଟଂ ହେଲା। ଆଖି ମିଟିକାରେ ସେ ବି ଏମିତି ଫୁର୍ ଫାର୍ ହୋଇ ଉଡି ଯାଆନ୍ତି କି। ମଞ୍ଜୁ ଦିଦିଙ୍କ ନଜର ଆଡ଼େଇଯିବାକୁ ସେ ଟିକେ କଣେଇ ଚାହିଁଛି କି ନା ସିଏ ତାଙ୍କ ହାବୁଡ଼ରେ ପଡ଼ିଗଲା।

- ହଇରେ ଚନ୍ଦୁ, ସେଇ ଝରକା ପଟୁ ତୋର କିଏ ଆସିବାକୁ ଅଛି କି ? ଖାଲି ଥରକୁଥର ସିଆଡେ ଅନାଇ ରହୁଛୁ। ଯାହାତ କରିଛୁ ଗଲା ପରୀକ୍ଷାରେ, କିଛି କହି ଲାଭ ନାହିଁ। ଦିହରେ ଟିପ ବାଜିଲେ ତ ତମର ସାରା ପଡାଟା ଉଠିଆସି ହଙ୍ଗାମା କରିବେ । ଏଠି ବସି ଅଣ୍ଡା ଖାଉଥା ଆଉ ପରୀକ୍ଷା ଖାତାରେ ବି ଅଣ୍ଡା ଆଣୁଥା।

କ୍ଲାସର ସବୁ ପିଲା ଫେଁ କରି ହସିଲେ। ମଞ୍ଜୁ ଦିଦି ଅଗତ୍ୟା ତାଙ୍କୁ ପାଟି କରି ଚୁପ୍ କଲେ। ଚନ୍ଦୁକୁ ଖରାପ ଲାଗିଲା ମୁଣ୍ଡ ତଳକୁ କରି ଏଥର ଶ୍ରୁତଲିଖନରେ ମନ ଦେଲା। ଘଡ଼ିଏ ଯାଇଛି କି ନାଇଁ ଆର ଶ୍ରେଣୀରୁ କମଳା ଦିଦି ଆସି ମଞ୍ଜୁ ଦିଦି ସାଙ୍ଗରେ ଗପ ଯୋଡ଼ିଲେ। ସନ୍ଧ୍ୟା ବେଳେ ମ୍ୟୁନିସିପାଲଟି ଛକ ପଡ଼ିଆରେ ପଡ଼ିଥିବା ଆଦିବାସୀ ମେଳା ବୁଲିଯିବା ପାଇଁ କଥା ହେଲେ। ଏଇ ମଉକାରେ ପିଲାମାନେ ବି ନିଜନିଜ ଖାତା ଦେଖାଦେଖି ହେଇ ଦୁଇ ଚାରି ଧାଡି ଲେଖି ପକାଇଲେ। ତା ପାଖରେ ବସିଥିବା ବିଶୁର ଖାତାକୁ ଚନ୍ଦୁ ଟିକେ ଟେର୍‌ଚେଇ ଚାହିଁଲା। ହେଲେ ବିଶୁଟା କଣ କମ୍ ଖଣ୍ଡେ କି ! ବାଁ ହାତ ପାପୁଲିଟାକୁ ସଙ୍ଗେ ସଙ୍ଗେ ଖାତା ଉପରେ ମଡେଇଦେଲା। ଭାରି ପଣ୍ଡିତ ଦେଖେଇ ହଉଛି। ନ ଦେଖେଇଲେ ନାଇଁ। ମଞ୍ଜୁ ଦିଦି ମଝିରେ ମଝିରେ ଗୋରୁ ହୁରୁଡେଇଲା ପରି ପିଲାଙ୍କୁ ହୁ ହା କରିଦେଇ ସେମିତି ଗପ ଯୋଡ଼ିଥାନ୍ତି। ସ୍କୁଲ ବାଡ଼କୁ ଲାଗି ଲାଗି କନିଅର ବୁଦା। ବୁଦା ଫାଙ୍କରୁ ମାଇକିନା ମରଦ ସବୁ ଯା'ଆସ ହଉଥାନ୍ତି। ମୁହଁଟା ଠିକ୍‌ରେ ବାରି ହେଉନି। ମୁଣ୍ଡରେ ପରିବା ବୋଝ। ତା ମା ବୟସର ପରି ଲାଗୁଛି। ମୁଣ୍ଡରେ ବୋଝ ଧରି ଧାଇଁ ଧପାଲି ଗଳି ଆଡକୁ ଯାଉଛି। ତା ବୋଝ ଦେଖି ମାଁ ମୁଣ୍ଡର ଇଟା ବୁହା ମନେ ପଡ଼ିଲା ରମେଶ

କାକା କାମକୁ ଯାଇଥିବ ନା ନାଇଁ କେଜାଣି। ଯାଇଥିଲେ ମାଁ ର ମୁଣ୍ଡ ଉପରକୁ ତସଲାରେ ବାଲି, ଇଟା ଟେକି ଦଉଥିବ । ଆଖ ପାଖର କୁଲି ମିସ୍ତ୍ରୀ ମାନେ ସେଦିନ ପରିକା ଆଖି ମିଟିକା ମାରି ହସୁଥିବେ। ଚନ୍ଦୁର ମନଟା କେମିତି ଉଦ୍‌ମୁଦେଇ ଗଲା। ପଛପଟ ଝରକାରୁ ଡେଇଁ ପଳେଇଗଲେ ବି ହୁଅନ୍ତା। ହେଲେ ବାଟରେ ବାହାରିକି ଗଲାବେଳକୁ କୋଉ ନା କୋଉ ଦିଦି କିମ୍ବା କୋଉ ସାର୍ ହାବୁଡ଼ରେ ପଡ଼ିଯିବ। ପଢ଼ାରେ ତାର ଆଉ ମନ ଲାଗିଲା ନାଇଁ।

ସ୍କୁଲରୁ ଫେରୁ ଫେରୁ ଘର ବାଟ ମୁହଁରେ ମାଁକୁ ଏକୁଟିଆ ବସିଥିବାର ଦେଖି ଚନ୍ଦୁର ମନଟା କେମିତି ଗୋଟେ ହାଲୁକା ଲାଗିଲା ବହି ବସ୍ତାନି ସହିତ ସେ ମାଁ ଦିହରେ ଗୋଟେ ରକମ ଲଟେଇଗଲା। ପୁଅ ଦିହର ଧୂଳି ଝାଡୁଝାଡୁ ସୁମତି କହିଲା,- ଓହୋ ରାସ୍ତାରେ ଝାଡୁ ଲଗାଇ ଆସୁଥିଲୁ କି ଚନ୍ଦୁ । ଦିହରେ ଦୁନିଆଁ ଯାକର ମଇଳା। ହଉ ଚାଲ, ଆଗ କଣ ଟିକେ ଖାଇବୁ।

ଚନ୍ଦୁ ଖାଇ ସାରିଛି କି ନାଇଁ ସୁମତି କହିଲା, 'ହେଇଟି କାଲିଠୁ ସଞ୍ଜକୁ ଟିଉସନ ଯିବୁ। ମହାବୀର ଗଳିର ବେହେରା ମାଷ୍ଟ୍ର ପାଖକୁ। ରମେଶ କାକା ଠିକଣା...

- ମୁଁ ଯିବି ନାଇଁ, ମାଁ ମୁହଁରୁ କଥା ସରିବା ଆଗରୁ ଚନ୍ଦୁ ରୋକ୍‌ଠୋକ୍ ମନା କଲା।

- କାଇଁ ଯିବୁ ନାଇଁ ଶୁଣେ ତ ଆଗ।

- ଏତେ ଦୂର କିଏ ଯିବ? ମୁଁ ଯିବି ନାଇଁ କହୁଛି।

- ଦୂର ବୋଲି ଆଉ କୋଉ ପିଲା କ'ଣ କେହି ଯାଉ ନାହାଁନ୍ତି ? ଏତେ ଭଲ ମାଷ୍ଟ୍ର ଯେ ସୁଧୁ ଗଧଟାକୁ ବି ମୁଣ୍ଡରେ ଖୁପେଇ ଖୁପେଇ...

- ଆମ ସ୍କୁଲ ପିଲା କେହିବି ସେଠିକି ବି ଯିବାର ନାଇଁ। ଚନ୍ଦୁ ମାଁ କଥା ନ ଶୁଣି କହିଲା।

- ତ ଫେର୍ ଯିବୁ କେଉଁଠିକି ?

- ଚନ୍ଦୁ ଚୁପ୍ ରହିଲା ।

- ହଇରେ ତୋର ଫେଚକାମୀ ମତେ ଜଣା ପଡ଼ିଲା। ପଢ଼ାର ଦିଦି ପାଖରେ ପଢିଲେ ପାଣି ପିଇବା ବାହାନାରେ ଘରକୁ ଚାରି ଥର ଲେଖାଏଁ ଧାଉଁଥିବୁ। କାଲି ଯିବୁ ନାଇଁ କଣ। ତୋ ମୁଣ୍ଡର ଭୂତ ଯିବ। ସବୁ କଥାରେ ଗୋଟେ ବାଟ...। ସୁମତି ଚନ୍ଦୁ ଉପରେ ପାଟି କଲା। ଦର ଆଉଜା କବାଟ କଣରେ ରଖା ଟିଣ ବାକ୍‌ସଟା ଉପରେ ଲାତ ବିଧା ବସାଇ ଚନ୍ଦୁ ମାଁ ଉପରେ ରାଗ ଶୁଝାଇଲା। ପାଖରେ ଥିବା ରସ ଗରିଆର ପାଣି ତା ଗୋଡ ବାଜି ଘର ଭିତରେ ଢାଳି ହେଲା। ସୁମତିର ମୁଣ୍ଡକୁ ପିତ୍ତ

ଚଢ଼ିଲା । ଚନ୍ଦୁ ପିଠିରେ ଦି ଚଟରିଟା ବସେଇ ଦେଇ ରଡିଲା, – ରଇଜଳା, ଅଲେଖଣା, ମୋରି ଫଟା କପାଳକୁ ତୁଇ ଏକା ସାଧିବାକୁ ଆଇଛୁ... ଚନ୍ଦୁ ଭେଁ ଭେଁ ରଡ଼ି ଛାଡ଼ିଥାଏ । ମାଁ ପୁଅଙ୍କର ଏହି ଠେଲାଠେଲି ଭିଡ଼ାଭିଡ଼ି ଭିତରେ କୋଉଠି ଥିଲା କେଜାଣି ଜରିଟାରେ ଚାଉମିନ୍ ମେଞ୍ଚାଏ ଧରି ରମେଶ କାକା ହାଜର ହୋଇଗଲା । ଚନ୍ଦୁ ହାତରେ ସେଇଟା ଦେଇଛି କି ନାଇଁ ଚନ୍ଦୁ ଗୋଟେ ଦମ୍‌ରେ ଲାଖ ବିନ୍ଧିଲା ପରି ତାକୁ ଛିଟିକି ଫିଙ୍ଗି ଦେଲା । ତଳେ ପାଣିରେ ଚାଉମିନ୍ ତକ ପଡି ମେଞ୍ଚା ମେଞ୍ଚା ଧଳା ଜିଆ, ଲାଙ୍ଗୁଡିଆ ପୋକ ପରି ଦେଖାଗଲା ।

ସୁମତି ତମ୍ପ ସାପ ପରି ଫଁ ଫଁ ହେଲା । ଚନ୍ଦୁର ସଙ୍ଗଦୋଷ, ସାଇ ପଡିଶା, ଶାଶୁ ଘର ଲୋକ ଆଉ ଏମିତି ଜଣା ଅଜଣା ସବୁରି ଉପରେ ଗର୍ଜି ବର୍ଷି ଯାଉଯାଉ ଚନ୍ଦୁ ମୁଣ୍ଡରେ ଦିହରେ ଦୁଇ ଚଟରିଟା କଷିଲା । ରମେଶ ତା ହାତଟାକୁ ପିଲା ଦେହରୁ ଉଠେଇ ଆଣି ତାକୁ ଗୋଟେ ରକମର ଜୋର କରି ବସାଇ ଦେଲା । ଚନ୍ଦୁକୁ କାବୁ କରିବାକୁ ରମେଶ କାକା ଆସିଲା କ୍ଷଣି ଚନ୍ଦୁର ତୋଫାନିଆ କାରନାମା ଆହୁରି ବଢିଲା । ଚାଉଳ ବସ୍ତା ପାଖକୁ ଲାଗିଥିବା ମାଟି ସରାଟିକୁ ନେଇ ଚନ୍ଦୁ ସିଧା ବାଟ ମୁହଁରେ କଚଡି ଦେଲା । ପାଟି ତୁଣ୍ଡରେ ପଡ଼ିଶା ଘରର ତୁଳସୀ ବଡ'ମା, ଟିନା ନାନୀ, ଗେଲ ଆଈ ସମସ୍ତେ ଆସି ମାଁ ପୁଅଙ୍କୁ ବୁଝାଇଲେ । ରମେଶ କାକା ସେଦିନ ଘରୁ ବାହାରିକି ଗଲାବେଳେ ରାତି ଢେର ବେଶି ହୋଇ ଯାଇଥିଲା ।

ରାତିରେ ମାଁ ପୁଅ ଆଉ ଖାଇଲେନି । ଶୋଇଲାବେଳେ ମାଁ ଆଖିର ଲୁହ ଚନ୍ଦୁର ଗାଲ, ପିଠି ଉପରେ ପଡୁଥାଏ । ଚନ୍ଦୁର ଦେହକୁ ମାଁ ଆଉଁସୁଥାଏ । ନିଦରେ ବି ଚନ୍ଦୁ ଟିକେ ଟିକେ ଜାଣି ପାରୁଥାଏ ।

ତା ପର ଦୁଇ ତିନି ଦିନ ମାଁର କାମ ବନ୍ଦ । ଚନ୍ଦୁକୁ ଗୋଟେ ରକମ ନିଶ୍ଚିନ୍ତ ଲାଗିଲା । ତାର ବି ଇସ୍କୁଲ ଯିବାର ମନ ନାଇଁ । ହେଲେ ନ ଗଲେ ମାଁ ପୁଣି ପାଟିତୁଣ୍ଡ କରିବ । ସବୁଦିନ ପରି ଖାଇପିଇ ବହି ବସ୍ତାନି ଧରି ଚନ୍ଦୁ ସ୍କୁଲ ମୁହାଁ ହେଲା । ପଡା ମୁଣ୍ଡ ଆମ୍ବ ଗଛ ଛାଇରେ ପିଲାମାନେ ବାଟି ଖେଳୁଥିଲେ । ଚନ୍ଦୁ ଗଛ ଗଣ୍ଡିର ଆଢୁଆଳରେ ବହି ବସ୍ତାନି ରଖି ଦେଇ ବାଟି ଖେଳରେ ମାତିଗଲା ।

ଖରା ମୁଣ୍ଡ ଉପରକୁ ଉଠିଲାଣି । ଘଣ୍ଟା ଦେଖିଲା ପରି ଚନ୍ଦୁ ଉପରକୁ ଚାହିଁଲା । ଘଡ଼ିକ ପରେ ଖେଳରୁ ଉଠିଆସି ଘର ମୁହାଁ ହେଲା । ଘର ବାଟ ମୁହଁକୁ ହେଇଛି କି ଦେଖିଲା ରମେଶ କାକାର ସାଇକେଲ ଖଣ୍ଡିକ କାନ୍ଥ କଡ଼କୁ ଡେରା ହୋଇଛି । ଚନ୍ଦୁ ଚାରିଆଡକୁ ବେଶ୍ ସାବଧାନ ହେଇ ଅନେଇଲା । ଖରାବେଳ । କେହି କୁଆଡ଼େ ନାଇଁ । ଚନ୍ଦୁ ଥିରକିନା ଯାଇ ସାଇକେଲ ପମ୍ପ ଖୋଲିଦେଲା । ହିସ୍ ହିସ୍ ହୋଇ

ହାଉ୍ଆ ବାହାରିଯାଇ ସାଇକେଲ ଚକାଟା ଧୋକଡୀ ବୁଢ଼ୀଟେ ପରି ହେଇଗଲା। ଚନ୍ଦୁ ପୁଣି ଏକ ମୁହାଁ ହେଇ ସାଇମୁଣ୍ଡକୁ ଚାଲିଗଲା।

ତା ପରଦିନ ବି ପୁଣି ସେଇ କଥା। ସାଇକେଲର ହାଓ୍ୱା ହିସ୍‌ହିସ୍ ହେଲାବେଳକୁ ତା ଭିତରଟା ଇସ୍ ଇସ୍ ହେଇ କୁରୁଳି ଉଠୁଥାଏ। ହେଲେ କିନ୍ତୁ ଧରାପଡିଯିବ ଭୟରେ ଚନ୍ଦୁ ଦାନ୍ତ ଚିପି ରହିଯାଏ।

ପୁଣି ତା ପରେ ସେଇ କଥା।

ଗୁଡ଼ାଏ ଦିନ ପରେ ଦିନେ ଚନ୍ଦୁକୁ ଏକୁଟିଆ ବାଟ ମୁହଁରେ ଖେଳୁଥିବାର ଦେଖି ତୁଳସୀ ବଡ'ମା ଏପାଖ ସେପାଖ ଅନେଇ ପଚାରିଲା- ରମେଶ କାକା ଆଉ ତମ ଘରକୁ ଆସୁ ନାଇଁ କିରେ ଚନ୍ଦୁ ?

ବାସୁଆ ବଳଦ ମୁଣ୍ଡ ହଲାଇଲା ପରି ଚନ୍ଦୁ ମୁଣ୍ଡ ହଲାଇ ନାହିଁ କଲା।

■

ବିସର୍ଜନ

- ଓହୋରେ, ହାଡ଼ ଠେକିଟାକୁ ଧରି କେତେ ଇଧର ଉଧର ହେଉଛ ହୋ ଭାୟା। ଗୋଟେ ଜାଗାରେ ଥାବେ ବସିବାର ନାଁ ନାଇଁ ଯେ? ନୃସିଂହନାଥରେ ଅସ୍ଥି ବିସର୍ଜନ ପାଇଁ ବସ୍‌କୁ ଚଢିଥିବା ଲୋକଟା ଉପରେ ଆଉ ଜଣେ ଯାତ୍ରୀ ବିରକ୍ତ ହେଇ କହିଲା।

- ଆମର ବି ତ ପିଲା ଛୁଆର ଘର। ଅଶୁଦ୍ଧି ଛୁଆଁ ଧରି ଘରକୁ ଯିବାଟା ଭଲ କଥା ନୁହଁ। ଆଉ ଜଣେ କହିଲା।

- ଆଉ ଯଦି ଶାନ୍ ସୌପଟ୍‌ରେ ହାଡ଼ ପକାଇବ ତ ସିଧା ଟ୍ରେନ୍ ଧରି ଯା କେଦାରନାଥ।

- ଜିଇଁବାର ଲାଗି ଫୁଟି କଉଡ଼ି ବି ନାହିଁ। ଫିର୍ ମରିବାର ଲାଗି ଇତ୍‌ନା ପୈସା କାହାଁ ସେ ଲାଉଁ ରେ ଭାୟା। ହାମର୍ କେଦାରନାଥ, ନରସିଂହନାଥ, ଗରିବର ଗଙ୍ଗା। ସ୍ତ୍ରୀର ଅସ୍ଥି କଳସ ଧରିଥିବା ଲୋକଟା ହାଲକା ଫୁଲକା ଢଙ୍ଗରେ କହିଲା।

- ସେତେବେଲୁ ଦେଖୁଛି ଯେ ଠେକିଟାକୁ ଝୁଲାଇ, ବିଡ଼ି ଟାଣି ଟାଣି ଲୋକଟା ଏତେ ବକର ବକର ହେଇ ଯାଉଛି ଯେମିତି ତାର ମାଇକିନାର ଅସ୍ଥି ନଉ ନାହିଁ, ତାକୁ ଧରି ସିନେମା କି ଥିଏଟର ଯାଉଛି। ପଛ ସିଟରୁ ସ୍ତ୍ରୀ ଲୋକ ଜଣେ ଚାପା ଗଳାରେ କହିଲା।

- ଶୁଭ ଅଶୁଭ ବୋଲି କଥାଟିଏ ତ ଫେରେ ଅଛି। ଅନ୍ୟ ଜଣେ ବୟସ୍କା ସ୍ତ୍ରୀ ତାକୁ ଗୋଟେ ରକମ ଶୁଣାଇଲା ପରି କହିଲା।

- ଠେକିଟା ବେକରେ ଝୁଲୁଛି ବୋଲି ଦେଖୁଛ। ସେଥରୁ ଏତେ ବାତ ବତଙ୍ଗଡ୍ ବାହାରୁଛି। ଦେଖି ନ ଥିଲେ କି ଶୁଦ୍ଧି ନା ଅଶୁଦ୍ଧି...। ଅନ୍ୟ ସମସ୍ତଙ୍କ କଥାକୁ ଗୋଟେ ରକମ ଉଡେଇ ଦେଲା ପରି... ଲୋକଟା କହିଲା।

ତାଙ୍କ ଭିତରେ କଥା କଟାକଟି ଚାଲିଥିବା ଭିତରେ କଣ୍ଡକ୍ଟର ସମାଧାନର ସହଜ ସୂତ୍ର ପାଇଗଲା ନା କ'ଣ ଦୁଇ ନମ୍ବର ସିଟ୍‌ରେ ବସିଥିବା ପାସେଞ୍ଜର ଆଡକୁ ଟିକିଏ ଝୁଙ୍କି ପଡି ପଚାରିଲା - ଆରେ ବାଇ, ତୁ ଭି ତ ଠେକି - ପାସେଞ୍ଜର ? ସ୍ତ୍ରୀଲୋକଟି ମୁଣ୍ଡ ଟୁଙ୍ଗାରିଲା ସେ ବେଶ୍ ବଡ ପାଟିରେ ଡାକ ପକାଇଲା - ଏ ଭାୟା, ଇଧର ଆ । ଇନେ୍ ବସିଯା । କାମ୍ ଖତମ୍ ।

ଲୋକଟା କଚାଡି ହେଲା ପରି ଦୁମ୍ କରି ଦୁଇ ନମ୍ବର ସିଟ୍ ପାଖରେ ବସିପଡିଲା । ସ୍ତ୍ରୀ ଲୋକଟା ବେଶ୍ ସନ୍ତର୍ପଣରେ କଡ଼କୁ ଘୁଞ୍ଚି ଯାଇ ଜାକିଜୁକି ହେଇ ବସିଲା । ଟିକିଏ ଯାଇଛି କି ନାଇଁ ଲୋକ ଟା ପଚାରିଲା କୋଉଠୁ ଆସୁଛୁ ?

- ବସ୍‌ନା ।

- ଏକଲା ?

- ହୁଁ ।

- ଏକ୍‌ଲା, ଫିର୍ ଏଇ କାମରେ ତିର୍ଲା..... ?

- ଘରେ ତ ଆଉ କିଏ ନାଇଁ, ଜାନ୍ ପେହେଚାନ୍ ଡାକି ଆଣିଲେ ଫେର୍ ଗାଡ଼ି ଭାଡା ବି ମତେ ଲାଗିଯିବା ।

- କାହାର ?

- ମୋର ମରଦ୍‌ର । ଧୀମା ସ୍ୱରରେ ମୁହଁ ଶୁଖାଇ କହୁ କହୁ ସେ ଲୋକର ବେକରେ ଝୁଲୁଥିବା ଠେକିଟାକୁ ପଚାରିଲା ଆଖିରେ ଚାହିଁଲା ।

- ମୋର ତିର୍‌ଲାର । ବହୁତ ବିମାର ଥିଲା । ସାରା କମାନି ଲୁଟେଇ ଦେଲି । ଲେକିନ୍ ଉପରବାଲାର ମରଜି ।

- ବସ୍‌ରେ ଯାତ୍ରୀ ଭିତରେ ଗପସପ, କଣ୍ଡକଟର ସାଙ୍ଗରେ ବାଟର ମୁଲଚାଲ ସହିତ ହୋ ହାଲ୍ଲା ବଢିଲା । ଲୋକଟା ହଠାତ୍ କଣଟାଏ ମନେପଡିଲା ପରି ଗୋଟେ ରକମ ବ୍ୟସ୍ତ ହେଇ କହିଲା - ଆରେ ଆରେ ନରସିଂହନାଥରେ ଝାମେଲା କଥା ଜାଣିଛୁ ନା ନାଇଁ । ପୂଜାରୀ ପଣ୍ଡିତ ଭିତରେ ଗାଳି ଝଗର୍ । ପୂଜା କିଏ କରିବ ଆଉ କିଏ ନାଇଁ ସେଇଟାକୁ ନେଇ ପୁଲିସ, କେସ, କଚିରି ଦୁନିଆଁ ନୌଟଙ୍କି । ଝମେଲା ପଟି ନଥିଲେ କାମଟା ରହିଲା ଜାଣ ।

- ସ୍ତ୍ରୀ ଲୋକଟା ଟିକେ ଡରିଗଲା । ଏକେତ ହଜାର ବାହାନା କାଢି ଜାତି ଭାଇ ପାଖରୁଁ ଏଇ କାମକୁ ହିଁ ଆଣି ପାରିଛି । କାମ ନ ତୁଟାଇ ଲେଉଟି ଗଲେ ପୁଣି ସେଥିରୁ କେତେ ରକମ ଅର୍ଥ ଅନର୍ଥ ବାହାରିବ । ତାକୁ ଘାବରେଇ ଯିବାର ଦେଖି ଲୋକଟା ପୁଣି ମୁରବି ପଣିଆରେ କହିଲା - ଏତେ ଚିନ୍ତା କର ନାଇଁ । ମୁଁ ସାଙ୍ଗରେ

ଥିବି ଯେ। ଆଖିର୍ ଡ଼େଲି ପୂଜାଟା ତ ବନ୍ଦ ହେବାର ନାଇଁ। ଯିଏ ପୂଜା କଲେ ହାମ୍‌କୁ କି ଫରକ୍ ପଡୁଛି ଯେ ?'

- ତା ଉତ୍ତରକୁ ଅପେକ୍ଷା ନ କରି ଲୋକଟା ତା ଆଡକୁ ଝୁଙ୍କି ପଡି ଏମିତି ଗପ ଯୋଡିଲା ଯେ ବସ୍‌ର ଅଧାଲୋକ ଧରିନେଲେ ସେମାନେ ଦୁଇ ଜଣ ସ୍ୱାମୀ ସ୍ତ୍ରୀ। ଯେମିତି ମଝିରେ ଓହ୍ଲାଉଥିବା ଜଣେ ପାସେଞ୍ଜର ଲୋକଟାକୁ କହିଲା- ଭାଇ, ଭାବିଜୀ କୋ ଥୋଡା ଅପନେ ତରଫ୍ ଖିଁଚଲୋ, ନେହିଁ ତୋ ମେରା ସୁଟକେସ୍ ଉସ୍ କେ ସର୍ ପର ଗିରେଗା।

- କାଳେ ସେ ନିଜ ଆଡକୁ ଟାଣି ନେବ ଆଶଙ୍କାରେ ସ୍ତ୍ରୀ ଲୋକଟା ଆଗରୁ ଦରକାରଠୁ ଅଧିକା କରେଇ ବସିଲା।

- ଆରାମରେ ବସ। କିଛୁ। ଦିକ୍‌କତ୍ ନାହିଁ।

ପୁରୁଣା ଶ୍ୱାସ ରୋଗୀ ପରି ବସ୍‌ଟି କୁନ୍ଥେଇ ହେଇ ଆଗକୁ ପେଲି ହେଇ ଯାଉଥାଏ। ମଝିରେ ମଝିରେ ପାଣି ଢୋକେ ପିଇଲା ପରି ଅଟକି ରହି ଗୋଟେ ଗୋଟେ ପାସେଞ୍ଜର ଉଠାଉଥାଏ ।

- ବୁଝି ସମ୍‌ଝି ଗାଡ଼ି ଚଢ଼ିବାର କଥା। ଏଟା ସବୁ ଚେନ୍ନାଇର ଫଟା ପୁରୁଣା ବସ୍। ସେଠା ସରକାର ଏଗୁଡ଼ିକୁ ଅଚଳ ନାମା ଜାରି କରିଦେଲା ପରେ ଏ ଶଳା ମାନେ ଯାଇ କବାଡିଖାନାରୁ କିଣି ନେଇ ଆସନ୍ତି। ଖଟାରା ଗାଡ଼ିକୁ ରଙ୍ଗ ମଖାଇ ଏଠି ଫେର୍ ବିଜିନେସ୍ ସୁରୁ। ପଇସା ପାଇଁ ମଣିଷର ଜୀନା ହାରାମ୍ କରିଦଉଛନ୍ତି ଶାଲେ କୁତ୍ତେ କାହିଁକା।

ତା ପାଟିରୁ କଥା ସରିଛି କି ନାଇଁ ସତକୁ ସତ ବସ୍‌ଟା ତାର ଛାତି ବିଦାରି ହେଲାପରି ରଡିଟାଏ ଦେଇ ରହିଗଲା।

- ମୁଁ କହୁ ନ ଥିଲି...। ଲୋକଟା ଆରମ୍ଭ କରିଦେଲା।

ଯାତ୍ରୀମାନେ ବିରକ୍ତିରେ ଓହ୍ଲାଇ ଯେଝା ବାଟରେ ମାତିଗଲେ। କିଏ ଗୋଡ ହାତ ସିଧା କରି ଟହଲ ମାରିଲା । ପୁରୁଷ ମାନେ ପାଖ ଝ ଦୋକାନକୁ ଆଡକୁ, ପାନ ଗୁଡାଟା ପାଖକୁ ବୀର ଦର୍ପରେ ମାଡିଗଲେ । ଥୋକେ ମୋବାଇଲଟା ଧରି ତୁରୀ ବଜାଇଲା ପାଟିରେ ଗପ ଯୋଡ଼ିଲେ। ଛୁଆ ମାନେ ପଞ୍ଜୁରୀ ଭିତରୁ ବାହାରିବାର ଖୁସିରେ ଏମିତି ଦୌଡ଼ାଦୌଡ଼ି ହେଲେ ଜଣେ ଦିଜଣଙ୍କର ଗୋଡ଼ ହାତ ଖଣ୍ଡିଆ ହେଇଗଲା। ତାକୁ ନେଇ ସ୍ୱାମୀ ସ୍ତ୍ରୀ ଭିତରେ ଛୋଟ କାଟିଆ କଳି ବି ହେଇଗଲା। ଅଚିହ୍ନା ସ୍ତ୍ରୀ ଲୋକମାନେ ଆପଣା ଭିତରେ ନିଜ ଜାଗା, ଘର ପରିବାରର କଥା ଯୋଡୁ ଯୋଡୁ ମେକାନିକ ଆଣିବାକୁ ଯାଇଥିବା ହେଲପରର ଆସିବାଟାକୁ ଅନିଶା

କରୁଥାନ୍ତି। ଗଲା ଆଇଲା ଲୋକଙ୍କୁ ଏମିତି ଦେଖୁଥାନ୍ତି ଯେମିତିକି ରାଜା ବିକ୍ରମ ପିଠିରେ ବେତାଳ ପରି ହେଲପରଟା ତା ପିଠିରେ ଲାଉ କରି ମେକାନିକ୍‌କୁ ଧରି ପହଞ୍ଚିଯିବ।

ଠେକିଟାକୁ ସେମିତି ବେକରେ ଝୁଲାଇ ଏଠି ସେଠି ଟହଲ ମାରି ଲୋକଟା ଗଛ ତଳେ ଅଲଗା ହୋଇ ବସିଥିବା ସେହି ସ୍ତ୍ରୀ ଲୋକଟି ପାଇଁ ଚ଼ କପେ ନେଇ ଆସିଲା। ସ୍ତ୍ରୀ ଲୋକଟି ଚ଼ ପିଇବା ପାଇଁ ଟିକେ କୁନ୍ଥୁକୁନ୍ଥୁ ହେଲା।

- ବୁଝିଲୁ ନରସିଂହନାଥରେ ପହଞ୍ଚିଲା ବେଳକୁ ଅନ୍ଧାର ହେଇଯିବ ଯାହା ଜଣାପଡୁଛି। ପାଟିରେ କିଛି ନ ଦେଲେ ଏଇ ହାଡ ସାଙ୍ଗରେ ନିଜର ହାଡ଼ ବି ପଡିଯିବ ।

ଲୋକଟାର ପାଟିରେ ଦି ଚାରି ଜଣ ମାଇକିନା ସିଆଡକୁ ମୁହଁ ବୁଲାଇଲେ। ଗୋଟେ ରକମ ହଡବଡେଇ ଯାଇ ସ୍ତ୍ରୀ ଲୋକଟା ତା ହାତରୁ ପ୍ଲାଷ୍ଟିକ ଚ଼ କପ୍‌ଟା ଦେଇ ଆସିଲା।

- ଆଛା ଏତେ କଥା ଭିତରେ ତୋ ନାଁଟା ପଚାରିବାକୁ ଭୁଲି ଯାଇଥିଲି ?

- ଶାନ୍ତି । ଶାନ୍ତି ବାଇ।

- ମୋ ନାଁ ନଟୱର୍।

- ପିଲାଝିଲା ?

ଶାନ୍ତି ମୁଣ୍ଡ ହଲେଇ ମନାକଲା ।

- କିସମତ୍‌ର ଖେଲ୍ ଭି ଦେଖ୍ ତ। ବିନ୍ ଔରତିଆ ମରଦ ପିଲା ବଢେଇବାଟା କେତେ ମୁସ୍କିଲ ଯେ କହ ନାଇଁ। ମୋର ଚ଼ରି ବର୍ଷର ପୁଅଟା ମୋତେ ଦିକ୍‌ଦାର କରିଦଉଛି । ଆଉ ତୋର କଥା ଦେଖ୍, ସହାରା ପାଇଁ ପିଲା ଛୁଆଟେ ଦରକାର ଥିଲା। ସେତକ ବି ଉପରବାଲା ବିଚ଼ର କଲା ନାହିଁ। ଛାଡ୍।

- ଆଛା, ତୋର ଘର ଲୋକର କ'ଣ ହୋଇଥିଲା କି ?

ଶାନ୍ତି ଚୁପ୍ ରହିଲା ।

- ସେମିତି କିଛି ଜବରଦସ୍ତି ନାଇଁ। ମୁଁ ଏମିତି ଖାଲି ପଚାରୁଥିଲି। ତୋର ଇଛା।

- ହେଲା ଆଉ କ'ଣ। ଗାଡ଼ି ଆକସିଡେଣ୍ଟରେ ଜୀବନ ଗଲା। ମୁଇଁ କାଲ୍‌ଜିଭୀ ତାକୁ ମରିବାର ଲାଗି ଠେଲି ଦେଲି ।

କହୁ କହୁ ବନ୍ଧ ଭାଙ୍ଗିଲା ପରି ଆଖିରୁ ପାଣିତକ ବାହାରି ପଡ଼ିଲା।

- ଆରେ ଆଉ କନ୍ଦା ରଡ଼ା କରି କଣ ଲାଭ। ସବୁ ଅପ୍‌ନା ଅପ୍‌ନା ତକ୍‌ଦିର୍।

- ତକଦିର୍‌ର ଦୋଷ ନାଇଁ। ମୋରି ଦୋଷରୁ ଏକା ତାର ଜୀବନ ଗଲା। ଶାନ୍ତି ଲୁହ ପୋଛୁପୋଛୁ କହିଲା।

- ମାନେ ?

- ହରଦିନ୍ ତାକୁ କୋସୁଥିଲି। ହର୍‌ଦିନ୍। ମଦ ପାଣି ପିଇ ବି ମତେ ସେ ହରଦିନ୍ ମାଡପିଟ୍ କରୁଥିଲା। ମହାସମୁନ୍ଦ୍‌ରେ ତାର ରଖିନୀ ମାଇକିନା ଥିଲା। ଯାହା କମଉଥିଲା, ସବୁ ତାରି ପିଛାରେ ଏକା ଲୁଟେଇ ଦଉଥିଲା । ସେଦିନ ସେଇ ମାଇକିନାକୁ ଘରକୁ ନେଇ ଆସିବାକୁ ଜିଦି କଲା। ରାଗ ମାଡ଼ରେ ମୁଁ କହିଦେଲି, ଯାଃ, ଯଦି ମୁଁ ସତରେ ଥାଏ, ତାହେଲେ ଆଉ ଘରକୁ ଲେଉଟିବୁ ନାଇଁ। ରାତି ତିନି ଘଡିକୁ ସେ ମୁର୍ଦ୍ଦାର ହେଇ ଘରକୁ ଲେଉଟିଲା। ମୁଁ ହିଁ କାଲମୁହାଁ ତାକୁ ଖାଇଲି।

- ତୁ କହିଲୁ ବୋଲି ସେ କଣ ମଲା ? ସେମିତି ନୁହଁ। ତାର ସେମିତି ଯିବାର ଥିଲା।

- କେତେଦିନରୁ କଥାଟିକୁ ବାହାରକୁ କାଢି ପାରିଥିବାର ବୋଝରୁ ଶାନ୍ତିକୁ ଟିକେ ହାଲୁକା ଲାଗିଲା। ତୁନି ରହି ବୋତଲରୁ ଦୁଇ ଚାରି ଢୋକ ପାଣି ପିଇଲା। ଯା ଭିତରେ ମେକାନିକ୍ ଆସି ଗାଡ଼ି ସଜାଡି ସାରିଥିଲା।

ପାସେଞ୍ଜର ସବୁ ହୋ ହା ହେଇ ଗାଡ଼ି ଉପରକୁ ଉଠିଲେ। ଗ୍ରହ ବେଳା, ଭାଗ୍ୟ ଦୋଷକୁ ନିନ୍ଦି ନିଜ ନିଜର ସିଟ୍ ଦଖଲ କରିନେଲେ। ମାଁ କାଖରେ ବାହାର ପବନରେ ଏଯାଏଁ ଆରାମରେ ଶୋଇଥିବା ଛୁଆମାନେ ନିଦରୁ ଉଠି ଭେଁ ଭାଁ ରଡି ଛାଡିଲେ। ଆଗ ଅପେକ୍ଷା ଟିକେ ସୁସ୍ଥ ହେଲାପରି ବସ୍‌ଟା ଟିକେ ଫୁର୍ତ୍ତିରେ ଚାଲିଲା। ସିଟ୍‌ରେ ବସୁ ବସୁ ନଟଓ୍ୱର ଢୁଳେଇ ବସିଲା। ସିଟ୍ ବାଡର ଦାଢରେ ବାଜି ଠେକିଟା କାଳେ ଭାଙ୍ଗିଯିବା ଭାବି ଶାନ୍ତି ତା ହାତରୁ ସେଇଟା ନେଇଆସିଲା। ଅଖାଡୁଆ ବୋଝଟାରୁ ନିସ୍ତାର ପାଇଲା ପରି ନଟଓ୍ୱର ଏଥର ନିଶ୍ଚିନ୍ତରେ ଶୋଇ ପଡ଼ିଲା। ନିଦ ବାଉଳାରେ ତାର ମୁଣ୍ଡଟା କେତେବେଳେ ଶାନ୍ତି କାନ୍ଧରେ ଲଦି ହେଉଥାଏ। ବାରବାର ହାତଟା ଆସି ତା ଦିହରେ ବାଜୁଥାଏ। ଜାଣତରେ କି ଅଜାଣତରେ କେଜାଣି।

ନୃସିଂହନାଥରେ ପହଞ୍ଚିଲା ବେଳକୁ କାଳି ଅନ୍ଧାର। ଧର୍ମଶାଳା ବାରଣ୍ଡାରେ ଦୁଇ ଠେକି ଧରି ସେ ମାଇକିନାଙ୍କ ପାଖରେ ଟିକିଏ ଛାଡ଼ି କରେଇ ଶୋଇ ପଡ଼ିଲା। ରାତିରେ ଢେର ବେଳଯାଏଁ ନଟଓ୍ୱର ବଡ଼ ପାଟିରେ ବାହାରେ ଭଟର ଭଟର ହେଉଥିବାର ସେ ଶୁଣି ପାରିଲା।

ସକାଳେ ଅସ୍ଥି କାମ ସାରି ଦୁହେଁ ଫେରନ୍ତା ଗାଡ଼ି ଧରିଲେ । ଶାନ୍ତି ଟିକେ

ଆଗରୁ ଚଢ଼ି ଅଲଗା ବସିଲା। କାଳେ ସେ ପୁଣି ଆସି ବସିଯିବ ଭାବି ଶାନ୍ତି ଆଉ ଗୋଟେ ମାଇକିନାକୁ ଆଗତୁରା ଡାକି ପାଖରେ ବସାଇଲା। ଗାଡ଼ିକୁ ଚଢୁ ଚଢୁ ଶାନ୍ତିକୁ ଆଉ କାହା ପାଖରେ ବସି ଥିବାର ଦେଖି ନଟଓ୍ୱର ମନେ ମନେ ଟିକେ ଅସନ୍ତୋଷ ହେଲେ ବି ବାହାରକୁ ନ ଜଣାଇ କହିଲା- ଠିକ୍‌ଠାକ୍ ବସିଲୁ ତ? ପୁଣି ସେ ଓହ୍ଲାଇଲାବେଳେ ତାର ଚିହ୍ନା ପରିଚୟ କି ଲେଖାଯୋଖା ସମ୍ପର୍କୀୟ ପରି ବଡପାଟିରେ କହିଲା- ଯାଉଛି ଭାରି। ଦେଖିଚାହିଁ ଯିବୁ। ଏକୁଟିଆ ଯାଇ ପାରିବୁ ତ?

ଆଠ ଦଶ ଦିନ ଯାଇଛି କି ନାଇଁ ସେ ଶାନ୍ତିର ବାଟ ମୁହଁରେ ହାଜର। କାଳେ ଭିତରକୁ ପଶି ଆସିବ ଭାବି ଶାନ୍ତି ବାଟ ଆଗୁଳି ଠିଆ ହୋଇଥାଏ।

- ଏଇ ଛୋଟା ମୋଟା କାମରେ ଇଆଡ଼େ ଆସିଥିଲି ତ। ଭାବିଲି ତୋର ହାଲଚାଲ ଟିକେ ପଚାରିଯାଏଁ।

ଶାନ୍ତି ହୁଁ ମାରି ଚୁପ୍ ରହିଲା। ଘଡ଼ିଏ ବାଟ ମୁହଁରେ ଠିଆ ରହି ସେମିତି ପୁଣି ସେ ଚାଲିଗଲା।

ଦିଆଲିକୁ ଚାରିଦିନ ବାକି। ଏଇ ବର୍ଷଟା ପୂଜା ପର୍ବ ମନା। ବିଡ଼ି ବନାଇବାକୁ ଘରୁ ବାହାରିବା ବେଳକୁ ଦେଖେତ ତା ଚାରି ବର୍ଷର ଛୁଆଟାକୁ ଧରି ବାଟ ମୁହଁରେ ସେ ଠିଆ। ଏଥର ନ ଡାକି ଆଉ ବାଟ ନାହିଁ। ସେ ଛୁଆକୁ ଡାକିଲା। ପଛେ ପଛେ ତାର ବାପା।

- ତୋ ନା କଣ? ଶାନ୍ତି ପଚାରିଲା।

- ନନ୍ଦୁ।

ପିଲାଟାକୁ ବିସ୍କୁଟ ଚାରିଟା ଦେଇ ନଟଓ୍ୱରକୁ ଚା କପେ ଧରାଇ ଦେଲା।

- ଏଥର ଆଗ ଅପେକ୍ଷା ଭଲ ଦିଶୁଛୁ ଶାନ୍ତି। ଚାହା କପ୍‌ଟା ଧରୁଧରୁ ନଟଓ୍ୱର କହିଲା।

- ଆଉ କଣଟା ଅଛି ଭଲ ଭେଲରେ।

- ଏମିତି ମନ ମାରି ରହନାଇଁ। ଆରେ ସିନିମା ଅଛି ପରା - ଜିନ୍ଦେଗୀ ନ ମିଲେ ଦୁବାରା। ଫିର୍ ସବୁକିଛି ଠିକ୍ ହୋଇଯିବ ଦେଖିବୁ। ଆମେ ତ ଗୋଟିଏ ନାଆର ମାଝି। ଆମର ଡଙ୍ଗାଟା ଆମକୁ ଇ ବାହିବାକୁ ପଡ଼ିବ।

ଟିକିଏ ବସି ଛୁଆଟାକୁ ଧରି ଚାଲିଗଲା। ମଝିରେ ମଝିରେ ନଟଓ୍ୱର ଆସେ। ତା ପାଇଁ ତେଲ, ସାବୁନ, ଲୁଗାପଟା ନେଇକି ଆସେ। ହରେକ୍ ରକମର ଖାଇବା ଜିନିଷ ଆଣେ। ସବୁ କିଛି ଠିକ୍‌ଠାକ୍ ହେଇଥିବାର ପରି ଶାନ୍ତିକୁ ଲାଗିଲା। ନଟଓ୍ୱର ରାତିରେ ଆସି ପହପହ ଆଗରୁ ଚାଲିଯାଏ। ଏକେଣା ଘର ବୋଲି ସେ ଗାଁ ଲୋକେ

ସେତେଟା ଟେର୍ ପାଆନ୍ତିନି। ବାଗ ଅବାଗରେ କିଏ ପଦେ ଅଧେ ପଚାରିଦେଲେ ଶାନ୍ତି କଥା ବାଆଁରେଇ ଦିଏ। ହେଲେ ବି ଜଗିବାକୁ ପଡ଼େ। ଡରିବାକୁ ହୁଏ। କାଲେ କା' ଆଖିରେ ପଡ଼ିଯିବା ଭୟରେ ନଟୱରର ଲୁଗାପଟା ଖଣ୍ଡେ ଦୁଇଖଣ୍ଡକୁ ଚୋରି ମାଲପରି ଲୁଚାଇ ରଖେ। ଦିନ ଯେତେ ଗଡ଼େ, ଶାନ୍ତି ସେତେ ଉକୁବୁକେଇ ଯାଏ। ଅସ୍ଥିର ଲାଗେ।

ଦିନେ ତା ଅଣ୍ଟାରୁ ନଟୱରର ଖରଖଶ୍ ହାତଟାକୁ ଖସାଉ ଖସାଉ ଶାନ୍ତି କହିଲା - ଆଉ କେତେ ଦିନ ସାଇ ପଡ଼ିଶା, ଗାଁ ବାଲା ଆଉ ଦୁନିଆଁ ଲୋକକୁ ଏମ୍‌ତି ଭୁତୋଉଥିବି ଯେ....। ତା ପାଟିରୁ କଥାଟାକୁ ସରିବାକୁ ନ ଦେଇ ନଟୱର ସଙ୍ଗେ ସଙ୍ଗେ କହିଲା - ଏତେ ବେସ୍ତ କିଆଁ ? ମୋର ତ ସବୁବେଳେ ବୁଲା କିନ୍ଦିରା କାମ, ତତେ ମାଲୁମ୍ ଅଛି। ଟିକେ ସବର୍ କରି ଯା। ହାତରେ କିଛି ମାଲପାଣି ରହିଲେ ସିନା ଘର ବସେଇବା। ଘେରୀ ଛିପାରେ ନାଇଁ, ପାଞ୍ଚ ଦଶଙ୍କୁ ଡାକି କାମଟା କରି ଦେବା।

ତାର ତିନି ଚାରିମାସ ଯାଏଁ ନଟୱର ଆସିଲା ନାହିଁ। ଶାନ୍ତି ବାଟ ଚାହେଁ। ପୁଣି ଅସ୍ଥିର ହୁଏ। ପୁଣି ଥରେ ଠକି ଯିବାର ଅପମାନରେ ମୁହଁ ପୋଡ଼େ। ଦିହ ଜଳେ। ପୁଣି ଆରେଇ ଯାଏ।

ଦିନେ ରାତିରେ ଛୁଆଟାକୁ ଧରି ନଟୱର ଅଚାନକ ପହଞ୍ଚିଗଲା। କା' ସାଙ୍ଗରେ ମଟର ସାଇକେଲରେ ଆସିଥାଏ। ବାଟ ମୁହଁରେ ଗାଡ଼ିଟା ଘରର୍ ଘର ହଉଥାଏ। କବାଟ ଖୋଲୁ ଖୋଲୁ ଶାନ୍ତି କିଛି ପଚାରିବା ଆଗରୁ କହିଲା - ଛୁଆର ବିମାର୍ ଲାଗି ମୁଁ ଆଉ ତୋର ସୋର୍ ଖବର କରି ପାରିଲି ନାଇଁ। ଏବେ ପୁଣି ଗୁଣ୍ଟୁର୍ ଯିବାକୁ ପଡ଼ିବ ପାଇପ୍ କାମରେ। ଆସୁ ଆସୁ ପନ୍ଦର ଦିନ ଲାଗିଯିବ... ଭାବିଲି, ଛୁଆଟି କାଇଁ ବାରଦୁଆର ହେଇ ରହୁଥିବ... ଆଖିର୍ ତୋରି ପାଖରେ ତାର ଜିନ୍ଦଗୀ କଟିବ। ମୁଁ ଆସିଗଲେ ବାକି କାମ।

ଗାଡ଼ିର ଘରଘାର୍ ଶବ୍ଦରେ ଶାନ୍ତିକୁ କେତେ ଶୁଭିଲା କେତେ ନାଇଁ କିଛି ଜଣା ପଡ଼ିଲାନି। ଛୁଆଟାର ଲୁଗା ମୁଣାଟାକୁ କବାଟ ପାଖରେ ପକାଇ ଦେଇ ଭୁସକିନା ନଟୱର ବସିପଡ଼ିଲା। ଛୁଆଟାକୁ ହାତ ହଲାଇ କ'ଣ ସବୁ କହି କହିକା ଚାଲିଗଲା। ସେ ଆଉ ଫେରିବ ନାହିଁ। ଶାନ୍ତି ଖାଲି ସେତିକି ଜାଣି ପାରିଲା। କାକୁସ୍ଥିଆ ଛୁଆଟା ବାପାର ଯିବା ବାଟକୁ ଚାହିଁ ରାହା ଧରି କାନ୍ଦୁଥାଏ। ଶାନ୍ତି ତା କଥା ବୁଝିଲା।

ସକାଳକୁ ପଡ଼ାରେ, ଗାଁରେ ହାଇଚାଇ। କାହାର ଛୁଆ ? କିଏ ? କେମିତି ? ଯେତେ ବାଗରେ ଉତ୍ତର ଦେଲେ ବି ସବୁଠି କେଁ ବାହାରିଲା। କିଏ କହିଲା ଶାନ୍ତିର ମରଦ୍‌ର ଛୁଆ, ମହାସମୁନ୍ଦର ସେଇ ରଖୁଣୀ ମାଇକିନାର। ଘର ଲୋକ ଭାବି ଶାନ୍ତି

ଗୁପ୍ତ ରଖୁଛି। ଯାହା ହେଲେ ନିଜ ଘରଲୋକର ଛିଟା ତ। ସେଥିପାଇଁ ତାକୁ ଅପ୍‌ନେଇଛି। ସାଇ ମାଇକିନା ତାକୁ ସେଥିପାଇଁ ବେଶ୍ ବାହାବା ବି ଦେଲେ। ଆଉ ଜଣେ କହିଲା ଛୁଆର ବାପାଟା କୋଉ ଖୁନ୍ ଖରାବୀରେ ଫସିଥିଲା। ଶାନ୍ତି ଘରକୁ ଯା ଆସ କରୁଥିଲା। ପୁଲିସ ହାତରେ ଧରା ପଡ଼ିବା ଭୟରେ ଶାନ୍ତି ହାତରେ ଭାଲୁ ଲାଙ୍ଗୁଡ ଧରାଇ ଉଡନ୍ ଛୁ। ଆଉ କିଏ କହିଲା ଏଟା କୁଆଡ଼େ ଶାନ୍ତିର କୁଆଁରୀ ବେଳର କାରନାମା। ତା ସ୍ୱାମୀ ଜାଣି ପାରିଲାରୁ ତାକୁ ହର୍‌ଦିନ୍ ଗାଳି ମାଡ କରୁଥିଲା। ଛୁଆଟା ଅନାଥ ଆଶ୍ରମରେ ଥିଲା। ଏବେ ଯୋଗକୁ ବେସାହାରା ଶାନ୍ତି ପାଇଁ ସେ ସହାରା ହେଇଗଲା। ଗୁମର ଫିଟିଯିବା ଡରରେ ଶାନ୍ତି ଖାଲି କଥା ବାଆଁରେଇ ତୁନି ରହୁଛି। ଏମିତି ଆହୁରି କେତେ କଥା।

ଦିନ କେତେଟା ଭିତରେ ଶାନ୍ତି ଗୋଟେ ରକମ ଅତିଷ୍ଠ ହୋଇ ଗଲା। ମନଟାକୁ ବୁଝାଉ ବୁଝାଉ ଘରଦ୍ୱାର ଆଡକୁ ନିଘା ରଖି ପାରିଲା ନାହିଁ । ଲୁଗା ପଟା ମଇଳା ହୋଇ ପଡ଼ିଛି। କେତେ ଦିନ ହେଲା ସେ ଘରୁ ବାହାରି ନାହିଁ। ବୋଝେ ମଇଳା ଲୁଗା ଧରି ନନ୍ଦୁକୁ କାଖେଇ ନଦୀକୁ ବାହାରିଲା।

ଓସାର ନଈବାଲି ଉପରେ ଆଖି ପକାଇଲା ଶାନ୍ତି। ତାକୁ ଚାରିଆଡ ଫରଚ୍ଛ ଦିଶିଲା। ମାଈକିନା ଘାଟକୁ ଲମ୍ବିଥିବା ଘୋଷରା ଉପରେ ନ ଯାଇ ଆଗକୁ ବଢ଼ିଲା। ବାଲିର ବିଛେଇ ଉପରେ ଚାଲି ଚାଲିକା ତାର ସବୁ ନିଜୋରପଣକୁ ଢାଳି ପକାଇ ଦେଲା ନା କଣ ଘାଟ ପାଖରେ ପହଞ୍ଚୁ ପହଞ୍ଚୁ ତାକୁ ଫୁର୍ତ୍ତି ଲାଗିଲା। ହୁଲ୍‌କା ହୁଲ୍‌କା ପବନ ତାକୁ ମୁକୁଳେଇ ଦେଲା। ନଦୀ ପଠାରେ କାଇଁଶ ଶେଯ। ମେଞ୍ଚାଏ କାଇଁଶ ଆଣି ନନ୍ଦୁ ହାତରେ ଧରାଇ ଦେଲା।

ଘାଟ ପଥର ଉପରେ ତାକୁ ବସେଇ ଦେଲା। କାଇଁଶ ମେଞ୍ଚାକରେ ପବନକୁ ଚାମର ଢାଳୁଢାଳୁ ନନ୍ଦୁ କିରି କିରି ହେଇ ହସିଲା।

ପାଣିରେ ଦର୍ପଣ। ନିଜ ମୁହଁ ନିଜେ ଦେଖିଲା ଶାନ୍ତି। ପାଣି ଭିତରେ ବହଳ କାଣ୍ଡସର। ପାଣିରେ ମନ୍ଦା ମନ୍ଦା ଝାଇଁ ମାଛ। ମୁଣ୍ଡ ଉପରେ ଉଡନ୍ତା ଚଢ଼େଇ। ଚାରିଆଡେ ଜଣା ଅଜଣା ଗଛ ବୁରୁଛ। ଶାନ୍ତି ଚାରିଆଡକୁ ଚାହିଁଲା।

ପାଣି ପଚାରିଲା ନାହିଁ – ଇଏ କାହାର ଛୁଆ ?

ନଦୀ ପଚାରିଲା ନାହିଁ – ଇଏ କାହାର ଛୁଆ ?

ଗଛ ପଚାରିଲା ନାହିଁ – ଇଏ କାହାର ଛୁଆ ?

ଶାନ୍ତି ନନ୍ଦୁକୁ ପିଠିରେ ଲାଉ କରି ନଈ ପାଣିରେ ଗାଧେଇଲା। ପାଣି ଛିଟିକାରେ ତା ସାଙ୍ଗରେ ଖେଳିଲା। ମନ ଭରିବା ଯାଏଁ ନିଜେ ଗାଧେଇଲା। ଗାଧେଇ

ସାରି ଧୁଆ ଲୁଗାତକ ଭୁଗାରେ ଭରୁଭରୁ ତଳେ ଗାରପକା ସାର୍ଟ ଖଣ୍ଡିଏ ରହି ଯାଇଥିବାର ଦେଖିଲା । ସିଏ ସାର୍ଟ ଖଣ୍ଡିକୁ ପାଣି ଭିତରେ ଭସେଇ ଦେବାର ଦେଖି ନନ୍ଦୁ କହିଲା- ହେଇ, ବାପାର ଛାର୍ଟ....

ଶାନ୍ତି ଆଞ୍ଜୁଳାରେ ପାଣି ଆହୁଳାର ମାରି ଗାରପକା ସାର୍ଟ ଖଣ୍ଡିକୁ ଆହୁରି ଦୂରକୁ ଠେଲି ଦେଲା ।

ନନ୍ଦୁ କାନ୍ଦ କାନ୍ଦ ହୋଇ କହିଲା - ହେଇ ବାପାର ଛାର୍ଟ ଭାଛିଗଲା... ଛାର୍ଟ... ବାପା... ଛାର୍ଟ... ବାପା... ଭାଛିଗଲା....

- ଯାଉ । ଶାନ୍ତି କହିଲା ।

- ଆଉ ଆଛିବ ନାଇଁ ?

- ନାଇଁ ।

- ନନ୍ଦୁ ଭେଁ କରି କାନ୍ଦିଲା । ଶାନ୍ତି ନନ୍ଦୁକୁ କାଖେଇ ଧରିଲା । ନନ୍ଦୁର ରାହା ଚାଲିଥାଏ - ଇଁ ଇଁ.... ଆଁ ଆଁ.... ମାଁ ଆଁ.... ମାଁ....

- ପଗ୍‌ଲା କହିଁକା, ମାଁ ତ ତୋର୍ ପାଶେ ଇ ଅଛି । ମାଁ କୁଆଡ଼େ ଯାଏଁ ନାଇଁ । କହୁ କହୁ ଶାନ୍ତି ନନ୍ଦୁକୁ ଜଡେଇ ଧରିଲା । ଓଦା ଲୁଗାରେ ତାର ମୁହଁ ପୋଛିଲା । ନନ୍ଦୁ ତୁନି ପଡ଼ି ମୁହଁ ଗୁଞ୍ଜିଲା ।

ଲକ୍ଷୀ ଧାନ ବୁଣିଲା ପରି ସକାଳୁଆ ସୂର୍ଯ୍ୟ ଖରା ବୁଣୁଥିଲା । ଶାନ୍ତି ଗାଁ ଆଡେ ମୁହାଁଇଲା ।

■

ପାଦ ଟୀକା :

(୧) ଥାବେ - ସ୍ଥିର ହେଇ
(୨) ଇନେ - ଏଠି
(୩) ଝଗର୍ - ଝଗଡ଼ା
(୪) କାଲ୍‌ଜିଭୀ - କାଳତୁଣ୍ଡୀ
(୫) ଦିଆଲି - ଦିପାବଳୀ
(୬) ପହପହ - ପାହାନ୍ତିଆ
(୭) ଉକୁବୁକା - ଅସ୍ୱସ୍ତି
(୮) ଖରଖଶ୍ - କର୍କଶ
(୯) କିନ୍ଦିରା - ଘୁରା
(୧୦) ଅପ୍‌ନେଇବା - ଆପଣେଇବା
(୧୧) କାଇଁଶ - କାଶତଣ୍ଡୀ

ପୁଣି ଥରେ

- ଆରେ ! ତୁ ଏଠି କେମିତି ? ହେଣ୍ଡିକ୍ରାଫ୍ଟ ମେଳାରେ ସପନକୁ ଦେଖି ଜୟା ଗୋଟେ ରକମ ଚମକି ପଡ଼ି ପଚାରିଲା । ଦୁହେଁ ଏକା ଗାଁର । ପିଲା ଦିନର ସାଙ୍ଗ ।

- ତୁ ଏମିତି ଭୂତ ଦେଖିଲା ପରି ଚମକି ପଡୁଛୁ କଣ ପାଇଁ ଯେ । ତତେ ଯେବେହେଲେ ବି ମତେ ଏଠି ହିଁ ଭେଟିବାର ଥିଲା । ଆଉ କଣ ତତେ ସପିଙ୍ଗ୍ ମଲ୍‌ରେ ଭେଟିଥାନ୍ତି ? ସପନ ହସି ହସି କହିଲା ।

- ଜୟା ତାର ସ୍ୱାମୀ ସମରେଶ ସହିତ ସପନକୁ ଚିହ୍ନା କରାଇଦେଲା । ପୁଅ ସୋମୁକୁ କହିଲା - 'ଇଏ ସପନ ମାମୁଁ । ଗୁଡ଼ାଏ ଗପ ଜାଣେ ।'

- ଏଠିକି ଟୁରରେ ଆସିଥିଲି । ଛଅ ଦିନ ହେଇଗଲାଣି । କାମ କରି କରି ବୋର୍ ଲାଗିଗଲା ତ ଆଜି ଏମିତି ଇଆଡ଼େ ଘେରାଟିଏ ମାରିବାକୁ ଆସିଥିଲି ।

- ଏତେ ଦିନ ହେଲା ଆସିଲେଣି । ଅଥଚ ଆମ ଘର ଆଡ଼େ ଥରେ ଆସି ନାହାନ୍ତି ଯେ । ଏଇ ସନ୍‌ଡେ ଆସନ୍ତୁ । ଆମ ଘରୁ ଲଞ୍ଚ ଖାଇକି ଯିବେ । ଆମ ଘରଟା ୟୁନିଟ ଥ୍ରି କ୍ୱାଟର୍ସ ନଂ.....

- ନା ଥାଉ, ଘର ଠିକଣା ଆଉ କହନ୍ତୁନି । ଦେଖିବେ ୟୁନିଟ ସାରା ଖୋଜି ଖୋଜି ପହଞ୍ଚି ଯିବି । ସମରେଶକୁ ଅଧା କଥାରେ ରଖି ଦେଇ ସପନ ହସି ହସି କହିଲା ।

ସତକୁ ସତ ସେ ରବିବାର ଦିନ ଘରେ ଆସି ପହଞ୍ଚି ଗଲା ।

- ଦେଖିଲେ ନା, ଘର ଖୋଜି ଖୋଜି ପାଇଗଲି । ପିଲା ଦିନର ଗଛ ଚଢ଼ାରେ ବାହାଦୁରୀ ବଖାଣିଲା ସ୍ମୃତିରେ ସେ ସମରେଶଙ୍କୁ କହିଲା ।

- ମୋ ନାଁ ପଚାରିଥିବେ ?

- ନା ଜମାରୁ ନୁହଁ ।

- ତା ହେଲେ।

- ବିଦ୍ୟାପତିର ସୋରିଷ ଫୁଲର ସୁରାକ୍ ପରି ମୁଁ ଜୟାର ବଗିଚ୍ଚ-ବିଲକ୍ଷଣର ସୁରାକରେ ଆସି ପହଞ୍ଚିଗଲି।

- ବୁଝି ପାରିଲିନି।

- ମୁଁ ଫେର୍ କଣ ସେଇଟା ଆପଣଙ୍କୁ ବୁଝାଇବି। ମାନେ ଜୟାର ଗାର୍ଡେନିଙ୍ଗ୍ ରଚିଟା ଯେ ସବୁବେଳେ ନିଆରା। ଯା ବଗିଚ୍ଚରେ ରଙ୍ଗଣି, ଅପରାଜିତା, ଗେଣ୍ଡୁ, ସେଇଟା ହିଁ ଆପଣଙ୍କ ଘର। ଏହି ଶ୍ଳୋକ ପଢ଼ି ପଢ଼ି ମୁଁ ଘରେ ହାଜର ହେଇଗଲି। ଆଉ କଣ।

- ଷ୍ଟ୍ରେନ୍‌ଜ ! ସମରେଶ କହିଲେ।

ରନ୍ଧାଘରେ ଚ୍ଚ କରୁଥିବା ଜୟା ଆଡକୁ ମୁହଁ କରି ବଡ ପାଟିରେ କହିଲା- ବୁଝିଲୁ ଜୟା, ତୋ ବଗିଚା ଦେଖି ଦେଲେ ଗାଁ ବାଡି ସାମ୍ନାକୁ ଚ୍ଚଲି ଆସୁଛି। ବାକି ଗୁଡ଼ାଏ ଲଟା ହେଇଗଲାଣି। ଅଳସୁଆମିରୁ ସଫା କରୁନାହୁଁ ନା ଓ୍ୱାଇଲଡ୍ ଲୁକ୍ ଦେବାପାଇଁ ଜାଣିଶୁଣି ଏମିତି ରଖିଛୁ ?

- ନାଇଁ ନାଇଁ । କରିବି କରିବି ହେଇ ସଫାକରି ହେଉନି। ଜୟା ସପନ, ସମରେଶଙ୍କୁ ଚ୍ଚ ଧରାଇ କହିଲା।

ବୁଝିଲେ ଜୟାର ପ୍ରକୋପରେ ତାଙ୍କ ବାଡିରୁ ଫୁଲ କଢିଟାଏ ବି କେହି ଛିଣ୍ଡାଇ ପାରୁ ନ ଥିଲେ। ସେ 'ଶେଫାଳୀ ପ୍ରତି'ର ଖୋଦ୍ ଗୋଟେ ଲିଭିଂ ସ୍ପେସିସ। ଚ୍ଚ ପିଉ ପିଉ ସେ ସମରେଶ ଆଡକୁ ମୁହଁ କରି କହିଲା।

- ତୋର ଏ ଯାଏଁ ମନେ ଅଛି !

- ବାପ୍‌ରେ ! ଗଛରୁ ଫୁଲଟିଏ କିଏ ଛିଣ୍ଡାଇଲେ ତୋର ଯେଉଁ ଫଁଫଁ ରୂପ ସେଇଟା କିଏ ଭୁଲିବ ?

ସମସ୍ତେ ହସିଲେ।

- ପୂଜା ପାଇଁ ତ କିଛି ଦଉଥିବ। ସମରେଶ ଜୟାର ପକ୍ଷ ନେଇ କହିଲା।

- ନା। ପୂଜାରେ ବି ଦିଏନି।

- ଏଠି ତ ଦଉଛି।

- ସତରେ ! ଆଇ ଡୋଣ୍ଟ ବିଲିଭ୍ ଇଟ୍ ! ଏଇ ଘଣ୍ଟି ବଜା ପୂଜା ପାଇଁ ତାର କେବେ ବି ଆକର୍ଷଣ ନ ଥିଲା।

- ଏଠି ତ ଗୁଡ଼ାଏ ପୂଜା ପାଠ କରେ। ତାର ଘଣ୍ଟି ବଜାରେ ରବିବାରଟାରେ ମୁଁ ଶୋଇ ପାରେନି। ସମରେଶ ମୃଦୁ ପରିହାସରେ କହିଲେ।

- ସତରେ ନା କଣ ? ସପନ ଆଶ୍ଚର୍ଯ୍ୟ ହେଇ ଜୟାକୁ ପଚାରିଲା । ଜୟା କିଛି କହିଲାନି । ଟିକେ ହସିଲା ।

- ଅବଶ୍ୟ ପରିବାର କଲେ ସୁରକ୍ଷା ପାଇଁ ଏସବୁ କରିବାକୁ ହୁଏ । ସମରେଶ କହିଲେ ।

- ସୁରକ୍ଷା ପାଇଁ ତ ନୁହେଁ, ବରଂ ସୁରକ୍ଷା ରୂପରେ - ନୁହେଁ କି ? ଜୟାକୁ ଚାହିଁ ସପନ ପଚାରିଲା ।

ଜୟା କିଛି କହିଲା ନାହିଁ ।

- ଆଉ ଥରେ କଣ କରିଥିଲା ଜାଣନ୍ତି ? ସରସ୍ୱତୀ ପୂଜାରେ ଆମେ ସମସ୍ତେ ବ୍ରାହ୍ମଣଙ୍କୁ ଦକ୍ଷିଣା ଦେବା ପାଇଁ ପଚାଶ ପଇସା ଲେଖେ ଦେଇଥାଉ । ଯୋଗକୁ ସେତେବେଳେ ଆଇସକ୍ରିମ ବାଲାଟିଏ ପେଁ ପେଁ କରି ସ୍କୁଲ ବାଟରେ ପହଞ୍ଚିଗଲା । ଜୟା ଆଗ ଆସି ତା ଦକ୍ଷିଣା ପଇସାରେ ଆଇସକ୍ରିମଟେ କିଣି ପକାଇଲା । ତା ପଛକୁ ଆମେ ସବୁ ମାଙ୍କଡ ପଲ ସେଇଆ କଲୁ । ସେଦିନ ବ୍ରାହ୍ମଣ ବିନା ଦକ୍ଷିଣାରେ ପୂଜା କଲେ । ହେଡ ସାର୍ ଠୁ ଜୟା ଛାଟେ ଦି ଛାଟ ପାଇଛି ଯେ । ମନେ ଅଛି ଟି ଜୟା ?

ସମସ୍ତେ ହୋ ହୋ ହେଇ ହସିଲେ ।

- ମାଁ ତୁ ଏତେ ଦୁଷ୍ଟ ଥିଲୁ ? ସୋମ୍ ଆଶ୍ଚର୍ଯ୍ୟ- ଗେଲରେ ଜୟାର ଶାଢ଼ୀରେ ଘଷି ହେଇ ପଚାରିଲା ।

- ଦେଖିଲୁ ତୋର ଦୁଷ୍ଟ ମାଁକୁ ମୁଁ କେମିତି ଶିଷ୍ଟ କରିଦେଲି । ସମରେଶ ପରିହାସ କଲେ ।

- ମାମୁଁ, ମାଁ ଆଉ କଣ କରୁଥିଲା ? ସୋମ୍ ଉତ୍ସୁକ ହେଇ ସପନକୁ ପଚାରିଲା ।

- ଓହୋ, ସେଥିପାଇଁ ତ ଗୋଟେ ଫାଇଲ୍ ରଖିବାକୁ ପଡ଼ିବ । ତାର ହଜାର ନାଟ ଚାଲିଥିଲା । ବୁଝିଲ ସୋମ୍ । ଏମିତିରେ ତମ ମାଁ ଗୋଟେ ପେଟା ଏକଟିଭିଷ୍ଟ୍ ଥିଲା । ମାନେ ଖଳା ବାଡ଼ିରେ, ଓଳି ତଳେ ଖଣ୍ଡିଆ ହେଇ ପଡି ଥିବା ବାରମାସୀ ଚଢ଼େଇ, ଘରଚଟିଆ, ତିତେର୍ ସବୁକୁ ଆଣି ହଳଦୀ ଲେପ ଦେଇ ଚିକିତ୍ସା କରୁଥିଲା । ଭଲ ହେଲେ ଫୁର୍‌କିନା ଉଡ଼େଇ ଦେଇ କିନ୍ଦ୍ରି କିନ୍ଦ୍ରି ନାଚୁଥିଲା ।

- ଆଉ ପାଠ ପଢୁଥିଲା ନା ନାଇଁ ? ପ୍ରଶ୍ନଟି ଉପରେ ଅଧିକା ଜୋର୍ ଦେଇ ସୋମ୍ ପଚାରିଲା ।

- ହଁ ପଢୁଥିଲା ଯେ । ସେତେ ବେଶୀ ଭଲ ନୁହଁ ।

- ମାନେ ଫାଷ୍ଟ୍ ହଉ ନ ଥିଲା ? ଆହୁରି ଆଶ୍ଚର୍ଯ୍ୟ ଚକିତ ହେଇ ସୋମ୍ ପଚାରିଲା ।

- ନା ଫାଷ୍ଟ ହବାକୁ ତାର ସମୟ ନ ଥିଲା। ପ୍ରତିଦିନ ଗୋଟେ ଗୋଟେ ନୂଆଁ ଏଡଭେନଚରରେ ତାର ସମୟ ଅଣ୍ଟୁ ନ ଥିଲା। ବାଉରୀ ତୁଠର ପାଣି ସବୁଠୁ ସଫାକହି ସେଠି ଗାଧାଏ ଆଉ ଆଈମାଠୁ ଗାଳି ଶୁଣେ। ଫୁଲ ଧୋବଣୀ ସାଙ୍ଗରେ ଯାଇ ଧୋବା ତୁଠରେ ବୋଝେ ଲୁଗା କାଚି ପକାଏ। ଆଈମା ତାକୁ ଡାକେ - ଶିରିଆ ଚଣ୍ଡାଳୁଣୀ। ଏତେ କାମରେ ସେ ଆଉ କେତେବେଳେ ଫାଷ୍ଟ ହେଇଥାନ୍ତା ?

- ହେଇ ମାଁ, ମତେ ଆଉ ଫାଷ୍ଟ ହେବାକୁ କହିବୁ ନାଇଁ। ନିଜେ ଗଧିଟା, ଆଉ ମତେ ଖାଲି ବସି ପଢ଼ଉଛି। କହି କହିକା ମ୍ୟାଚ ଜିତିଲା ଫୁର୍ତ୍ତିରେ ସୋମ ସେଠୁ ଧାଇଁ ପଳାଇଲା।

ଖାଇବା ସମୟ ହେଇ ଯାଇଥିଲା। ଜୟା ଡାଇନିଂ ଟେବୁଲ୍‌ରେ ସବୁ ସଜାଡି ବାଢିଲା।

- ତୁ ଏସବୁ ରାନ୍ଧିଚୁ। ମୋର ବିଶ୍ୱାସ ହଉନି। ଏତେ ରନ୍ଧାବଢ଼ା କେବେ ଶିଖିପକାଇଲୁ କି ଜୟା ? ଖାଉ ଖାଉ ସପନ ପଚାରିଲା।

- ମୁଁ ଟିକେ ଖାଇବାରେ ଚୁଜି ତ। ଯାହା ତାହା ଖାଇ ପାରେନି। ସମରେଶ କହିଲେ।

- ତୁ ୟା ଭିତରେ ଖାଇବାରେ ମାହିର ହେଇଗଲୁଣି ନିଶ୍ଚେ ଜୟା। କେତେ ମୋଟା ହେଇଯାଇଛୁ। ତାର ଇଣ୍ଟେଲେକଚ୍ୟୁଆଲ ଲୁକ୍‌ଟା କୁଆଡ଼େ ଗଲାଣି। ଆପଣ କିଛି କହୁ ନାହାଁନ୍ତି କି ?

- କହୁଛି । ହେଲେ ସେ ଜମାରୁ ଧ୍ୟାନ ଦଉନାହିଁ। ସମରେଶ କହିଲେ।

ଖାଇ ସାରିଲା ପରେ ସୋମ୍ କାହାଣୀ ଶୁଣିବା ପାଇଁ ସପନର ପିଛା ଲାଗିଗଲା। ରାଜାରାଣୀ କାହାଣୀ ଠୁ ଆରମ୍ଭ କରି ଟାର୍ଜନ ସିରିଜର ଗପ ଯାଏଁ ସପନ ବାଛି ବାଛି ଗପ ଶୁଣାଇଲା। ଡ୍ରାମା କଲାପରି ମୁହଁ ହାତର ଏମିତି ଭଙ୍ଗୀ କରି ଗପ କହୁଥାଏ ଯେ ସୋମ୍ କେତେବେଳେ ଆଶ୍ଚର୍ଯ୍ୟ ଚକିତ ହେଇ ରହିଯାଉଥାଏ ତ ପୁଣି କେତେବେଳେ ହସି ହସି ସୋଫା ତଳକୁ ଗଡ଼ି ପଡୁଥାଏ। ଚାରିଟା ବେଳେ ତାକୁ ନେଇ ଝାଲମୁଢୀ, ଦହି ବରା, ଆଳୁଦମ୍ ଖୁଆଇଲା। କୋଉଠି କୋଉଠି ଗୁଡ଼ାଏ ବେଳ ବୁଲେଇ ଆଣିଲା ।

- ମାଁ, ସପନ ମାମୁଁ ମତେ ହନୁମାନ ପରି ମୋତେ କାନ୍ଧରେ ବୋହି ଗଛ ଚଢାଇଲେ। ଭାରି ମଜା ହେଲା।

ଚା ପିଇ ସାରି ସପନ ଚାଲିଗଲା।

- ମାମୁଁ ଫେର୍ କେବେ ଆସିବ ? ସୋମ୍ ଗୋଟେ ରକମ ବ୍ୟସ୍ତ ହେଇ ପଚାରିଲା।

- ଆସିବି ଯେ। ସପନ କହିଲା।

ରାତିରେ ଶୋଇବା ଆଗରୁ ସମରେଶ ପଚାରିଲେ, ଯାହା ଦେଖିଲି ପିଲାଟା, ତମ ପିଲା ଦିନର ଗୋଟେ ରେଫରେନ୍ସ ନୋଟବୁକ୍। ତା କଥା କ'ଣ ତମର ମନେ ନାହିଁ।

- ସେମିତି ଅଲଗା କରି କିଛି ମନେ ପଡୁନି। ହେଲେ ମୁଁ ଯାହା କରୁଥିଲି, ସେଥିରେ ସେ ହାତ ବଢାଉଥିଲା। ଖାଲି ସେତିକି ମନେ ଅଛି।

- ମାନେ।

- ଏଇ ଯେମିତି- ଫୁଲ ଗଛ ଆଣି ଦଉଥିଲା। ପାରା ଭାଡିରେ ଚରା ରଖି ଦେଉଥିଲା। ଆଉ ତାଙ୍କ ଘରୁ ଲୁଚାଇ କରି ମୋ ପାଇଁ ଆଚାର ଆଣି ଦଉଥିଲା।

ସମରେଶ ଆଉ କିଛି ପଚାରିଲେନି। ସହର ଛାଡ଼ିବା ଆଗରୁ ସପନ ଆଉଥରେ ଆସିଥିଲା। ସଂଧ୍ୟାରେ ଚା ଜଳଖିଆ ଦଉ ଦଉ ଜୟା ପଚାରିଲା । ତୁ ଆଉ ବାହା ହେବୁ ନାଇଁ କି ? ତୁ କୁଆଡେ ମନ ପସନ୍ଦ ଝିଅ ନ ମିଳିଲେ ଘରକୁ ଖବର ଦେବୁ ବୋଲି କହୁଛୁ। ଖୁଡୀ କହୁଥିଲେ। ତୁ ତ ଝିଅ ଦେଖିବାକୁ ଯାଉନୁ। ମିଳିବ କେମିତି ଯେ ?

ଦେଖିବାର ଆଉ କଣ ଅଛି। ସବୁ ତ ସମାନ । ସ୍କୁଲ ୟୁନିଫର୍ମ ପରି। ସମାନ ଆଇବ୍ରୋ କଟ୍‌ରୁ ଆରମ୍ଭ କରି ଲୁଗାପଟା, କଥାବାର୍ତ୍ତା। ସବୁ ଗୋଟେ ଫର୍ମାଟ୍‌ରେ। ଗୋଟେ କେକ୍‌ର ଖାଲି ଅଲଗା ଅଲଗା ପିସ୍। ଟିକିଏ ବି ଇଣ୍ଡିଭିଜୁଆଲ ଟଚ୍ ନାହିଁ। କଣଟା ଦେଖିବି ?

- ତା ମାନେ କ'ଣ ସେମିତି ରହିଯିବୁ ନା କଣ ?

ସପନ ଆଉ କିଛି କହିଲା ନାହିଁ । ଚୁପ୍ ରହିଲା।

କିଛି ସମୟ ଗପସପ କରି ସପନ ଚାଲିଗଲା। ଗେଟ୍ ପାଖରେ ତାକୁ ଛାଡ଼ି ଆସି ବଗିଚାକୁ ଜୟା ନଜର ପକାଇଲା। ଲଟା, ଅନାବନା ଘାସ ଭର୍ତ୍ତି ହେଇଗଲାଣି ସତରେ। ଦୁଇଦିନ ପରେ ତାକୁ ଲୋକଟିଏ ଧରି ସଫା କଲା। ଅପରାଜିତାରେ ନୂଆଁ ରଞ୍ଜା ଦେଲା। ସକାଳୁ ବାହାର ଦୁଆରରେ ଚଢ଼େଇଙ୍କୁ ଚରା ଦେଲା। କେତେ ଦିନର ପୁରୁଣା କଳାଟିକୁ ପୁଣି ଥରେ ଆୟତ୍ତ କରି ପାରିଥିବାରୁ ନା କଣ ତା ମନଟା ସୁଲୁସୁଲୁ ଉତ୍ତରା ତାଳରେ ବଢ଼ିଲା। ସୋମ୍ ବି ତା ସହିତ ଚାଉଳ ବୁଣି ବୁଣି ଚଢ଼େଇଙ୍କ କିଚିରି ମିଚିରି ଆଉ ଖଣ୍ଡିଉଡ଼ା ଦେଖି କିରି କିରି ହସିଲା। ତାକୁ ନେଇ ଜୟା ସଂଧ୍ୟା ବେଳେ

ବୁଲିବାକୁ ଗଲା । ଯାଉ ଯାଉ ଗପ ଶୁଣାଇଲା । ଦିହଟା ଏଥର ହାଲୁକା ଲାଗିଲା । ମନ ବି ଫରଚ୍ଛ ।

ଘର ଭିତରେ ଉତ୍ତରା ବାଆର ଛିଟା ସମରେଶ ବାବୁ ଜାଣି ପାରୁଥିଲେ । ସମରେଶ କୁଶଳୀ କାରିଗର, ବାଆକୁ ବତା ଖଂଜିବାରେ । କିଛିଦିନ ପରେ ଅପରାଜିତା, ରଙ୍ଗଣୀ ଜାଗାରେ ରୟାଲ ରୋଜ, କ୍ରୋଟନ ଲଗାଇବାର ବ୍ୟବସ୍ଥା କରିଦେଲେ ।

■

ହିରଣ୍ୟଗର୍ଭା

- ଆରେ ହେ ମେଘୁ । କୋଉଠି ମରିଛୁ ଏତେ ବେଳଯାଏଁ । ମୁଢ଼ି ମୁଠେ ଆଣିବାକୁ ପଠେଇଲି ଯେ ସେଠି କେଉଟୁଣୀ ଘରେ ବସି ଭୋଜି ଭାତ କରୁଛୁ ନା କଣ...

- ଯାଉଛି ନାନୀ ମା

- ଯାଉଛି ଯାଉଛି କହି ଗାଁ ସାରା କିନ୍ଦ୍ରି ବୁଲୁଥା ରଇଜଳା କୋଉଠାର । ମାଁ କୋଇଲି ତ କାଉ ବସାରେ ଡିମ୍ବ ଦେଇ ଚାଲିଗଲା । ମୋରି ମୁଣ୍ଡରେ ଏକା ଏଇ ତାଳ ପଡ଼ିବାର ଥିଲା । ଭାର୍ଗବୀ ଭଡ଼ଭଡ଼ ହେଇ ମେଘୁ ଉପରେ ବର୍ଷି ଚାଲିଥାଏ । ସକାଳେ ସଞ୍ଜେ ହେଇ ଏମିତି ଚାରି ପାଞ୍ଚ ଥର ନ ହେଲେ ତାର ଦିନ ସରେ ନାଇଁ ।

- ହେଇଟି ଭାର ନାନୀ, ମେଘୁ ତୋ ପଛରେ । ଲାଲମତୀ ହସି କହିଲା ।

- ଗୁମ୍ନୁ ମୁହାଁ, କହୁନୁ କଣ ପାଇଁରେ । ହେଇଟି ମୁଢ଼ି ନେଇ ସେଠି ଚୂଲି ମୁଣ୍ଡରେ ଗହା ରଖି ଦେଇଛି ଖାଇବୁ ଯା । ଘର ମେଲା କରିବୁ ନାଇଁ । ବିଲେଇ, କୁକୁର ପଶି ହାଣ୍ଡି ଗଟିବେ । ଖରାରେ ବାଟି ଖେଳରେ ମାତିବୁ ନାଇଁ କହୁଛି ।

- ଆଉ ଦି ଗରି ପଦ ତାଗିଦା କରି କହୁ କହୁ ଭାର୍ଗବୀ କାମକୁ ବାହାରି ଗଲା । ଆଉ ସେ ସାଇମୁଣ୍ଡ ପାରି ହେଇଛି କି ନାଇଁ ମେଘୁ ବି ବାଟି ଧରି ଗାଁ ଖୁଲିକୁ ବାହାରି ଆସିଲା ।

- ଏଇ ମେଘୁଟାକୁ ଦେଖ୍ । ତାର ଆଈ ଘରୁ ଯାଇଛି କି ନା ସେ ବି ତାଟି କବାଟ ମେଲା କରି ବାହାରି ଆସିଲା । ଏଣେ ଭାରନାନୀ ଆସୁ ଆସୁ କଣ ତା କାନରେ ଚୁଣ୍ଟିଦବ ଯେ ସେ ଏକା ଥରକେ ସବୁ ସାଇ ମାଈକିନାଙ୍କୁ ଦି ଫଡ଼ା କରିଦବା ପାଇଁ ବାହାରିବ ।

- ତା ମୁହଁ ରେ କିଏ ମୁହଁ ଦେବ ଲୋ ମାଁ । ତାର ଘର ଗୁମର ପଛେ ଦାଣ୍ଡରେ ହାଟରେ ଗଡୁଥାଉ । ପୁଅ ଜେଲ୍‌ରେ । ବୋହୁ ଛୁଆ ଛାଡ଼ି ଘରୁ ପଳେଇଲା ।

– ବୋହୁ ନା ଫୋଉ। କୋଉଠୁ ପେଟ ଆଣି ସତୁ ମୁଣ୍ଡରେ ଥୋପି ଦେଲା। ରାୟପୁରର କୋଠିବାଲୀଟା। ଏଠି କୋଉ ତାର ଧନ୍ଦା ଚାଲିଥାନ୍ତା ଯେ ସେ ରହିଥାନ୍ତା।

– କାହା ଗୁମର କଥା କେମିତି ଜାଣିବୁ। ସବୁ ଉପରବାଲାକୁ ଜଣା।

ଦିନେ ତ କଥା ପଡୁ ପଡୁ ଏମିତି ଗମାତରେ ମୁଁ ଭାରନାନୀକୁ ପଚାରିଲି, ଏତେ ସୁନ୍ଦରିଆ ପିଲାଟେ। ଏତେ ନାଁ ଥାଉ ଥାଉ ଛୁଆଟାର ନାଁ ମେଘୁ କଣ ପାଇଁ ଦେଲୁ କିଲୋ ? ଭାରନାନୀ କଣ କହିଲା ଜାଣୁ ? କହିଲା – ମେଘରୁ ଚଡକ ପଡ଼ିଲା ପରି ତ ମୋ ମୁଣ୍ଡରେ ଛିଡିଲା, ଦେବି ନାଇଁ ତ ଆଉ କଣ ଦେବି। ତା କଥାରୁ ଗୁମରଟା ଜାଣି ପାରୁନୁ।

ଲାଲମତୀ ଆଉ ତାରା କାଖରେ ପାଣି ଗରା ଧରି ଗପ ଯୋଡ଼ି ଯୋଡ଼ି ଘର ମୁହାଁ ହେଲେ।

ସତକୁ ସତ ସଞ୍ଜବୁଡ଼କୁ ସାଇ ମାଇକିନା ଉପରେ ଭାର୍ଗବୀର ସମ୍ପାକଟାରେ ପଡା ଦୁଲୁକିଲା। ମେଘୁର ପିଠିରେ ଆମ୍ପୁଡା ଦାଗ ଦେଖି ଦେଇ ତାର ଜଣା ଅଜଣା ସବୁଯାକ ଶତ୍ରୁ ଉପରେ ଗୋଟେ ନିଶ୍ୱାସରେ ବର୍ଷି ଯାଉଛି। ସାହୁ ଘର ଖଳାରେ ଆମ୍ବ ଗଛରେ ଲେଦା ମାରୁମାରୁ ସେଇଟା ତା ପିଠିରେ ଆସି ପଡ଼ଗଲା। ହେଲେ ଭାରକୁ ଏକଥା କହିବ କିଏ। କହିଲେ ସେ କି ଶୁଣିବା ଲୋକ। ମେଘୁର ଦେହକୁ ଟିକିଏ ଖରୋଚ ଲାଗିଲେ କି ଦି ପଦ କିଏ ଲାଗିଲେ ଏମିତି ତମ୍ପ ସାପ ପରି ଫଁ ଫଁ ହୁଏ। ସେଦିନ ସାଇ ପିଲାଙ୍କ କଳିଗୋଳ ଭିତରେ ମେଘୁକୁ ବାର ଆଡୁଆ ଛୁଆ କହି କିଏ ଜଣେ ଟିହେଇ ଦେଲା। ସେଇଠୁ ଭାରର ଯୋଉଁ ମଶାଣି ଚଣ୍ଡୀ ରୂପ ସେଇଟା ଦେଖିଲା ବାଲା ଖାଲି କହି ପାରିବ। ଘଡ଼ିଏ ଯାଏଁ ସେମିତି ହାଉଚାଉ ରଡ଼ି ଛାଡି ଭାର ପୁଣି ରନ୍ଧା ବସାଏ।

କେବେ କେବେ ପୁଣି ଭାର ଅଧା ନିଦରୁ ବିଳିବିଳା ରଡି ଛାଡ଼େ। ବାଉଁଶ ଖଟରୁ କୁଦି ପଡ଼ି କଚାଡ଼ି ହେଇ ଗଁ ଗଁ କରେ। ଦେଖୁ ଦେଖୁ ଆଖି ଦୁଇଟି ମନ୍ଦାର ଫୁଲର ରଙ୍ଗ ଧରେ। ମୁହଁଟି ବିଚିକେଟେଇ ଯାଏ। ଯେମିତି ତାର ମୁହଁ ନୁହଁ, ଆଉ କୋଉ ଭୂତ କି ପିଶାଚର ମୁହଁଟାଏ ତା ଦିହରେ ଖଞ୍ଜି ହେଇଛି। ମେଘୁ ଡରି ମରି କାନ୍ଦେ। ସାଇ ପଡ଼ିଶା ଜମା ହେଇଯାନ୍ତି। ଦାନ୍ତ ଦି ପାଟି ବାହାର କରି ଭାର ଆହୁରି ଜୋରରେ ହେଣ୍ଟାଳି ଉଠେ। ଘର ଭିତରେ ଖୁମ୍ବଟାକୁ ହଲାଇ ରଡ଼ି ଛାଡ଼େ – ମୋ ପୁଅକୁ ଦେ, ନଇଲେ ତୋର ଗୋଟା ବଉଁଶ ଗିଳି ଦେବି। ତାର ଉଗୁରୀ ଉଠା ଦେଖି ସାଇ ମାଇକିନା, ପିଲାଛୁଆ ଯେ ଯୁଆଡେ ବୋବେଇ ଧାଇଁ ପଳାନ୍ତି। କାନ୍ଦୁରା ମେଘୁକୁ ଲାଲମତୀ ପାଣି ପିଆଇ ବୋଧ ଦିଏ। ତା ଧୋକଡି ଦେହରେ କେତେ ବଳ

ଥାଏ କେଜାଣି ପଡ଼ାର ତିନି ଚାରିଟା ଜୁଆନ ପିଲା ବି ସମ୍ଭାଳି ପାରନ୍ତିନି। ଗୁଣିଆ ଆସି କଳା ଶାଢୀରେ ତାକୁ ଖୁମ୍ବରେ ବାନ୍ଧେ। ତେନ୍ତୁଳି ଛାଟ ମାରି ପେଟେନ୍‌କୁ ସାଧ କରେ। ପାହାନ୍ତିଆ ଯାଏଁ ଭାର ମଲା ସାପ ପରି ଲୋଚା କୋଚା ହେଇ ପଡ଼ି ରହେ। ସକାଳୁ ଯେଉଁ ଭାରକୁ ସେଇ ଭାର।

ଏଇ କଥାକୁ ନେଇ ଗାଁରେ କେତେ କଥାର ଖିଅ ବାହାରେ। ଭାର କୁଆଡ଼େ ତା ଦିନରେ ପାଞ୍ଚ ଛଅ ଥର ପେଟ ଭାଙ୍ଗିଥିଲା। ଧାନ ମିଲରେ ଦୁଇ ଥର। ଇଟା ଭାଟିରେ ଥରେ। ରୋଡ଼ କାମରେ ଥରେ। ବନ୍ଧ ଘାଟରେ ଗାଁ ମାଇକିନାଙ୍କ ଭିତରେ ଚର୍ଚ୍ଚା ଚାଲେ। ସେଇ ସବୁ ଭୂତ ହୋଇ ତା ଉପରେ ସବାର ହୁଏ କୁଆଡ଼େ।

- ତା ପୁଅ ଜେଲ ଗଲା ଦିନୁ ମନ ଭିତରେ ଦକ ପଶିଛି। ସେଇଥି ପାଇଁ ଖୁମ୍ବଟାକୁ ଜେଲ୍ ଘର ଲୁହା ବାଡ଼ା ଭାବି ହାଉଳି ଖାଏ ବିଚରୀ। ଦୁଃଖୀ ନାନୀ କହେ।

- କିଏ କହିଲା ? ଗୁଣିଆ ତ କହୁଥିଲା ସେହି ପିପଳ ଗଛ ତଳର 'ଖପରା ହାଣ୍ଡି' ଯାରୀ ଦେହକୁ ଲାଗେ। ଯାର ଖର ଛାଇଟା ତ। ବେଳ ନାଇଁ କି ଅବେଳ ନାଇଁ ଏଇ ଭାରଟା ବି ପଇସା ପାଇଁ ମରୁଛି। ସଞ୍ଜବୁଡ଼କୁ ଇଏ ସେଇ ବାଟ ଦେଇ ନ ଆସିଲେ ନ ଚଳେ। ସଖୀ ଖୁଡି କଥା ହାଣି କହେ।

- ତୁଚ୍ଛା କଥା। ଆମର ଘନର ବା' ତ ଭିନେ କଥା କହୁଥିଲା। ସତୁଟା ବଡ଼ ଡ଼ାକ୍ତରଖାନାରେ ଜନ୍ମ ହେଇଥିଲାଟି। ଭାରି କଷ୍ଟରେ ପେଟ କଟେଇ ଛୁଆ ପାଇଥିଲା। ହେଲେ ରାତି ଅଧରେ ତାରି ଛୁଆ ଚୋରେଇ ନଉନଉ ଅଧା ନିଦୁଆ ଭାର ଆଖିରେ ପଡ଼ିଗଲା ଇଏ କ'ଣ କମ୍ ଦମଦାର୍ ତିର୍ଲୀ କି। ଚୋରର ପିଛା କରି ତା ହାତରୁ ଛୁଆ ଛଡ଼େଇ ଆଣିଲା। ଆଉ ସେଇ ଧାଁ ଧଉଡ ଟଣା ଭିଡ଼ରେ ତାର ଅପରେସନ ଟିପ ଛିଣ୍ଡିଗଲା ପରା। ହେଲେ ସେହି ଦିନଠୁ ମନ ଭିତରେ ଡରଟା ରହିଗଲା। କେତେବେଳେ କେମିତି ବାହାରେ। ଘନ' ବା ଆମର ଏମିତି ସେମିତି ଉଡ଼ା କଥା କେବେ କୁହେ ନାଇଁ। ଘନ ମାଁ କହେ।

ସେଦିନ ସକାଳେ ଉଠୁ ଉଠୁ ଘଡ଼ିଏ ଉଛୁର। ଭାର୍ଗବୀ ତାର ନିତିଦିନିଆ ଭଡ଼ରଭଡ଼ର ଭିତରେ ବାସି କାମ ସାରି ପକାଇଲା। ମେଘୁ ପାଇଁ ଖାଇବା ରଖି ସେମିତି ଦି ଚାରି ଥର ତାଗିଦା କରି ମୁଣାଟାଏ ଧରି ତରତର ହୋଇ ବାହାରି ଗଲା। ଗାଁ ମୁଣ୍ଡ ସୁଲଠୁ ପାନ ଦୋକାନରେ ପାନ ପତ୍ର ଦୁଇଟା ମାଗିଲା।

- ଆଲୋ ଭାର ନାନୀ, ଖାଲି ପାନ ପତ୍ର କ'ଣ ପାଇଁ କିଲୋ ?

- ଏତେ ବେଳ ଗାଡ଼ିରେ ବସି ବସି ଖାଲି ପାଟି କଷା ଧରେ। ପତ୍ର ଦିଟା ଚୋବାଉଥିଲେ ବେଳ କଟିଯାଏ। ଭାର୍ଗବୀ କହିଲା।

– କେତେ ଆଉ ଧାଇଁବୁ ନାନୀ। ହେଲେ କଣ କରିବୁ, ବର୍ତ୍ତମାନ ସରକାର ବି ମାଓ କେଶ୍‌କୁ ଜବର ଧରୁଛି। ମାଓ ମୁହଁରୁ ମୁକୁଳିବା ଆଉ ସହଜ ନାଇଁ।

– ଯମ ମୁହଁରୁ ଛୁଆକୁ ଫେରାଇ ଆଣିଛି ଟି। ଭୀମ ବଳ କୁନ୍ତୀ କି ଅଜଣା ? ମାଓର ଦମ୍ କେତେ ମାଓର ମାକୁ ଜଣା। ବୁଝିଲୁ। ଆଉ ଯମଠୁ ସରକାର କଣ ବଡ ପହିଲିମାନ ହେଇଛି କି ?

– ସେ ଓକିଲଟା ବି ତତେ ଭୁଆଁ ବୁଲାଉଛି। ଫି ହପ୍ତା ତ ଗଣୁଛୁ। ହେଲେ ବାଟ ଫିଟିବାକୁ ନାଇଁ।

– ଓକିଲକୁ ଦୋଷ ଦେଲେ କଣଟା ହେବ। କେସ୍‌ଟା କୋର୍ଟକୁ ଗଲେ ସିନା। କଥା ସେଇଠି। ଯମ ଆଉ ସର୍କାରର ବଳ କଷାକଷି ସେଇ ଜାଗାରେ।

– ଦେଖୁଛି ଭାର ନାନୀ, ଥାନା ପୋଲିସ, କୋର୍ଟ ହାଜତ ହେଇ ହେଇ ତୁ ବି ଗୋଟେ ରକମ ଓକିଲ ହେଇ ଗଲୁଣି ଯା ଭିତରେ।

– ହଉ, ହଉ ଆଗ ପତ୍ର ଦିଟା ଦେଲୁ। ତେଣେ ଭେଟଣା ବେଳ ଗଡିଯିବ। ବସ୍ ଧରିଲେ ଯାଇକି।

ପାନ ପତ୍ର ଦୁଇଟା ଧରି ଭାର୍ଗବୀ ବଡ଼ ବଡ଼ ପାଦ ପକାଇ ଚାଲିଗଲା। ତା ପାହୁଣ୍ଡରେ ବେଗ ମାପିଲା ବାଗରେ ସୁଲ୍‌ଠୁ ତା ଯିବାକୁ ଅନେଇଥାଏ। ସତ କଥା। ମଦ ପାଣି ଆଉ ଦୁନିଆଁ ରକମର ନିଶା ଖାଇ ପେଟ କଣା ହଇ ରକତ ବାନ୍ତି କରିବା ଯାଏଁ କଥା ଗଲା। ଡାକ୍ତର ବଇଦ ସବୁ ହାତ ହଲାଇ ଦେଲେ। ଗୁରୁପ୍ ପାଣ୍ଠିରେ ଯେତେ ଟଙ୍କା ରଖିଥିଲା ସବୁ ପୁଅର ଦିହରେ ସାରିଦେଲା ଆଉ ଖଟରୁ ଉଠାଇଲା। ଯମ ମୁହଁରୁ ଆଣିନି ତ ଆଉ କଣ। ହେଲେ ମାସ ଦୁଇଟା ଯାଇଛି କି ନାଇଁ ସତୁ ଯୋଉଟାକୁ ସେଇଟା।

ଭାର୍ଗବୀ ଘଡିକେ ବରଗଛ ପାରି ହେଇ ଧରଣା ଆଡକୁ ମୁହାଁଇଲା। ପାନ ପତ୍ର ଡେମ୍ଫଟା ଭାଙ୍ଗି ତା'ରି ଭିତରେ କଲିଟାଏ ପୁରାଇ ଭାଙ୍ଗିଦେଲା। କାନିରେ ଭାରି ହେପାଜତରେ ଗଣ୍ଠି ପକାଇ ସାମ୍ନା ପଟକୁ ଗୁଡ଼ାଇ ଅଣ୍ଟାରେ ଖୁଚି ଦେଲା। ବସ୍ ଆଉ ଟିକେରେ ଆସିଯିବ। ଏଇଟାକୁ ଛାଡ଼ିଦେଲେ ପୁଣି ଦୁଇ ଥର ଗାଡ଼ି ବଦଳାଇବାକୁ ପଡ଼େ। ଠିକଣା ସମିଆରେ ନ ପହଞ୍ଚିଲେ ସେ କଣ ଆଉ ସହର ବଜାର ବୁଲିବାକୁ ଯାଉଛି କି। ଭାର୍ଗବୀ ପାହା ଲମ୍ୱେଇଲା।

ବସ୍ ନୁହଁ ତ ବାଲି ବୋଝେଇ ଗାଡ଼ିଟାଏ। ଚଢୁଚଢୁ ତା ପାଦରେ ଆଉ କାହା ପାଦ ରଗଡ଼ି ଖଣ୍ଡିଆ ହେଇଗଲା। ଝାଳରେ ପୋଡୁଛି କାହିଁରେ କଣ। ତଳକୁ ଦେଖି ହେଉ ନାଇଁ। ଯାହା ହେଇଥିବ ହେଇଯାଉ। ଭିତରେ ତା କାନିଟାକୁ ମୁଠାଇ

ଧରିଥାଏ । ଆସିଗଲେ ଗଲା। ସତ୍ତୁ ମୁହଁ ଶୁଖାଇବ। ସବୁ ଥର ଆହୁରି ଆହୁରି ଯାଚୁଛି । ବିକଳ ହେଇ ନେହୁରା ହଉଛି। ନିଦ ହଉନି କହୁଛି। ହେଲେ ଆସିବାଟା ଏତେ ସହଜ ହେଇଛି କି। ଦାମ୍ ବି କାହିଁରେ କଣ ବଢିଗଲାଣି।

ଜେଲ୍ ଫାଟକ ପାଖରେ କାନିରେ ପାନ ଖଣ୍ଡିକ ଫିଟାଇ ଭାରି ହେପାଜତରେ କଳରେ ଜାକିଲା। ତାର ଓଉ ପରି ଗାଲଟାକୁ ଦେଖି ଚପରାଶୀଟା କହିଲା- କେତେ ଖିଲପାନ ଜାକୁଛୁ। ଆଉ ଟିକେ ଡେରି ହୋଇଥିଲେ ଓ୍ୱାପଶ୍ ଯାଇଥାନ୍ତୁ। ଯା ଶିଘ୍ର ଭେଟିକି ଆସ।'

- ଏଇ ବସ୍‌ଟା ପାଇଁ... ଭାର୍ଗବୀ ଅଧା ପାଟିରେ ଉତ୍ତର ଦେଲା।

ସତ୍ତୁ ଆସିଲା। ଲୁହା ରେଲିଂ ଟାକୁ ହାତରେ ଜାବ ପଡ଼ିଲା ଯାଏଁ ଧରିଲା ପରି ଜାକି ଧରିଥାଏ। ଯେମିତି ଛାଡ଼ିଦେଲେ ସେଇଠି ପଡ଼ିଯିବ। ମୁହଁଟା ଖରା ସିଝା ପରିବା ପରି ସେର୍‌କେଟେଇ ଯାଇଛି। ଆଖି ଦୁଇଟା ଗାତ ଭିତରୁ ଅଣ୍ଡାଳି ଆଣିଲେ ଯାଇ ପାଇବା ପରି। ମୁହଁରୁ ପିନ୍ଧା ଲୁଗାରୁ ମରକଟିଆ ଗନ୍ଧ ବାହାରୁଛି।

- ତେଲ ସାବୁନ ତ ଏଠି ଦିଆ ହୁଏ, ଭଲରେ ଗାଧା ପାଧା କରୁନୁ କି? ସେମିତି ଅଧା ପାଟିରେ ଭାର ପଚାରିଲା।

- ମିଳେ ଯେ ଛଡେଇ ନିଅନ୍ତି। ସତ୍ତୁ କହିଲା।

ସରକାରୀ ଭିକ । ସେଥିରେ ପୁଣି ଲୁଟ ମାର । ଗାତ ପଶା ନିଆଁ ଲଗା ସବୁଯାକ । ଗୋଟେ ନରକ ଅଣ୍ଟିଲା ନାଇଁ ପୁଣି ଆଉ ନରକକୁ ମନ ବଳୁଛି। ଦି ଟରି ପଦ ସେଠି ଶୁଣେଇବାକୁ ମନ ଥିଲେ ବି ପାଟି ଚୁପ୍। ମଣ୍ଡା ଜାକିଲା ପରି ପାଟିଟାରେ ଖାଲି ଗୁଁ ଗୁଁ ହେଇ ରହିଗଲା। ଚପରାଶି ଡାକିଲାଣି। ସତ୍ତୁର ମୁଣ୍ଡକୁ ହାତକୁ ଦି ଟରିଥର ଆଉଁସିଲା। ମଥା ପାଖକୁ ତା ମୁହଁ ନଉ ନଉ ବୋକା ଦେଲା ପରି ପାଟିର ପାନ ଖଣ୍ଡିକ ସତ୍ତୁ ମୁହଁକୁ ଥିର୍ କିନା ଗଳେଇ ଦେଲା। ଦେହ ପା ଜଗିବା ପାଇଁ କହି ସେଠୁ ଉଠିଲା ।

ଫେରିଲା ବେଳକୁ ସେତେ ଭିଡ଼ ନାଇଁ। ପଛ ସିଟ୍‌ରେ ଲଥକିନା ବସିପଡ଼ିଲା ଭାର୍ଗବୀ। ଝାଳ ସରସର ଦିହରେ ବସର ଦରଭଙ୍ଗା ଝରକାରୁ ଆସୁଥିବା ଗରମ ପବନଟା ବି ହେମାଳ ଲାଗିଲା। ସତ୍ତୁଟା ଏମିତି କାଠ ପରି ଶୁଖି ଯାଉଛି କଣ ପାଇଁ। ସେମିତି ଆଉ ପାଞ୍ଚ ଜଣ ଖାଇ ପିଇ ଦିନ ତାରିଖକୁ ଟାକି ବସିଛନ୍ତି। ଯାର କୋଉ କଥାକୁ ଡର ନାଇଁ। ପିଲାଙ୍କ ପରି କାନ୍ଦୁଣୁ ମାନ୍ଦୁଣୁ ହେଇ ଖାଲି କହୁଛି, ମତେ ନେଇଯା, ମତେ ନେଇଯା। ମୁଁ ଫଶିଗଲି। ଝାମେଲା ଟାଳିବାକୁ ଦମ୍ ନାଇଁ। ଏଣେ ଦୁନିଆଁ ଝାମେଲାରେ ନାକ ଗଳେଇବ। ନିଶା ପାଣିଟା ବି ତା ଦିହଟାକୁ ଚରି ଗଲାଣି।

ତା ବାପାକୁ ମଦ ଗଜା ବୟସରେ ନେଲା ବୋଲି ସତୁଟାକୁ ସେ କେତେ ଆକଟରେ ରଖିଥିଲା। ହେଲେ ବାପା ଜାଣି ପୁଅ। ଏଇ ଫଇଜୁର୍ ମିଆଁଟା ହିଁ ସତୁଟାକୁ ବିଗାଡି ଦେଲା। ରାୟପୁର ନେଇ ଗେରେଜ କାମରେ ଲଗେଇ ଦେଲା ଦିନଠୁ ସତୁର ମୁହଁ ବଢିଲା। ହାତରେ ଦି ପଇସା କମାଣି ଆଣିବ କହି ରାୟପୁରିଆ ମାଇକିନାକୁ ଧରି ଘରକୁ ପଶିଲା। ସୁଲ୍ଠୁ ଠିକ୍ କହେ - ସବୁ ରାୟପୁରିଆ ମାଲ୍ ଦୋ ନମ୍ବରୀ। ଥରେ ଥରେ ଲାଗେ ମିଆଁଟା ଏକା ତାରି ବୋଝ ଖସେଇଲା। ଆଗେ ସଞ୍ଜୁଆ ଅନ୍ଧାରରେ, ପାହାନ୍ତି ଆଲୁଅରେ ମେଘୁଟାକୁ ଦେଖିଲେ କେମିତି ଗୋଟେ ସକ୍ ପକ୍ ଲାଗେ। ଏବେ ଆଉ ସେମିତି ଲାଗେ ନାଇଁ। ତାକୁ ନିଜ ଠାସରେ ଦେଖେ। ଖଇରା ମାଁ ତ କହେ ମେଘୁଟାର କାନ ଦିଟା ଅବିକଳ ସତୁର ବା' ଲେଖେଁ। କୁଲା ପରି କାନ। ଶିରୀବନ୍ତ ପିଲା।

- ଏଇ ବଡ଼ି ଇଆଡ଼େ ପଇସା ବଢ଼ା। ତିନି ଥର ମାଗିଲିଣି। ତତେ ଶୁଭୁନାହିଁ।

- ଓହୋରେ କିଏ ତୋର ପଇସା ପଳେଇ ଯାଉଛି ଯେ। ଭାର୍ଗବୀ ପଇସା କାଢୁ କାଢୁ କହିଲା।

କଣ୍ଡକ୍ଟର ହାତରେ ପଇସା ବଢ଼ାଇ ଦେଉ ଦେଉ ତାକୁ ଗୋଟେ ରକମ ଅନେଇ ରହିଗଲା। ନାକ ଆଉ ଥୋମଣିଟା ସତୁ ସାଙ୍ଗରେ ମିଶି ଯାଉଛି। ଦିହରେ ପାଣି ପବନ ବାଜିଲେ ସତୁର ବି ଏମିତି ଫରଚା ଚେହେରା ବି ଫିଟିବ ଯେ। କେତେ ସଉଖିନିଆ ପିଲା ଥିଲା। କମାଣିର ଅଧାରୁ ବେଶି ଲୁଗାପଟା ଅତରରେ ସାରି ଦିଏ ବୋଲି କେତେ ଗାଳି ଶୁଣେ ତାଠୁ। ହେଲେ ସେଇ ଅଘଟଣ ପରଠୁ ସେ କେମିତି ଭିନ୍ନ ରକମର ହେଇଗଲା। ନକୁଳ ଭୁଏର ସାନ ଝିଅଟା ପଧାନ ବନ୍ଧରେ ବୁଡ଼ି ମଲାଦିନ ମନରେ କେତେ କଥା ଉଠିଲା। କିଏ କହିଲା କୁଆଁରୀ ହାଡ ପାଇଁ କିଏ ତାକୁ ଗୁଣି ଗାରେଡ଼ି କରି ମାରିଦେଲା। ଆଉ କିଏ କହିଲା ପଧାନ ବନ୍ଧ ଦୀପଦଣ୍ଡିରେ ସାତ ଭଉଣୀ ତାକୁ ଘିଚି ନେଇ ଚିପି ଦେଇ ରକତ ଶୋଷି ଦେଲେ। ପେଟରେ କାହାର ପିଲା ଥିବା କଥା ଗାଁ ମାଇକିନା ଭୁଟୁରୁ ଭାଟର ହେଲେ। ସୁଧାର ମୁହାଁଟାର ଏତେ ଗୁଣ, ପଡା, ପାଟକରେ ଛିଃ ଥୁଃ କଲେ। ମଲ୍ଲି ଖୁଡି ମୁହଁରୁ ଖବରଟା ଶୁଣୁ ଶୁଣୁ ସତୁ ଘରୁ ବାହାରିଗଲା। ତିନି ରାତି ଯାଏଁ ଫେରିଲା ନାହିଁ। ଆସିଲେ ଖାଲି ଚିଡି ଚିଡି ହେଲା। ମାଇକିନାକୁ ବିଧା ଗୋଇଠା କଲା। ଘର ଛାଡ଼ିଲା କହିଲେ ଚଳେ। ମଦ ପାଣି, ଜୁଆ ସଟ୍ଟା, ଚୋରୀ ଚପାଟି ସବୁରେ ଘର ବାନ୍ଧିଲା। ତିନି ମାସରେ ଛୁଆ ଛାଡ଼ି ମାଇକିନା ପଳେଇ ଗଲା ଯେ ତାକୁ ଫରକ୍ ପଡିଲା ନାହିଁ। ମେଘୁଟାକୁ ତ ଆଉ ଆଖିରେ ଦେଖେ ନାହିଁ। କେବେ ରାତି ଅଧିଆ ଘରକୁ ଆସିଲେ ତାକୁ କେମିତି

ଗାରଡେଇ ଅନାଏ। ଭାର ଡରିଯାଏ। ମେଘୁଟାକୁ ଜଗି ରହେ। ହେଲେ ଗଲା ଥର ଜେଲରୁ ମୁକୁଳି ଆସିଲା ଦିନ ମେଘୁ ପାଇଁ ଗୋଟେ ପେଁକାଳୀ ଆଉ ନଟୁ ନେଇକି ଆସିଥିଲା। ଏଥର ମଝିରେ ମଝିରେ ମେଘୁଆ କଥା ପଚାରେ। ନିତି ଇସ୍କୁଲୁକୁ ପଠାଇବା ପାଇଁ ତାଗିଦା କରେ। ମନ ଆପେ ଆପେ ଧରିବ ଯେ। ଏଥର ବାହାରି ଆସୁ ଯେ। ତାର ବେବସ୍ଥା ନ କଲେ ମେଘୁଟା ବି ବାବନାଭୂତ ପରି ଖାଲି ବୁଲୁଥିବ। ସେ ବି ଘର ବାହାର ହେଇ ଏତେ ଦେଖି ପାରୁନି।

– ହେଇ ବିଶିପାଲିରେ କିଏ ଓହ୍ଲାଇବ ଆସ ଭାରି। ଗାଡ଼ିବାଲା ଗାଡ଼ିର ଦିହଟାକୁ ଝଣକେଇ କହିଲା।

ଭିଡ଼ ଭିତରେ ମୋଡି ମକଚି ହେଇ ବାହାରି ଆସୁ ଆସୁ ଭାର୍ଗବୀର ଖଣ୍ଡିଆଟା ଆଉଥରେ ଖଣ୍ଡିଆ ହେଇଗଲା। ଗର୍ ଗର୍ ହେଇ ଧରସାରେ ପାଦ ପକାଇଲା। ଧରସା ସେପାଖରେ ପଧାନ ବନ୍ଧ। ନକୁଳର ସାନ ଝିଅଟାର ମୁହଁ ପୁଣିଥରେ ମନେ ପଡ଼ିଲା। ଘାଟରେ ବାଟରେ ତା ସାଙ୍ଗରେ ମୁହାଁମୁହିଁ ଭେଟ ପଡ଼ିଗଲେ କେମିତି ଲାଜେଇ ଗଲା ପରି ହୁଏ। ସେତେବେଳେ ଏତେଟା ସେ ନଜର କରି ପାରି ନଥିଲା। ଏବେ ଛାଇ ଛାଇଆ ମନେ ପଡୁଛି। ହିନୀକପାଳିଟା।

ଘର ମୁହଁରେ ପାଦ ଦେଲାବେଳକୁ ସଞ୍ଜ। ଗାଁ ଖୁଲିରେ ଧୂଳି ସରସର ମେଘୁର ବାଟି ଖେଳ ପୁଣି ସରି ନଥାଏ। ଭାର ତାର ସବୁଦିନିଆ ପାଟି ଆରମ୍ଭ କରିଦେଲା। ମେଘୁବି ସେପଟୁ ରଡିଲା। ହଁ, ଯାଉଛି ନାନୀ ମା'...।

ମଝିରେ ଗୋଟେ ଥର ସତୁ ପାଖକୁ ଯାଇ ପାରିଲାନି। ଘଷ କାମର ବେଳ ଗଲାଣି। ଯାହା ମଜୁରୀ ପାଇଥିଲା ତାହା ବି ମେଘୁର ଦିହ ପା'ରେ ସରିଗଲା। ଇସ୍କୁଲ ଘର ତିଆରିରେ ଛଅ ଦିନ ଇଟା ବୋହିଥିଲା। ହେଲେ ମିସ୍ତ୍ରୀର ଦେଖା ଦର୍ଶନ ନାହିଁ। ସୁଲ୍‌ଠୁକୁ ହାତ ଉଧାରି ମାଗୁ ମାଗୁ ସେ ଆରମ୍ଭ କରିଦେଲା – ବୁଝିଲୁ ନାନୀ ଏମିତି କେତେ ଦିନ...

– ଟଙ୍କା କେତୁଟା ପାଇଁ ଆଉ ମତେ ଭାଗବତ ଶୁଣା ନାଇଁ। ଦେବୁ କି ନାଇଁ କହିଦେ। ମୋର ତ ସିଧା କଥା ଜାଣୁ। କାହାର ବି କଣା ପଇସାଟିଏ ବି ଖାଇଦେବାର ମୋ ଜାତକରେ ନାଇଁ ବୁଝିଲୁ।

– ହଉ ହଉ, ନେ। ତୋରି ଭଲ ପାଇଁ କହୁଥିଲି। ଭାର୍ଗବୀ ହାତକୁ ଟଙ୍କା ବଢେଇ ଦଉ ଦଉ ସୁଲ୍‌ଠୁ କହିଲା।

ପାନ ପତ୍ର ଦିଟା ଧରି ଭାର୍ଗବୀ ଯାହା ଲମ୍ବେଇଲା।

କଳରେ ପାନଟାକୁ ଜାକି ଫାଟକ ଭିତରକୁ ଯାଉ ଯାଉ ଭାର୍ଗବୀ ତରକି ଗଲା।

ଜେଲ୍ ବାହାର ବାରଣ୍ଡାରେ ଆଉ ଦି ଚାରି ଜଣ ଅଫିସର ଆଉ ଅଫିସ ଲୋକ ବସିଥାନ୍ତି । ସମସ୍ତେ ତାରି ଆଡକୁ ଚାହିଁଲା ପରି ଲାଗୁଥାଏ । ଫାଟକର ଚପରାଶୀଟା ଖଣ୍ଡେ ଦୂର ତାରି ପଛେ ପଛେ ଆସିବାର ଦେଖି ସେ ଆହୁରି ତରଳି ଗଲା । ପାନ ଖଣ୍ଡକୁ ଗିଳି ଦେଲା । ହେଇ ହେଇ କରି ଦି ଚାରିଜଣ ତା ଆଡକୁ ଗୋଟେ ରକମ ମାଡି ଆସିଲେ ।

– ଗିଳି ଦେଲୁଟି । ମୁଁ କହୁନଥିଲି ସାର୍, ପୁଅର ଦଶଗୁଣ ଅଧିକ ତା ମାଁ । ୱାର୍ଡର୍ ଜଣେ କହିଲେ ।

– ଏଇ ବୁଢ଼ୀ, ବେଶୀ ଚାଲାକୀ ଦେଖାଇଲେ ତୋ ପୁଅ ପରି ତତେ ବି ଜେଲ୍‌ରେ ଠୁଙ୍କି ଦେବି ଜାଣିଥା । ସେଠି ପୁଅ ପାଇଁ ଖିଲିପାନ ଭାଙ୍ଗୁଥିବୁ ।

– ସାର୍ , ପ୍ରାଇମା ଫାସି ଗିଳି ଦେଲାଟି । ସେ ପୁଣି ଡାଇଜେଷ୍ଟିବଲ୍ ଏଭିଡେନସ୍ । ଆଉ ଜେଲ୍‌ରେ ଠୁଙ୍କିବେ କ'ଣ ?

ସମସ୍ତେ ହୋ ହୋ ହେଇ ହସିଲେ ।

– ମୁଁ ତ ଭାବୁଥିଲି ଇମୋସନାଲ ହେଇ ଇଏ ତା ପୁଅକୁ ଗେଲ କରୁଥିବ । ଦେଖିଲାବେଳକୁ ପାନ ଭିତରେ ଗଞ୍ଜେଇ ଭରି ପୁଅ ମୁହଁରେ ଠୁସି ଦଉଛି ବୁଢ଼ୀ । ଆରେ ବାପ୍‌ରେ ! ଆଇଡ଼ିଆ ମାନିବାକୁ ପଡ଼ିବ । ମା'ର ଖିଲିପାନ ଖାଇ ପୁଅ ନିଦରେ ବେହାଲ ।

– ମୁଁ ଏବେ ଜାଣି ପାରିଲି ସାର୍ । ଆସିଲା ବେଳକୁ ବୁଢୀର ପାଟିଟା ଓଉ ପରି ଗୋଟେ ପଟକୁ ଫୁଲିଥାଏ । ଗଲାବେଳକୁ ଏକବାର ସୁଡୁକି ଯାଇଥାଏ । ବାକି ଏତେ ଦିନ ଯାଏଁ ଏତେ ଲୋକଙ୍କ ଆଖିକି ଫାଙ୍କି ଦେଇ ପାରିଲା ମାନେ କ'ଣ କମ୍ କଥା ।

– ସାର୍, ଏଇ କ୍ରିମିନାଲ କୋଡ୍‌ର ଡିଟେକସନ ତ ଆମ ଦେଇ ହେଇ ପାରିବନି । ଆପଣଙ୍କୁ ବାହାରୁ ଷ୍ଟାଫ୍ ମଗାଇବାକୁ ପଡିବ ।

ସମସ୍ତେ ଆହୁରି ଜୋରରେ ହସିଲେ ।

– ଶୁଣନ୍ତୁ, ଆମ ଗାଁରେ ଜଣେ ସୁନା ଗିଳା ଚୋର ଥିଲା । ସେ ବି ଜାତିରେ ବ୍ରାହ୍ମଣ । ପିଲାଦିନେ ତା ଘରକୁ ଲୋକେ ଚୋର ବ୍ରାହ୍ମଣ ଘର ବୋଲି ବେଧଡକ କହିବାର ମୁଁ ଶୁଣିଛି । ସୁନା ଚୋରେଇ ସେ କୁଆଡେ ଗିଳି ଦେଉଥିଲା । ଆଉ ସକାଳେ ଝାଡାରୁ କାଢି ଆଣୁଥିଲା ।

– ମାଇଁ ଗଡ଼ ! ହ୍ୱାଟ ଏ ଷ୍ଟ୍ରେନଜ୍ କେସ୍ !

– ହଁ ସାର୍, ବିଲିଭ୍ ମି !

– ଏଇ ପ୍ରାଇମା ଫେସିକୁ ହଜମ କରିହେବନି । ତେଣୁ ନୋ ପ୍ରୋବ୍ଲେମ୍ !

ସମସ୍ତେ ହସରେ ଏକ ରକମ ଫାଟି ପଡିଲେ।

ହସର ସୁଅ ତୋଡ଼କୁ ରୋକିଲା ପରି ଭାର୍ଗବୀ ଟିକେ ଆଗକୁ ଘୁଞ୍ଚିଲା। ହସ ଲଗାମ୍‌ରେ ରହିଲା।

- ବୁଝିଲୁ ବୁଢ଼ୀ ତୋର ହାଲତ୍ ଦେଖି ଏଇ ଥରକ ଛାଡ଼ିଦେଲି। ଆଉ ଫାଜିଲାମି କଲେ ଗଞ୍ଜେଇ ଚୋରା ଚାଲାଣ କେସ୍‌ରେ ଫସିଯିବୁ ଜାଣିଥା। ମା, ପୁଅ ସାଙ୍ଗରେ ଭେଟ ପଡ଼ି ଶିଘ୍ର ଏଠୁ ଯା। ମାଁ ହେଇ ପୁଅକୁ ନିଶା ଦଉଚୁ ତତେ ଲାଜ ଲାଗୁନି ?

ଭାର୍ଗବୀ ବାଁ ପଟକୁ ମୋଡ଼ିଲା। ସତୁକୁ ଦେଖିବା ପାଇଁ। ପୁଅଟା ଯାଙ୍କରି ହାତ ମୁଠାରେ। ସାଇବ ଦଇବ କଥା। ନହେଲେ ଦି ଚାରି ପଦ ଶୁଣାଇ ଦିଅନ୍ତା ଯେ ଖୋଦ୍ ଯାଙ୍କରି ନିଶା ଫାଙ୍କି ଯାଆନ୍ତା ଟି। ଦୁନିଆଁ ଯାକରେ କେତେ ନିଶା। କାହାର ପଇସା ନିଶା, କାହାର ମାଇକିନା ନିଶା, ଆଉ କାହାର ଚଉକି ନିଶା...। ତାର ପୁଅର ତ ମନଟା ସବୁ ନିଶାରୁ ହଟି ଗଲାଣି। ଶୋଇବ କେମିତି ଯେ।

ସତୁକୁ ଦେଖୁ ଦେଖୁ ସେ ଥକ୍‌କା ହେଇ ରହିଗଲା। କଳା କାଠ ଦିହ। ହାତ ଦୁଇଟା ଭଙ୍ଗା ଡାଳ ଦିଖଣ୍ଡ ପରି ଦିପଟେ ଲଟକିଛି। ଲଡବଡ ବେକ ଷଣ୍ଢୀଟି ଦମକାଏ ପବନରେ ଭାଙ୍ଗି ଯିବ ଯେମିତି। ଖଇଖନା ରୂପ। ତାକୁ ଦେଖୁ ଦେଖୁ ସତୁ ଥନ୍‌ଥନ୍ ହେଲା। ଭାର ତା ପାଖକୁ ଯାଇଁ ଦିହ ମୁଣ୍ଡ ଆଉଁସିଲା। ଆଙ୍ଗୁଠିରେ ମୁଣ୍ଡ ଟାଆଁସା ଜଟା ଛଡ଼େଇଲା।

- ମୋର ଆଉ କିଛୁ ନାଇଁ। ସବୁ ଗଲା। ଆଉ କିଛୁ...

ଚପରାଶି ଡାକିଲା।

- ମୋର ଆଉ କିଛୁ ନାଇଁ ମା...' ସତୁ ପୁଣି ଥଙ୍ଗ ଥଙ୍ଗ ହେଇ କହିଲା।

ପୁଅର ମଥାକୁ ପୁଣି ଥରେ ଆଉଁସି ଉଠୁ ଉଠୁ ଭାର୍ଗବୀ କହିଲା - "ତୋର କିଛୁ ଥାଉ କି ନଥାଉ, ସେଥିରେ ଯାଏ ଆସେ ନାଇଁ। ମୁଁଇଁ ତୋର ମା। ମୋ ଠେଇଁ ଆହୁରି ବହୁତ କିଛୁ ତତେ ଦେବାର ଲାଗି ଅଛି। ହିମ୍ମତ ହାର ନାଇଁ ବେଟା। ହିମ୍ମତ ହାର ନାଇଁ..."

କହୁ କହୁ ତା ଗଳାଟା ଗହୀର ଶୁଭିଲା। ଏତେ ଗହୀରା ଯେ ସେଠି କେହି ତାର ପତ୍ତା ପାରିଲେନି।

■

ପାଦ ଟୀକା:-

୧) କିନ୍ଦ୍ରୀ ବୁଲିବା - ଘୁରି ବୁଲିବା

୨) ଗୁମ୍‌ନୁମୁହାଁ - ମଉନ ମୁହାଁ

୩) ଚୁଣ୍ଟିବା - କାନରେ ଫୁଙ୍କିବା

୪) ଲେଦା - ଫଳ ପାରିବା ପାଇଁ ଗଛ ଉପରକୁ ଫିଙ୍ଗା ହେଉଥିବା ଛୋଟ ବାଡ଼ି ବା ଡାଙ୍ଗ।

୫) ପେଟେନ୍ - ପେଟିନୀ / ପ୍ରେତିନୀ

୬) ଧରଣା - ରାସ୍ତା

୭) ଖୁଚିବା - ଖୋସିବା

୮) ସମିଆ - ସମୟ

୯) ପାହା - ପାହୁଣ୍ଡ, ପାଦ

୧୦) ସେରକେଟେଇ ଯିବ-ସୁରୁକୁଟେଇ ଯିବା

୧୧) ଲେଖେଁ - ପରି

୧୨) ବଡ଼ି - ଜେଠେଇ

୧୩) ଘିଚିନେବା - ଟାଣି ନେବା

୧୪) ଗାଁ ଖୁଲି - ଗାଁ ଦାଣ୍ଡ

୧୫) ଖଇଖନା - ହତଶ୍ରୀ, କୁତ୍ସିତ

୧୬) କିଛୁ - କିଛି

ଜୋକ

ଝିଅଟା ଲିଫ୍ଟରେ ପାଦ ଦେଲେ ଯେମିତି ଲାଗେ ତାର ଆଦେଶକୁ ହିଁ ସେଇଟା ଅପେକ୍ଷା କରିଥିଲା । ଶୃଙ୍ଖଳିତ ଗମ୍ଭୀର ଚେହେରା । ବସ୍ ଆସିଗଲେ ଅନ୍ୟମାନେ ଦରକାରରୁ ଅଧିକ ସଜାଗ ହେଇଯାନ୍ତି । ସେ କିଂତୁ ନିର୍ବିକାର ଥାଏ । ସମସ୍ତେ ମାତ୍ରାଧିକ ଉତ୍ସାହରେ ଗ୍ରିଟ୍ କରନ୍ତି । କିଂତୁ ତାକୁ ଛାଡ଼ି । ସେ ବି ଶିଷ୍ଟାଚାର ରଖେ, ଗ୍ରିଟ୍ କରେ । କିଂତୁ ବିନା ଉଚ୍ଛ୍ୱାସରେ । ବାଳଟାକୁ ବି ଗୋଟେ ରକମ ଶୃଙ୍ଖଳିତ କରି ରଖିଥାଏ । ଅନ୍ୟ ଝିଅମାନଙ୍କ ପରି ସାମ୍ନା ବାଳ କେରାକୁ ବାରବାର ଉପରକୁ ଟେକି ଟେକି ଦୃଷ୍ଟି ଆକର୍ଷଣ କରେ ନାହିଁ । ଧୀର ସ୍ଥିର । ଦରକାରରୁ ଅଧିକ କଥା କହିବାଟା ଯେମିତି ପୃଥିବୀର ସବୁଠୁ ବଡ଼ ପାପ । ଏଚ୍.ଆର୍. ସାଙ୍ଗରେ ମସ୍କା ମାରି କଥା କହେ ନାହିଁ କିମ୍ୱା କାମରେ ମାତ୍ରାଧିକ ସିରିୟସ୍‌ନେସ୍ ଦେଖାଇ ଇମ୍ପ୍ରେସନ୍ ଜମାଏ ନାହିଁ । ସବୁ ମପାଚୁପା । ସାଙ୍ଗମାନେ କହନ୍ତି – ପ୍ରିମେଚ୍ୟୁରଡ୍‌ଲି ଓଲ୍ଡ଼ । ମତେ କିଂତୁ ଅଲଗା ଲାଗେ ।

କେମ୍ପସ୍ କେଣ୍ଟିନ୍‌ରେ ସାମ୍ନାସାମ୍ନି ବସି କଫି ପିଉ ପିଉ ପଚାରିଲି – ଏଇ ୱିକ୍ ଏଣ୍ଡରେ କୁଆଡ଼େ ପ୍ରୋଗ୍ରାମ ଅଛି ?

– ନା, ସେମିତି କିଛି ନାଇଁ ।

– ଏଇ ପାଖରେ ଗୋଟେ ବଢ଼ିଆ ପିକ୍‌ନିକ୍ ସ୍ପଟ୍ ଅଛି ଯିବ ?

– ମାନେ, ଆମର ୟୁନିଟ୍ ପିକ୍‌ନିକ୍ ?

– ନାଇଁ, ଖାଲି ଆମେ ଦୁଇ ଜଣ ।

– ପିକ୍‌ନିକ୍ ପୁଣି ଦୁଇ ଜଣରେ ?

– ଖାଲି ଯାଇ ଟିକେ ବୁଲାବୁଲି କରି ଆସିବା କଥା । ରେଷ୍ଟୁରାଣ୍ଟ ଆଉ ସପିଂ ମଲ୍ ବୁଲିବୁଲି ବୋର୍ ଲାଗିଲାଣି ।

- ଠିକ୍ ଅଛି ।

ଖୁସି ମିଶା ଆଶ୍ଚର୍ଯ୍ୟରେ ମୁଁ ଗୋଟେ ରକମ ଭିଜିଗଲି । ଏତେ ଶୀଘ୍ର ସେ ରାଜି ହୋଇଯିବ, ମୁଁ ସତରେ ଆଶା କରି ନ ଥିଲି ।

- ବାଇକ୍‌ରେ ଯିବା ତ ? ମୁଁ ଡେରି ନ କରି ପଚାରିଦେଲି ।

- ହଁ, ପାଖା ଜାଗା ତ । କେତେବେଳେ ?

- ଏଠୁ ନଅ'ଟାରେ ବାହାରିବା । ଲଞ୍ଚ୍ ପେକ୍ ନେଇକି ଯାଇଥିବା । ମୁଁ ଫୋନ୍ କରିବି । ତମେ ଫ୍ଲାଟ ଗେଟ୍‌ରେ ଆସି ଠିଆ ହେଇଥିବ । ମତେ ସେଠି ଅପେକ୍ଷା କରିବାକୁ ଅଖାଡୁଆ ଲାଗିବ ।

- ଓ.କେ. ।

ରାତିରେ ମୋର ମନଟା ଗୋଟେ ରକମ ଉଚ୍ଚାଟ ହେଇଗଲା । ଅନ୍ତରଙ୍ଗ ମୁହୂର୍ତ୍ତର ଆଳାପମାନ ଆଗରୁ ମନେମନେ କେତେଥର ରିହର୍‌ସାଲ୍ କରିଦେଲି । କେଉଁ ସାର୍ଟ ପିନ୍ଧିବି ବାଛି ବାଛି କାଢ଼ି ରଖିଲି ।

- କାହାଁ ଯା ରହେ ହୋ କ୍ୟା ? ପଙ୍କଜ ଯାଦବ ପଚାରିଲା ।

- ଥୋଡା କାମ ହୈ ।

- କିସିକୋ ପଟାଲିୟା କ୍ୟା ୟାର୍ ?

ଅଲଗା ଦିନ ହେଇଥିଲେ ତାକୁ ଚିଡ଼ିଚିଡ଼ି ହେଇ ବିରକ୍ତି ହେଇଥାନ୍ତି ।

- ଛୋଡୋ ଭି ୟାର୍ । ବକ୍‌ବକ୍ ମତ୍ କରୋ, ମୁଁ ହାଲୁକା ବିରକ୍ତିରେ କହିଲି ।

ପରଦିନ ସକାଳୁ ତାକୁ ରିଂ କଲି । - ମୁଁ ବାହାରେ ଅଛି, ସେପଟୁ ଉତ୍ତର ଆସିଲା । ତାର ସମୟ ଜ୍ଞାନରେ ମୁଁ ପୁଲକିତ ହେଇଗଲି ।

ନୀଳରଙ୍ଗର ସାଲୱାର ଉପରେ ଛୋଟ ଛୋଟ ଧଳା ଫୁଲ । ଛୋଟ ବିନ୍ଦି । ଅଧିକା ବେଶଭୂଷା ନାହିଁ । ସବୁଦିନ ଯେମିତି, ଆଜି ବି ସେମିତି । ମୁଁ ଗାଡ଼ିରେ ଷ୍ଟାର୍ଟ ଦେଲି । ସେ ବସିଲା । ବେଶୀ ସନ୍ତର୍ପଣରେ ନୁହେଁ କି ନିହାତି ଲାଗି କରି ମଧ୍ୟ ନୁହେଁ । ଠିକ୍ ଯେମିତି ବସିବା କଥା । ବାଟରେ ଲଞ୍ଚ୍ ପେକ୍ ନେଲାବେଳେ ସେ ପେ କରିବାର ସମ୍ଭାବନାଟା ମୁଁ ଜାଣିଥିଲି । ତେଣୁ ସେ ପର୍ସ ଖୋଲିବା ଆଗରୁ ମୁଁ ଦେଇଦେଲି । ମୋର ଏଇ ପ୍ରଗଲଭ୍ ପେମେଣ୍ଟ ପ୍ରତିଯୋଗୀତାରେ ସେ ଟିକେ ହସିଦେଲା ।

ସେଠି ପହଞ୍ଚିଲୁ । ତାର ଗମ୍ଭୀର ଚେହେରାଟା ଟିକେ ଫରଚ୍ଛ ଦିଶିଲା । ସବୁଆଡ଼େ ବୁଲି ବୁଲି ଦେଖିଲା ।

ଅଫିସ୍ କାମ, ସାଙ୍ଗସାଥୀ, ବସ୍, ଏଚ୍.ଆର୍. ଇତ୍ୟାଦି ଚର୍ଚ୍ଚାରେ ସେ ବିଶେଷ

ଆଗ୍ରହ ଦେଖାଇଲା ପରି ଲାଗିଲା ନାହିଁ । ବରଂ ସିନେମା ଉପରେ ଚର୍ଚ୍ଚା କରାଯାଇପାରେ ।

- କୋଉ ସିନେମା ଭଲ ଲାଗେ ?

- ଭଲ ଷ୍ଟୋରି ଥିଲେ ଭଲ ଲାଗେ । ସେଇ ନାଚ ଗାନା ଆଉ ଗ୍ଲାମର କେତେ ଦେଖିବ ? ଜଣେ ଫିଲ୍ମ କ୍ରିଟିକ୍ ପରି କହିଲା ।

ଝାଡ଼ଟା ଭିତରେ ଏପଟ ସେପଟ ହେଉ ହେଉ ଖାଇବା ସମୟ ହୋଇଯାଇଥିଲା ।

- ଭୋକ ହେଲାଣି ? ସେ ନିଜ ଆଡୁ ପ୍ରଥମେ ପଚାରିଲା ।

- ବହୁତ । ମୁଁ ଉଲ୍ଲସିତ ହେଇ କହିଲି ।

- ତାହେଲେ ଖାଇବା ଏଥର ।

ବିନା ବାସନରେ, ପତ୍ର ଠୋଲା କରି ଖାଇବାଟା ଏତେ ଯତ୍ନରେ ବାଢ଼ିଲା । ଯେମିତି ଘରକରଣାର ଏଇ ସଣ୍ଟଣା ସହିତ ସେ କେତେ ଆଗରୁ ପରିଚିତ । ତା ପାଟିରେ ଖୁଆଇ ଦେବି କି ? ନା, ଥାଉ । ଗମ୍ଭୀର ସ୍ୱଭାବର । ପୁଣି କଣ ନାଇଁ କଣ ଭାବିବ ।

ଖାଇ ସାରି ଝାଡ଼ଟା ଭିତରେ ଚଉତରା ପରି ଦିଶୁଥିବା କଳା ମୁଗୁନି ପଥର ଉପରେ ଦୁହେଁ ବସିଲୁ । ବୁଦିବୁଦିକା ଗଛଲତା ଭିତରେ ଖରା ଏଠି ସେଠି ପଇଁତରା ମାରୁଥାଏ । ଟିକେ ବସିଲା ପରେ ମୁଁ ପଚାରିଲି - ଆଉ ପ୍ଲାନ କଣ ?

- ସେମିତି କିଛି ବି ପ୍ଲାନ୍ ନାହିଁ ।

- ମେସ୍‌ର ହାଉଜାଉ ଭିତରେ ବିରକ୍ତ ଲାଗିଯାଉଥିବ, ନୁହେଁ କି? ମୁଁ ତ ଡିସେମ୍ବରରେ ଘରକୁ ଯିବି । ତମେ କେବେ ଯିବ ?

ସେ ମୁଣ୍ଡ ହଲାଇଲା ।

- ମାନେ ?

- ଘରକୁ ଯିବାର ବାଟ ବନ୍ଦ ହେଇଯାଇଛି । ଆଉ ଯାଇ ହେବନି ।

- କଣ ପାଇଁ ?

- ଘରୁ ପଳେଇ ଆସିଛି ।

- ମାନେ ?

- ଇଲୋପମେଣ୍ଟ । (କେଉଁ ଅଜଣା ଶିକାରୀର ଗୁଳି ମୋ ମୁଣ୍ଡରେ ବାଜିଲା !)

- କାହା ସାଙ୍ଗରେ ?

- ଏମ୍.ସି.ଏ ବେଚ୍‌ମେଟ୍ ସାଙ୍ଗରେ ।

- ଘରେ ଏପ୍ରୁଭ୍ କଲେନି କାହିଁକି ?

- ଏସ୍.ସି. ପିଲା ।

- ସେ ଏବେ କେଉଁଠି ?

- ଜାଣିନି ।

- କୋଉଠି ରହୁଥିଲ ?

- କଲିକତା ।

- ଫେର୍ କଣ ହେଲା ?

- ରହି ହେଲା ନାଇଁ ।

- ଏଡ୍‌ଜଷ୍ଟ୍‌ମେଣ୍ଟ ପ୍ରୋବ୍ଲେମ୍ ?

- ସେ ମତେ ଇସ୍ତେମାଲ୍ କଲା ।

- ମାନେ ?

- ପ୍ରଷ୍ଟିଟ୍ୟୁସନ ।

- ହ୍ୱାଟ୍ ? ହାଓ କେନ୍ ୟୁ କଂପ୍ରୋମାଇଜ ? ଗୋଟେ ରକମର ଉତ୍ତେଜନାରେ ମୋ ଗଳାଟା ଟିକେ ଥରିଗଲା ପରି ଲାଗିଲା ।

- ବହୁତ ରେଜିଷ୍ଟ୍ କଲି । ମାଡ ପିଟ୍ । ତାଲା ପକାଇ ରଖିଲା । ମୋ ଭିତରେ ଗୋଟେ ଭୟ ଥିଲା – ତାକୁ ଛାଡ଼ି ରହି ନ ପାରିବାର ଭୟ । ଟଙ୍କା ପଇସା ସବୁ ମଉଜ ମସ୍ତିରେ ଉଡାଇଲା...

- ପୋଲିସରେ କମପ୍ଲେନ କଲ ନାହିଁ ? ତାର କଥା ଶୁଣିବାର ସାହସ ହରାଇ ବସୁଥିଲି ନା କଣ ମୁଁ ତାକୁ ମଝିରେ ପଚାରିଦେଲି ।

- ସେ ମତେ ଓଲଟି ବ୍ଲାକମେଲ୍ କଲା । ଧନ୍ଦା କରୁଛୁ କହି ପୋଲିସରେ ଧରାଇଦେବି ବୋଲି ଧମକ ଦେଲା । ଘରକୁ ଯିବାର ବାଟ ବନ୍ଦ...

- ସେଠୁ ବାହାରିଲ କେମିତି ?

- କ୍ଷୀରବାଲା ଜଣେ ମୋର ଅବସ୍ଥା ଦେଖୁଥିଲା । ତାରି ସାହାଯ୍ୟରେ ଖସି ଆସିଲି । ଟ୍ୟୁସନ କରି ଏମ୍.ସି.ଏ କଂପ୍ଲିଟ୍ କଲି ।

ଦିନର ସମୟ ଦେଖିବାକୁ ମୋର ଆଉ ହୋସ୍ ନଥିଲା । ଝାଡ଼ଟା ଭିତରେ ଦିନ ରାତି ସକାଳ ସନ୍ଧ୍ୟା ସବୁ ଏକାକାର ହେଇ ଯାଇଥିଲା ।

- ଏଥର ଯିବା ?

ଗାଡ଼ିରେ ଷ୍ଟାର୍ଟ ଦେଲାବେଳେ ଏମିତି କିକ୍ ଦେଲି ଯେ ମୋର ପାଦଟା

ଝଣଝଣେଇ ଗଲା । ଗାଡ଼ିଟା ଉପରେ ମୋ ଅଜାଣତରେ ମୁଁ ମୋର ଅରମାନ ଝାଡୁଥିଲି ଯେମିତି । ତାର ଫ୍ଲାଟ୍ ସାମ୍ନାରେ ବାଇକ୍‌ଟା କେତେବେଳେ ଅଟକିଲା ମୋର ଆଉ ଖିଆଲ ନାହିଁ ।

ରୁମ୍‌କୁ ପଶୁ ପଶୁ ଯାଦବ ପଚାରିଲା - କ୍ୟା ୟାର, ୟୁ ଲୁକ୍ ସୋ ପେଲ୍ ? ପ୍ଲାନ୍ ଫେଲ୍ ହୋ ଗୟା କ୍ୟା ?

- ୟୁ ଜଷ୍ଟ୍ ସଟ୍ ଅପ୍ । ମୁଁ ରାଗରେ ପାଟିକଲି ।

ସେ ମୋ ପଛରେ ଅନ୍ୟମାନଙ୍କୁ ଦେଖି ଗୋଟେ କୁଟିଳ ହସ ଦେଲା ପରି ମୋର ମନେ ହେଲା । ମୁଁ ସିଧା କରି କାହା ମୁହଁକୁ ଚାହିଁ ପାରୁ ନ ଥାଏ । ଅନ୍ୟମାନେ ବି ମୋର ମୁଡ୍ ଉପରେ ଟୀକା ଟିପ୍ପଣୀ ଦେବାର ଶୁଣି ପାରିଲି । ମୁଁ କିଛି କହିବା ଅବସ୍ଥାରେ ନ ଥିଲି ପରି ନିଜକୁ ଲାଗିଲା । ସ୍ୱପ୍ନ ଭଙ୍ଗ ଆଉ ସ୍ୱପ୍ନ-ଭୟର ଆଶଙ୍କାରେ ରାତିରେ ଗୁଡାଏ ବେଳଯାଏଁ ନିଦ ହେଲାନି । ତାକୁ ଅନ୍ୟମାନଙ୍କ ସହିତ - ଏଚ୍.ଆର୍, ଯାଦବ, ଆମ ମେସ୍‌ର କ୍ଷୀରବାଲା ସହିତ ଅନ୍ତରଙ୍ଗ ମୁଦ୍ରାରେ ଭାବିଲି । ସେକ୍‌ସୁଆଲ ପୋଜ୍‌ରେ ତାର ମୁଖ ବିକୃତି କେମିତି ଦିଶୁଥିବ, ଭାବି ଦେଖିଲି । ତାର ସ୍ଥିରତାର ରହସ୍ୟ ଏଥର ମୁଁ ବୁଝିପାରିଲି । ସୋମବାର ଦିନ ଅଫିସ୍‌ରେ ତା ସହିତ କେମିତି ସାମ୍ନାସାମ୍ନି ବସିବି, ମତେ ଭାରି ଚିନ୍ତା ହେଲା ।

ସୋମବାର ତା ସହିତ ଦେଖାହେଲା । ସେ ଯେମିତି କି ସେମିତି । ଠିକ୍ ସେମିତି ମପାଚୁପା । ମୋର ସମସ୍ୟାଟିକୁ ତାରି ଆଡୁ ସମାଧାନ କରିଦେଲା ପରି ଲାଗିଲା । ମୁଁ ତାଠୁ ଦୂରେଇ ଯିବାଟା ଯେମିତି ବାହାରକୁ ଜଣା ନ ପଡ଼େ, ମୁଁ ପାରୁ ପର୍ଯ୍ୟନ୍ତ ଚେଷ୍ଟା କରୁଥାଏ ।

ଦିନେ ପୁଣି ତାକୁ ଏକୁଟିଆ କଫି ପିଉଥିବାର ଦେଖିଲି । ତାର ସ୍ଥିରତାର ସାଂଘାତିକ ଆକର୍ଷଣକୁ ରୋକି ନ ପାରିଲା ପରି ମୁଁ ତା ପାଖରେ ଯାଇ ବସି ପଡ଼ିଲି । ସେଦିନର ପ୍ରସଙ୍ଗକୁ ମୁଁ ନିଜ ଆଡୁ ପକାଇଲି । କଫି ପିଉ ପିଉ କହିଲି - ଛୋଟ ଜାତିର ସଂସ୍କାର ଯାହା ସେଇଟା ଦିନେ ନା ଦିନେ ବାହାରେ ।

- ସେମିତି କହି ହେବନି । କ୍ଷୀରବାଲା ବି ତ ଆମ ଭାଷାରେ ଛୋଟ ଜାତିର ଥିଲା । ସେ ହିଁ ତ ମତେ ଉଦ୍ଧାର କଲା ।

- ଅବଶ୍ୟ ସେଇଟା ବି ସତ । ଆଜିକାଲି ଯୋଉ ମାତ୍ରାରେ ରେପ୍, ମୋଲେଷ୍ଟେସନ୍‌ର କ୍ରାଇମ୍ ବଢୁଛି, ଝିଅମାନଙ୍କ ପାଇଁ ବାହାର ଦୁନିଆଁଟା ସତରେ ବହୁତ ଭାଓଲେଣ୍ଟ୍ ହେଇଯାଇଛି । ଗୋଟେ ସାଧାରଣ ପ୍ରସଙ୍ଗ ଆଲୋଚନା କଲା ପରି ମୁଁ ମତ ଦେଲି ।

- ବାହାର ଦୁନିଆଁର ଭାଓଲେନ୍ସଟା ଆମ ଆଖିରେ ପଡ଼େ । ଘର ଭିତରର ଭାଓଲେନ୍ସକୁ ଆମେ ଦେଖିପାରୁନା, ଦେଖିଲେ ବି ଗୋଟେ ରକମ ଅଣଦେଖା କରୁ । ସେଥିପାଇଁ ଜଣା ପଡ଼େନି ।

- ମାନେ ?

- ପିଲାଦିନେ ମୁଁ କକା ଘରେ ରହି ପଢୁଥିଲି । କକା ଏବ୍ୟୁଜ୍‌ଡ଼ ମି ମେନି ଟାଇମ୍ସ । ସେଇ ଭୟରେ ମୋ ଦେହରେ ସବୁବେଳେ ସ୍ଲୋ ଫିଭର୍ ରହୁଥିଲା । ସେଠୁ ଆସିଲା ପରେ ଆଉ ଜର ରହିଲା ନାହିଁ ।

- ମାଇଁ ଗଡ୍ ! ତା କଥା ଶୁଣିବାକୁ ମୋର ମାନସିକ ପ୍ରସ୍ତୁତି ପ୍ରାୟ ସରି ଆସିଥିଲା କହିଲେ ଚଳେ । ଟିକେ ରହି ମୁଁ କହିଲି - ଆଚ୍ଛା, ଗୋଟେ କଥା ପଚାରିବି ।

- ହଁ, ପଚାର ।

- ତମେ ତମର ଏତେ ସିକ୍ରେଟ କଥା ସବୁ ମତେ କାହିଁକି କହିଲ ?

- ସେମିତି କିଛି କାରଣ ନାହିଁ । ଜଣକୁ ଏଇ କଥାଟା କହିବାର ଇଚ୍ଛାଟା ବୋଧହୁଏ ଭିତରେ ରହିଥିଲା । ପ୍ରାଇଭେସିଟା ଗୋଟେ ଭେଲ୍ୟୁ । ସେଇ ଭରସାରେ କହିଲି ।

ତାପରେ ଅନେକଥର ତାକୁ ରେଷ୍ଟୁରାଣ୍ଟରେ ଏକୁଟିଆ କଫି ପିଉଥିବାର ଦେଖିଛି ଆଉ ସ୍ଥିର ମୁଦ୍ରାର ମାରାତ୍ମକ ଆକର୍ଷଣକୁ ବି ରୋକିଛି । ତା ପାଟିରୁ ମୁଁ ବୋଧହୁଏ ଆଉ ନର୍ମାଲ କଥାବାର୍ତ୍ତା ଶୁଣି ପାରିବିନି, ଏଇ ଧାରଣାଟା ମୋ ଭିତରେ ବଳବତ୍ତର ହେଇ ରହିଗଲା । କିଛିଦିନ ପରେ ସେ ଅଲଗା ୟୁନିଟ୍‌ରେ କାମ କଲା । ମଝିରେ ମଝିରେ ତା ସହିତ ଦେଖାହୁଏ ।

ଆଠ ଦଶ ମାସ ପରେ ମୋର ବାହାଘର କାର୍ଡଟା ଧରି ତା ପାଖକୁ ଗଲି । କାର୍ଡ ଦେଖି ତାର ମୁହଁରେ ସେମିତି କିଛି ଭାବାନ୍ତର ଆସିବନି, କେମିତି କେଜାଣି ଏଇ ବିଶ୍ୱାସ ମୋର ଯା ଭିତରେ ହେଇଯାଇଥିଲା । ବାହାଘରକୁ ସେ ଘରକୁ ଆସୁ ବୋଲି ମୁଁ ଚାହୁଁ ନ ଥିବାଟାକୁ ସେ ଜାଣିପାରିଲା ପରି କହିଲା - ଏତେଦୂର ତ ଯାଇ ହେବନି । ଏଠିକା ରିସେପ୍‌ସନ୍‌କୁ ନିଶ୍ଚେ ଯିବି ।

ବାହାଘର ଦଶଦିନ ପରେ ଅଫିସ୍ ଷ୍ଟାଫ୍ ଓ ସେଠିକାର ସାଙ୍ଗସାଥୀ ପାଇଁ ହେଇଥିବା ରିସେପସନ୍‌କୁ ସେ ଆସିଲା । ହାଲ୍‌କା ବେଶ ପରିପାଟୀରେ ସେ ଭିଡ଼ ଭିତରେ ବାରି ହେଉଥାଏ ।

ଉପହାରଟିକୁ ଧରାଉ ଧରାଉ ମୁଁ ତାକୁ ମୋ ପତ୍ନୀ ସହିତ ଚିହ୍ନାଇ ଦେଲି । ସେ ହସିଲା ।

- ହଁ, ହଁ ଜାଣିଲି । ଇଏ ତମ କଥା ସବୁ ମତେ କହିଛନ୍ତି ଯେ । ନୂଆ ବାହାଘରର ଅଦରକାରୀ ପ୍ରଗଲ୍‌ଭତାରେ ମୋ ପତ୍ନୀ କହିଲା ।

ଗୋଟେ ପ୍ରକାର ଅପ୍ରସ୍ତୁତ ହେଇ ମୁଁ ମୋ ପତ୍ନୀ ଆଡ଼କୁ ଚାହିଁଲି । ସେ କିଂତୁ ମତେ ଚାହିଁଥିଲା । ତା ଆଡ଼କୁ ନ ଦେଖି ବି ମୁଁ ଜାଣି ପାରୁଥିଲି । ଏଇମାତ୍ର ଉକୁଟିଥିବା ତା ମୁହଁର ସ୍ମିତ ହସଟା ବରଫି ଯାଇଥିଲା । ବେଇମାନୀର ପୁଣି ଗୋଟେ ଝଟ୍‌କାରେ ତାର ସ୍ଥିର ମୁଦ୍ରାଟା ଦୋହଲିଗଲା ।

ତା ସାମ୍ନାରେ ମୁଁ ସଙ୍କୁଚିତ ହେଇ ଖୋଳପା ଭିତରକୁ ପଶୁ ପଶୁ ଜୋକଟିଏ ହେଇଗଲି ।

■

ଉପାନ୍ତର ପ୍ରଶ୍ନ

କତରବଗା ଜଙ୍ଗଲରେ କମ୍ବିଂ ଅପରେସନ ଜୋରଦାର ଚାଲିଛି । ବଣୁଆ ହାତୀ ପରି ମାତିଛନ୍ତି ଜବାନ୍ । ଲୋକାଲ୍ ପୋଲିସ୍ ପୁରା ଦମ୍‌ରେ ସହଯୋଗ କରୁଛି । ସୀମା ପାର ଆତଙ୍କବାଦୀ ଅନୁପ୍ରବେଶ କରିଥିବାର ସନ୍ଦେହ ତ ଆଗରୁ ରହିଥିଲା । ଏବେ ନିକଟରେ ଆତ୍ମସମର୍ପଣ କରିଥିବା ଏଓବି ଡିଭିଜନ୍ କମିଟିର ତିନିଜଣ ମାଓବାଦୀଙ୍କ ବୟାନ୍‌ରେ ଯାର ଠୋସ୍ ପ୍ରମାଣ ରହିଛି । ବଡ଼ରମା ଘାଟିରେ ଆଞ୍ଚଳିକ ଗ୍ରାମ୍ୟ ବ୍ୟାଙ୍କ ଗାଡିରୁ କୋଟିଏ ଟଙ୍କା ଲୁଟ୍ ହେଇଥିବା ଘଟଣାରେ ବିଦେଶୀ ପିସ୍ତଲର ବ୍ୟବହାର ଏ କଥାକୁ ଆହୁରି ସ୍ପଷ୍ଟ କରିଦଉଛି । ବଡେମୁରା ହାଟରେ ଏସଓଜି ଜବାନ୍‌ଙ୍କୁ ହତ୍ୟା, ପଡ଼ିଆବାହାଲ ବ୍ଲକ ବିସ୍ଫୋରଣ, ଇନଫର୍ମର ସନ୍ଦେହରେ ଆଖପାଖ ଗାଁର ନଅ ଜଣଙ୍କୁ ହତ୍ୟା, କଟରଧୁଆ ପଞ୍ଚାୟତ କାର୍ଯ୍ୟାଳୟରେ ଚାଉଳ ଲୁଟି ଘଟଣା ସହିତ ପୁଲିସ ସହ ହେଉଥିବା ଏନ୍‌କାଉଣ୍ଟରରେ ବ୍ୟବହୃତ ହେଇଥିବା ଗୁଳି, ବନ୍ଧୁକ, ଆର୍‌ଡି.ଏକ୍ସ ପାଉଡର ଇତ୍ୟାଦି ସେଇ ଗୋଟିଏ ଦିଗକୁ ଆଙ୍ଗୁଠି ଦେଖାଉଛି - ଏଇ ଯେ ଏସବୁଥିରେ ଉଭୟ ଆତଙ୍କବାଦୀ ଆଉ ମାଓବାଦୀଙ୍କର ହାତ ରହିଛି ।

– ମାଓଇଷ୍ଟ୍ ଷ୍ଟାମ୍ପ୍ ଲଗ୍‌ଜାନେ ଯେ କୋଇ ଥୋଡ଼ି ନା ଚାରୁ ମଜୁମ୍‌ଦାର ଯା ଜଙ୍ଗଲ ସାନ୍ତାଲ୍ ବନଜାତା ହେ ? ଉସ୍ ମେ ସେ କୋଇ ଏକ୍ ଐସା ହେ ଯୋ କାନୁ ସାନ୍ୟାଲ୍ କା ଜିନ୍ଦେଗୀ ଖୁଦ୍ ଜୀ ସକ୍‌ତା ହେ ? ଶାଲେ ଚୋର୍ ଡାକୁଓଁ ସେ ଭି ଔର୍ ଘଟିୟା ହେଁ । ଆଦିବାସୀୟୋଁ କି ହାଥ୍ ମେ ଆଦିବାସୀୟୋଁ କୋ ହି ମରୱା ଦେତେ ହେଁ । ଶାଲେ... କୁତ୍ତେ... କମୀନେ... । ସମାଜଶାସ୍ତ୍ରରେ ବେଶ୍ ପ୍ରବେଶ ରହିଥିବା ଗ୍ରୁପ୍ କମାଣ୍ଡର ରାକେଶ ସିଂ ଗୋଟେ ରକମ ଉତ୍ତେଜନାରେ ଥରିଲା ପରି କହିଲେ ।

– ଓ ଭି ବାହାରକା ଦୁଷମନ୍ ସେ ହେଲ୍‌ପ ଲେକର୍ । ଆଉ ଜଣେ କହିଲେ ।

- କୋନା କୋନା ଛାନ୍ ମାରୋ। କିସିକୋ ଭି ଛୋଡ଼୍ନା ନେହିଁ। ଗ୍ରୁପ କମାଣ୍ଡର ଆହୁରି ଜୋର୍‌ରେ କହିଲେ।

ଗ୍ରୁପ୍‌ଟା ଭାଗ ଭାଗ ହେଇ ଚାରିଦିଗକୁ ଖେପିଗଲେ। ତା ପଛକୁ ଗ୍ରାମ ରକ୍ଷା କମିଟିର ସଦସ୍ୟ କେତେଜଣ ଜଙ୍ଗଲୀ ରାସ୍ତାଘାଟ ବିଷୟରେ ଅବଗତ କରିବାକୁ ବାହାରିଲେ।

- ଜଙ୍ଗଲଟା ବି କଣ ଲମ୍ବିଛି। ସି.ଆର.ପି.ଏଫ୍. ଡି.ଜି. ପରା ନିଜେ ଏଥର କହିଲେ ଯେ ଜଙ୍ଗଲର ବିରାଟ ଅଜଗରିଆ ଦିହଟା ତ ମାଓ ଦମନରେ ଅସଲ ବାଧକ। ନ ହେଲେ ଏ ଗୁଡ଼ାଙ୍କୁ ଧରିବା ପାଇଁ ଏତେ ଦଳବଳର କିଛି ଦରକାର ନାଇଁ। ଏ କାମ ଆମକୁ କାଫି। ହେଲେ ଆମେ ସିନା ଜଙ୍ଗଲର ଏ ପାଖଟା ଜାଣୁ, ଆର ପାଖେ କି କାରନାମା ଚାଲିଛି ଆମକୁ ତ ଜଣା ନାଇଁ। ସେମିତି ସେ ପାଖ ଲୋକଙ୍କୁ ଏ ପାଖର କାରନାମା ଜଣା ପଡୁନି। ଯାରି ଭିତରେ ଯେ ଗୁଡ଼ା ଦୁନିଆଁ ଆଡ଼୍ଡା ଜମାଇଛନ୍ତି। ଶଙ୍କର କିଷାନ୍ ବୁଝାଇଲା ପରି କହିଲା।

ସତକୁ ସତ ଜଙ୍ଗଲଟାକୁ ଖାନତଲାସୀ କରିବାଟା ଗୋଟେ ରକମ ଅସାଧ କାମ ପରି ମନେ ହେଉଛି। କାନ୍ଧକୁ କାନ୍ଧ ମିଶାଇ ଶାଳ ଗଛଟିମାନ ଦମଦାର୍ ଠାଣିରେ ଛିଡ଼ା ଉଠିଛନ୍ତି। ଖାନ୍‌ତଲାସୀ ବେଳେ ଘର ମାଇକିନା ମାନେ ପୁଲିସର ବାଟ ଓଗାଳିଲା ପରି ସାରା ଜଙ୍ଗଲଟାକୁ ଆଗୁଳି ଧରିଛନ୍ତି। ଶାଳ ଗଛର ଲଗାଲଗି ଛାଇରେ ଦିନ ଦି ପହରରେ ବି ରାତିର ମାୟା ପହଁରୁଛି। ଜଙ୍ଗଲକୁ ବାଟ ଫିଟୁ ନାହିଁ। ତଥାପି କମ୍ବିଂ ଟିମ୍ ନଛୋଡ଼ବନ୍ଧା। ବାର ଦିନ ତଳେ ବଡ଼ରମା ଘାଟିରେ ଲେଣ୍ଡ୍‌ମାଇନ ବିସ୍ଫୋରଣରେ ନିହତ ହେଇଥିବା ସତର ଜଣ ସାଥୀ ଜବାନଙ୍କ ଅଭାବ ତାଙ୍କ ଭିତରଟାକୁ ଗୋଟେ ରକମ ହଲେଇ ଦେଇଛି। ଜଙ୍ଗଲରେ ବଣୁଆ ମଶା ମାଛି ସାପ ବିଛାର ପତିଆରାକୁ ଦୃଷ୍ଟି ସୁଦ୍ଧା ନ ଦେଇ ଜଙ୍ଗଲଟାକୁ ଖେଦି ଆଣୁଥାନ୍ତି।

ଜୋତାର ମଚ୍‌ମଚ୍ ଆୱାଜ୍‌ରେ ଡରିଗଲା ପରି ସଞ୍ଜଟା ବି ଧୀରେ ଧୀରେ ଦବି ଦବି ଓହ୍ଲାଉଥାଏ। ଝୋଲାର ବାଁ ପାଖ କୁଦକୁ ଲାଗିଥିବା ଗଛରେ ପୁଞ୍ଜାଏ ହରଡ଼ ଚଢ଼େଇଙ୍କ କୁଳ-ସଭା ବସିଥାଏ। କାଉଆ ହରଡ଼। ଅଲଗା ଦିନ ହେଇଥିଲେ ସିଧା ଲାଛି ଦେଇଥାନ୍ତା। ହରଡ଼ ଚଢ଼େଇର ମାଂସ ପାଟିକୁ ବେଶ୍ ସୁଆଦିଆ। ବନ୍ଧୁକ ମୁନରେ ଅନ୍ୟମାନଙ୍କୁ ଗଛ ଆଡ଼କୁ ଦେଖାଇଲା ରମେଶ୍ ରନ୍‌ବିଡ଼ା, ଗ୍ରାମ ସୁରକ୍ଷା କମିଟିର ଆଉ ଜଣେ ସଦସ୍ୟ।

- ଆଗକୁ ଦେଖ। ଟିମ୍ କେତେ ଆଗରେ..। କମିଟିର ବୟସ୍କ ସଦସ୍ୟ ଆର୍ତ୍ତ ଭୁଏ ଅନ୍ୟମାନଙ୍କୁ ଆକଟି କହିଲା।

ଘାଇଲା ବାଘ, ପୁଣି ସେଥିରେ ଶୀକାର ନ ପାଇବାର ନିରାଶାରେ କମ୍ବିଂ ଟିମ୍ ଆହୁରି ଉତ୍ତେଜିତ ପଦକ୍ଷେପରେ ଆଗକୁ ବଢୁଥାନ୍ତି । କତରବଗା ଜଙ୍ଗଲ ଆଖପାଖ ଗାଁ, ଟିକିରା, ବସ୍ତିରେ ହାଇ ଆଲର୍ଟ ଜାରି କରାଯାଇଛି । ନକ୍‌ସଲୀ କି ଆତଙ୍କବାଦୀଙ୍କୁ ଘରେ ଆଶ୍ରା ଦେଲେ ତାର ଫଳ କେତେଦୂର ଭୟାବହ ହେବ ସେକଥା ଗାଁ ସଭାରେ ବୁଝାଇ ଦିଆଯାଇଛି । କା' ଘରକୁ ଅଚିହ୍ନା କୁଣିଆଁ ଆସିଲେ ମୁଖବୀର୍ ପିଛା କରି ଖବର ନଉଛି । ଗାଁ ମୁଣ୍ଡରେ ଅଜଣା ଫେରିବାଲା, ବୁଲା ବିକାଳି ଦେଖିଲେ ଛୁଆମାନେ ଭୂତ ଦେଖିଲା ପରି ଚମକି ପଡୁଛନ୍ତି । ବୟସ୍କ ଲୋକ ତାଙ୍କୁ ଗାରଡେଇଲା ପରି ଅନେଇ ରହି ଆତାପତ୍ତା ପଚାରି ବୁଝୁଛନ୍ତି ।

– ଫିଅର ମଷ୍ଟ୍ ସେଟ୍ ଇନ୍ ଦେଆର୍ ମାଇଣ୍ଡ୍ । ନ ହେଲେ ଆମ ଲୋକମାନେ ବୁଝିବେନି । ଏଇ କାଲିର ଖବର କାଗଜରେ ପଢ଼ିଥିବ । କଣ ତା ନାଁ କି – ହଁ ଜାଭେଦ୍ । ଆତଙ୍କବାଦୀଟାକୁ ଦିନେ ନୁହେଁ କି ଦୁଇ ଦିନ ନୁହେଁ, ପୁରା ପଇଁଚାଳିଶ ଦିନ କୁଣିଆଁ କରି ରଖିଥିଲେ । ଏଇଟା ବେଇମାନୀ ନୁହେଁ ତ ଆଉ କଣ ? ଡେପୁଟି କମାଣ୍ଡର ପ୍ରବୀର ସାହୁ କହିଲେ । କହିଲାବେଳେ ମୁହଁର ଶିରାପ୍ରଶିରାମାନ ଗୋଟେ ପ୍ରକାର ଟଣକି ଉଠୁଥାଏ ।

– ହଁ ସାର୍, ସତ କଥା । ଏଇଟା ତ ଆମର ବଡ଼ ସମସ୍ୟା । ଟିମ୍‌ର ଅନ୍ୟତମ ସଦସ୍ୟ ପ୍ରଶାନ୍ତ ସାମଲ କହିଲେ ।

ପୁଣି ଚୁପ୍ ଚାପ୍ । ଟିମ ଆଗକୁ ବଢ଼ିଲା ।

ଡର ଭୟରେ ହେଉପଛେ ସନ୍ଧ୍ୟା ପାଦ ଥାପି ସାରିଥିଲା । ଆଉ ସନ୍ଧ୍ୟା ଆସୁ ଆସୁ ପଲ୍‌ଶାଗୁଡ଼ା ଗାଁର ପ୍ରାୟ ସବୁ ଘରେ ତାଟି କବାଟ ପଡ଼ି ସାରିଥିଲା । ଯିଏ ବା ଜଣେ ଦିଜଣ ବାହାରେ ରହି ଯାଇଥିଲେ ସେମାନେ ସବୁ ତରତର ପାହୁଣ୍ଡ ପକାଇ ଘର ମୁହାଁ ହେଉଥାନ୍ତି । ମଣିଷ ଅପେକ୍ଷା ଗାଁ ଖୁଲିରେ କୁକୁର ବେଶୀ ଏପଟ ସେପଟ ଟହଲ ମାରୁଥିଲେ । ଯେମିତି ସଞ୍ଜପହରୁ ତାଟି କବାଟ ପଡ଼ିବାର କାରଣ ଖୋଜୁଥିଲେ ଆଉ କାରଣଟା ନ ପାଇ ବିରକ୍ତରେ କୁଁ କୁଁ ହେଉଥିଲେ । ଅନ୍ୟ ଦିନ ପରି ଗାଁ ମଝିଟାରେ ପେଟେ କୁସୁନା ପିଇ ଦେଇ ଇରମା ମିର୍ଦ୍ଧା କି ଚଇନୁ ଭୁଏ ଦୁନିଆଁ ନାଟ ତାମସା କରୁ ନ ଥିଲେ । ଘର ଭିତର କଥାବାର୍ତ୍ତା ସବୁଯାକ ଚୁପ୍‌ଚାପ୍ ଫୁସ୍‌ଫାସ୍ ଶୁଭୁଥାଏ । ସବୁ କେମିତି ବେଖାପ୍ । ଏକଦମ୍ ଚୁପ୍‌ଚାପ୍ ।

ଗାଁ ମୁଣ୍ଡ ଏକେଣା ଘର । ପିଣ୍ଡା କଡ଼କୁ ବୁଢ଼ୀଟାଏ ବସିଥାଏ । ବାଟ ମୁହଁରେ ବଇଠାଟେ ଜଳୁଥାଏ । ବଇଠାର ଧୀମା ଆଲୁଅରେ ଦୂରରୁ ତାର ସତୁରୀ ପାରି ଲୋଚାକୋଚା ଦିହଟା ଘର କୋଣରେ ପଡ଼ିଥିବା ଅଲୋଡ଼ା ଅପରଛନିଆ

ଲୁଗାମେଞ୍ଚାଟିଏ ପିର ଦିଶୁଥାଏ । ଘର ମେଲା । ବାଁ ହାତରେ ଧୂଆଁପତ୍ରଟେ ମଳିମଳି ସେ ବାହାରକୁ ସେମିତି ଖାଲି ଅନେଇଥାଏ ।

ଗାଁ ମୁଣ୍ଡରେ କମ୍ବିଂ ଟିମ୍ ପହଞ୍ଚିଲା । ବୁଢ଼ୀଟାକୁ ଏମିତି ଏକୁଟିଆ ବସିଥିବାର ଦେଖି ସେମାନେ ଗୋଟେ ରକମ ଆଶ୍ଚର୍ଯ୍ୟ ହେଲେ । ବୟସ ଯୋଗୁଁ ମୁଣ୍ଡ କାମ କରୁ ନ ଥିବ । ସେଥିପାଇଁ ପରିସ୍ଥିତି ବିଷୟରେ ସେ ଜାଣି ପାରୁନି ବୋଧହୁଏ ।

– ବୁଢ଼ୀମା, ଭିତରକୁ ମା । ଶୋଇପଡ଼ । ତାଙ୍କ ଭିତରୁ ଜଣେ କହିଲେ ।

ବୁଢ଼ୀ ହଲ ନାଇଁ କି ଚଲ୍ ନାଇଁ । ସେମିତି ବସିଥାଏ ।

– କାନକୁ ବୋଧେ ଶୁଭୁ ନାଇଁ ।

– ବଡ଼ି, ଏକ୍‌ଲା କିସ୍‌ଟା ପାଇଁ ବସିଛୁ ? ଯା ଯା, ଭିତରକୁ ଯା । ଆର୍ଭି ଭୁଏ ତାକୁ ଶୁଭିଲା ପରି ବଡ଼ ପାଟିରେ କହିଲେ ।

ବୁଢ଼ୀ ଟିମ୍ ଆଡକୁ ଟିକେ ଅନେଇଲା । ପୁଣି ସେମିତି ବସି ରହିଲା ।

– ରେହେନେ ଦୋ, ଓ ଖୁଦ୍ ଯାଏଗି, ବୁଢ଼ୀକୁ ଆଉ କିଏ କଣ କହିବା ଆଗରୁ ପ୍ରକାଶ ଯାଦବ କହିଲେ ।

ଟିମ୍ ଆଗକୁ ବଢ଼ିଲା । ପଲ୍‌ଶାଗୁଡ଼ା ଆଉ ଆଖପାଖ ଦୁଇ ଚାରିଟା ଗାଁରେ ରାଉଣ୍ଡ ଦେଇ ସେଇ ବାଟରେ ପୁଣି ଫେରିଲାବେଳକୁ ରାତି ବେଶ୍ ବଢ଼ିଯାଇଥାଏ ।

ବୁଢ଼ୀ ସେମିତି ବସିଥାଏ । ବଇଠାର ମିଞ୍ଜି ମିଞ୍ଜି ଆଲୁଅ ଯା ଭିତରେ ଆହୁରି ଧୀମା ପଡ଼ିଯାଇଥାଏ । ପାଖାପାଖି ଲିଭିବା ଉପରେ । ପିଣ୍ଡାରେ ବସି ଢୁଳେଇ ପଡ଼ିଛି ନା କଣ ଜାଣିବାକୁ ତାଙ୍କ ଭିତରୁ ଜଣେ ଟର୍ଚ୍ଚ ଚିପିଲେ । ନା, ଶୋଇନି । ସେମିତି ମେଲା ଆଖିରେ ଚାହିଁ ବସିଛି । କଥାଟା ସମସ୍ତଙ୍କୁ ଟିକେ ଗଡ଼ବଡ଼ ଲାଗିଲା । ଏମିତି ନାଟକ କରି ଭିତରେ ବୁଢ଼ୀ କିଛି କାଣ୍ଡ କରୁନି ତ ? ସମସ୍ତେ ପ୍ରଶ୍ନଟାକୁ ମନେ ମନେ ପଚାରି ହେଲେ ।

ଚାଳ ଛପର କୁଡ଼ିଆଟା ସେମିତି ଠୋ ମେଲା । ସାର୍ଚ୍ଚ ଟିମ୍ ଭିତରକୁ ଗଲେ । ବୁଢ଼ୀ ସିଆଡ଼କୁ ଥରେ ଚାହିଁଲା । କିଛି କହିଲାନି ତାର କିଛି ବି ପ୍ରତିକ୍ରିୟା ଜଣା ପଡ଼ିଲାନି । ଟର୍ଚ୍ଚ ମାରି ଟିମ୍ ମେମ୍ବରମାନେ ଭିତରଟାକୁ ଦରାଣ୍ଡି ଦେଖିଲେ । କଣକୁ ବାଉଁଶ ଖଟିଆଟେ । ଖଟିଆ ଏପଟେ ବାଉଁଶ ଅଡାରେ ଜରିଲଗା ନାରଙ୍ଗୀ ଶାଢ଼ୀ ଖଣ୍ଡେ, ପୁରୁଣା ପେଣ୍ଟସାର୍ଟ ଦୁଇ ଖଣ୍ଡ, ଶୁଖିଲା ସେମେଟା ଅଭେକା ବର ଓହଳ ପରି ତଳକୁ ଲମ୍ବି ଝୁଲୁଥାଏ । ଖଟିଆ ତଳେ ହରେକ୍‌ମାଲ୍ ଭଙ୍ଗା ଖେଳଣା କେତେଟା ଗଡୁଥାଏ । କାନ୍ଥ କୋଣକୁ ଲାଗି ବାଙ୍କୁଲି ବାଡ଼ିଟେ । ଘର ଭିତରେ ମଣିଷ କି ପଶୁ କାହାରି ସୋର୍ ଶବଦ୍ ନାହିଁ । ପୁରା ଶୂନ୍‌ଶାନ୍ ।

- ଚୋରି ମାଲ୍ ନୁହେଁ ତ ସାର୍ ? ଜଣେ କହିଲେ ।

- ଏ କି ଜିନିଷ ଯେ । ଚୋରି ଚରି କିଛି ନାଇଁ । ବୁଢୀର ମୁଣ୍ଡ ବୋଧେ କାମ କରୁନି । ଏଠୁସେଠୁ ଜିନିଷ ଆଣି ଜମା କରିଛି । ଆଉ ଜଣେ କହିଲେ ।

- ତାକୁ ଥରେ ପଚାରି ଦେଲେ ଭଲ କହି ଆର୍ତ୍ତ ଭୁଏ ସବୁ ଆଗୁଡୁବାଗୁଡୁ ଜିନିଷକୁ ଗୋଟାଇ ଧରି ବୁଢ଼ୀ ପାଖକୁ ଗଲେ ।

- ବଢ଼ି, ଏଟା କାହାର କି ? ବାଙ୍କୁଲି ବାଡ଼ିଟାକୁ ମେଜିକ୍ ଶୋ ଦେଖାଇଲା ପରି ଶୂନ୍ୟରେ ଝୁଲାଇ ଆର୍ତ୍ତ ଭୁଏ ପଚାରିଲେ ।

- ମୋର୍ ମୁନୁଷର । ବୁଢ଼ୀ ମୁହଁ ଖୋଲିଲା । ସ୍ୱରଟା ନିହାତି ଶୁଖାଶୁଖା ।

- ସେ କାହିଁଗଲା ?

- ଜର୍ ନେଲା । ଡଙ୍ଗରିଆ ଜର୍ ।

- ଏଟା କାହାର ? ଆର୍ତ୍ତ ଭୁଏ ଜରିଲଗା ଶାଢ଼ୀଟାକୁ ଧରି ଟିକେ ରହି ରହି ପଚାରିଲେ ।

- ମୋର୍ ବହୂର ।

- କାହିଁ ଗଲା ?

- ସାପ୍ ନେଲା । ଡଙ୍ଗର ଚିତି ।

- ଏଟା କାହାର ? ପୁରୁଣା ପେଣ୍ଟ ସାର୍ଟ ଦୁଇ ଖଣ୍ଡକୁ ଦେଖାଇ ଆହୁରି ଟିକେ ଥତମତ ହେଇ ଆର୍ତ୍ତ ଭୁଏ ପଚାରିଲେ ।

- ମୋର୍ ପୁଅର ।

- ସେ କାହିଁ ଗଲା ?

- ମାଓ ନେଲା ।

- ଆଉ ଏଟା ? ଭଙ୍ଗା ଖେଳଣା ଦୁଇ ଚାରିଟାକୁ ଠଖଡ଼ ଠଖଡ଼ କରି ପଚାରିଲେ ଆର୍ତ୍ତ ଭୁଏ ।

- ମୋର ନାତି ପିଲାର ।

- କାହିଁ ଗଲା ?

- ଭୁକେ ମଲା ।

ସମସ୍ତେ ଚୁପ୍‌ଚାପ୍ ।

- ହଉ ଏଥର ଭିତରକୁ ଯା ବୁଢ଼ୀ ମା । ରାତି ଢେର୍ ହେଲାଣି । ନୀରବତା ଭାଙ୍ଗି ତାଙ୍କ ଭିତରୁ ଜଣେ କହିଲେ ।

ବୁଢ଼ୀ ସେମିତି ଗୁମ୍‌ସୁମ୍ ବସି ରହିଲା ।

- ହେଇ ବୁଢ଼ୀମା, ଏତେ ରାତିରେ ବାହାରେ ଏମ୍‌ତି ବସିଥିଲେ ଆତଙ୍କବାଦୀ ଆସି କେତେବେଳେ ଲାଛିଦବ ଯେ । ଆଉ ଜଣେ ବୁଝାଇଲା ପରି କହିଲେ ।

- ସେଥିର୍ କାଜେ ତ ଟାକିଛିଁ । ଆଉ କିଏ କିସ୍‌ଟା ପାଇଁ ଆସ୍‌ବ । ଆଉ କିସ୍‌ଟା ନେବା ? ବଇଠାର ମଳିଚିଆ ଆଲୁଅରେ କମ୍ବିଂ ଟିମ୍‌ର ମୁହଁକୁ ଚାହିଁ ସେ ପଚାରିଲା । ତାର ଗଳାରେ କୌଣସି ପ୍ରକାର ଆର୍ଦ୍ରତା ନଥିଲା । ଭାବର ନା ଅଭାବର - କିଛି ବି ଟିକେ ନାହିଁ ।

ପରୀକ୍ଷା ହଲ୍‌ରେ ପ୍ରଶ୍ନର ଉତ୍ତର ଆସୁ ନ ଥିବା ପିଲାର ମଳିନ ମୁହଁ ନେଇ କମ୍ବିଂ ଟିମ୍ ସେଇ ଜାଗା ଛାଡ଼ିଲା ।

■

ଗଲାପରେ

ହେ ଭଗବାନ୍ ! ଧନ୍ୟ କହିବ ମୋ ନିଦକୁ । ଆଜି ମାର୍ଗଶୀର ଗୁରୁବାରଟି, ଫେର୍ ବି ଉଠୁଉଠୁ ଏତେ ଡେରି ହେଇଗଲାଣି । ମୋ ମୁହଁକୁ ଯାହା ଲାଜ ନାହିଁ । ମୀନୁ ନିଜକୁ ନିଜେ କହି କହି ତରତର ହେଇ କାମରେ ଲାଗିଗଲା । ଏତେ କମ୍ ସମୟ ଭିତରେ ମାଣବସା ପୂଜାପାଠ ସାରି ପୁଣି ସ୍କୁଲ ବାହାରିବାକୁ ପଡ଼ିବ । ଆଜିକାଲି କଣ ହେଉଛି କେଜାଣି ତାର ସବୁ କାମ ଏପଟସେପଟ ହେଇ ଯାଉଛି, ତାର ଅନିଚ୍ଛା ସତ୍ତ୍ୱେ । ମୀନୁ ବ୍ରସ୍‌ଟା ଧରି ସିଧା ବାଥ୍‌ରୁମ୍‌କୁ ପଶିଗଲା ।

ଠିକଣାବେଳେ ଅଟୋ କି ରିକ୍‌ସାର ଦେଖା ମିଳେ ନାହିଁ । ମୀନୁ ଲମ୍ୱା ପାଦ ପକାଇ ବଜାର ଛକ ପାରିହେଲା । ପାରି ହେଉ ହେଉ ପଛରୁ କୋରସ୍‌ରେ ଶୁଭିଲା- "ଗୋଲାପୀ ଗୋଲାପୀ ରଙ୍ଗ ତାର... ହାଲକା... ହାଲ୍‌କା ଗନ୍ଧ ତାର..." ଅନ୍ୟଦିନ ହେଇଥିଲେ କିଏ କଣ ଟିକେ ଅଟକି ବୁଝିଥାନ୍ତା । ଆଜି ଆଉ ତାର ବେଳ ନାହିଁ ।

- ଆରେ ମୀନୁ, ତମର କଣ ଆଜି ଏତେ ଡେରି ? ମୁଁ ତ ଏଇନେ କ୍ରସ୍ ମାରିବା ଉପରେ ଥିଲି । ତମର ସହଜରେ ଲେଟ୍ ହୁଏ ନାଇଁ ତ... ସ୍କୁଲରେ ପହଞ୍ଚିଲା କ୍ଷଣି ହେଡ୍‌ମିଷ୍ଟ୍ରେସ୍ ସବିତା ମହାନ୍ତି କହିଲେ ।

- ହଁ ପରା, ଏଇ ମାଣବସା ପୂଜା ପାଇଁ... ମୀନୁ ଗୋଟେ ରକମ ଅନୁନୟ ମୁଦ୍ରାରେ କହିଲା ।

- ତମର ଫେର୍ ମାଣବସା...

କଥାଟିକୁ ଶୁଣି ନ ଶୁଣିଲା ପରି ରହିଯାଇ ମୀନୁ ରେଜିଷ୍ଟର୍‌ରେ ଦସ୍ତଖତ କରିବସିଲା । ଖାଇଛୁଟିରେ କମନ୍‌ରୁମ୍‌ରେ ସବୁ ଦିଦିମାନେ ଯେଝା ଟିଫିନ୍ ଡବା ଖୋଲିବସିଲେ । ମୀନୁ ସମସ୍ତିଙ୍କି ହାତକୁ ଗୋଟେ ଲେଖାଏଁ ମୁଗ ମଣ୍ଡା ବଢ଼େଇଦେଲା । ମୁଗ ମଣ୍ଡାଟି ପାଟିରେ ଦଉଦଉ ସୁରମା ନାୟକ କହିଲେ - ଯାହାକୁ

କହନ୍ତି ଫାଷ୍ଟକ୍ଲାସ ହେଇଛି ! ବୁଝିଲ ମୀନୁ, ଏମିତି ମୁଗମଣ୍ଡା ପାଇଲେ ଲୋକେ କଲିକତିଆ ମିଠାକୁ ବି ଆଡ଼ ଆଖିରେ ଚାହିଁବେନି ।

- ଓହୋ ଏଇଥିପାଇଁ ଆଜି ମାଡାମଙ୍କର ଡେରି ହେଲା । ମୀନୁର ସମବୟସୀ ତନୁଶ୍ରୀ କହିଲା ।

- ଏଇ ମୁଗ ମଣ୍ଡାରେ ଲକ୍ଷ୍ମୀ ତମ ଘର ଛାଡ଼ି ଆଉ କୁଆଡ଼େ ଯିବେନି, ବୁଝିଲ ମୀନୁ । ଲକ୍ଷ୍ମୀଙ୍କ ଅସରନ୍ତି ଭଣ୍ଡାର ତମରି ପାଖରେ ଏଥର ଅଜାଡ଼ି ହେବ ଜାଣିଥା । ହେଲେ... ଏତେ ଧନ କରିବ କଣ... କିଏ ଖାଇବ ତମର... ସହକାରୀ ପ୍ରଧାନ ଶିକ୍ଷୟିତ୍ରୀ ଅନିମା ସରାଫ୍ ଟିକିଏ ହାଲୁକା ଗଳାରେ କହିଲେ । ହାଲୁକା ହେଉ କି ଗମ୍ଭୀର ହେଉ ତା ସହିତ କିଛି ବି ଆଳାପ ଆଲୋଚନାର ଶେଷଟା ପ୍ରାୟତଃ ଏଇମିତି ଟୀକା ଟୀପ୍ପଣୀରେ ହେଇଥାଏ । ଖାଲି ସହକର୍ମୀମାନେ ବୋଲି ନୁହଁ, ତାର ସାଇପଡ଼ିଶା, ବନ୍ଧୁ ବାନ୍ଧବ ଏମିତିକି କ୍ଷୀରବାଲା, ପେପରବାଲା ମୁହଁରେ ବି ସେଇ କଥା । ଏଇ ଯେମିତି ସେଦିନ ଏତେ ଚଢ଼ା ଦାମ୍‌ରେ ପାଣିଚିଆ କ୍ଷୀର ଦଉଛୁ କହି ମୀନୁ ତା ଉପରେ ବିରକ୍ତ ହେଲା । ହେଲେ ତାକୁ ଚମକେଇ ଦେଇ କ୍ଷୀରବାଲା ଓଲଟି ଯୁକ୍ତି ବାଢ଼ିଲା - ଆପ୍ ଭି ନା ଦିଦି, ଇତନି ସି ଛୋଟୀସି ବାତ୍ ମେଁ ଭି କିତ୍‌ନା ହିସାବ କିତାବ ଲଗାତେ ହେଁ... ଆପକୀ ଇତ୍‌ନା କମାଇ କୌନ୍ ଖାଏଗା ?...' ମୀନୁ ସେଦିନ ତାକୁ ରାଗିବ କଣ, ଗୋଟେ ରକମ ହସି ପକାଇଲା । ଏଇ କଥାରେ ଅନ୍ତତଃ ସେ ଏବେ ସେମିତି କିଛି ବିଶେଷ ପ୍ରତିକ୍ରିୟା ଅନୁଭବ କରୁନି । ଆଗେ ଆଗେ ତାକୁ ଖରାପ ଲାଗୁଥିଲା । ଏବେ ଦେହସୁହା ହେଇଗଲାଣି ନା କଣ ସେ ତା ନିଜ ଖାପରେ ସେଇ ସବୁକୁ ବାଗେଇ ନେଇଛି ।

ସ୍କୁଲ ଗେଟ୍ ପାଖରେ ଡମ୍ବରୁ ବାଜିବାର ଶୁଭିଲା । କିଏ ବୁଲା ବିକାଳି ପଶି ଆସିଲା ଆଉ । ସମସ୍ତଙ୍କ ଆଖି ସିଆଡିକି ଆପଣାଛାଏଁ ପହଁରିଗଲା । ସାପୁଆ କେଳା ଜଣେ ଭାର ବୋହି ହତା ଭିତରକୁ ଆସିଲା । ପିଲାମାନେ ବି ଏସବୁ ପ୍ରକୃତରେ ଦେଖିବା ଜାଣିବା ଦରକାର କହି ହେଡ୍ ଦିଦି ସଙ୍ଗେ ସଙ୍ଗେ ତାର ଅନୁରୋଧରେ ହଁ ଭରିଲେ ।

ପତଳା ଦୁର୍ବଳିଆ ଲୋକଟେ । ମୁଣ୍ଡରେ ଗେରୁଆ ରଙ୍ଗର ପଗଡ଼ି, ଦିହରେ ବି ସେମିତି ଗେରୁଆ ରଙ୍ଗର ବୋଲବମ୍ ଛାପ ଥିବା କୁର୍ତ୍ତା ଖଣ୍ଡେ । ଗାରଗାରିଆ ଲୁଙ୍ଗି ଖଣ୍ଡେକୁ କଛା ମାରି ଭିଡ଼ିଥାଏ । ବେକରେ ଦୁଇ ତିନି ସରି କଣ୍ଠି ମାଳି । ଗୋଟାକ ପରେ ଗୋଟେ ପେଡ଼ି ଖୋଲି ଅହଙ୍କାରୀ ଅହିରାଜ, ମାମଲତକାର ଡମଣା, ଫୁଲେଇ ଡଙ୍ଗର ଚିତି, ଅଳସେଇ ଝାର୍‌କଲେତ ଆଉ ସବୁ ସାପକୁ ବାହାର କରି

ଦେଖାଉଥାଏ । ତାର ବିନ୍ ବାଜଣାରେ ସାପ ସବୁର ହଲା ଦୋହଲା ଦେଖି କୋଉ ଗୋଟେ ସିନେମାରେ ଶ୍ରୀଦେବୀର ଏମିତି ମନଲୋଭା ସାପୁଆ ନାଚଟା ମୀନୁର ମନେ ପଡ଼ିଗଲା । ପିଲାମାନେ ସ୍ତବ୍ଧ ଚକିତ ମୁଦ୍ରାରେ ଆଖି ମେଲାଇ ଦେଖୁଥାନ୍ତି । କେଳା ସାପ ସବୁକୁ ଏମିତି ଡାକୁଥାଏ, ଯେମିତିକି ସେମାନେ ତାର ନିତି ଦେଖାଚିହ୍ନା ସାଙ୍ଗ ସରିସା କି ଗେହ୍ଲା ନାତି ନାତୁଣୀ ଭିତରୁ ଜଣେ । ମୀନୁକୁ ଭାରି ମଜା ଲାଗୁଥାଏ ।

ଖେଳ ସରିଗଲା । ସାପୁଆକେଳା ଗୀତ ଗାଇଗାଇ ସମସ୍ତଙ୍କ ପାଖରେ ହାତ ପାତିଲା । ପିଲାମାନେ ଯାହା ପାଖରେ ଟଙ୍କେ ଦୁଇ ଟଙ୍କା ଥିଲା ବେଶ୍ ଖୁସିରେ ଦେଇଦେଲେ । ମୀନୁ ଷ୍ଟାଫ୍ ମାନଙ୍କ ମୁହଁକୁ ନ ଜାଣିଲା ପରି ଚାହିଁଲା । ସେ ଠିକ୍ ଜାଣେ, ଏବେ ସମସ୍ତେ ସେଇ ଗୋଟେ କଥା କହିବେ– ଆଜି ମାର୍ଗଶୀର ଗୁରୁବାରଟା ତ, ଦେଇ ହେବନି । ଆଜି ଦିନଟା ବରଂ ତମେ ଦେଇଦିଅ । କେହି କିଛି କହିବା ଆଗରୁ ମୀନୁ ଦଶଟଙ୍କା ସାପୁଆ କେଳା ହାତରେ ଧରାଇ ଦେଲା । ସେ ପଛକୁ ନ ଚାହିଁଲେ ବି ବାକି ମାନଙ୍କର ଆଶ୍ୱସ୍ତ ମୁଖମୁଦ୍ରା ଠିକ୍ ଦେଖିପାରିଲା ।

ଶୀତୁଆ ଅପରାହ୍ନର ଛାଇ ଚକ୍‌ମା ଦେଇ ପାଖରୁ ଖସି ଯାଉଛି । ମଶା ଆଉ ଶୀତର ଅନୁପ୍ରବେଶ ରୋକିବା ପାଇଁ ମୀନୁ ତରତର ହେଇ କବାଟ ଝରକା ବନ୍ଦ କଲା । ବର୍ଡର ସିଲ କରିଦେଲା ପରେ ଆଶ୍ୱସ୍ତ ସୁରକ୍ଷା କର୍ମୀର ମୁଖମୁଦ୍ରାରେ ମୀନୁ ଖବର କାଗଜ ଖଣ୍ଡିକ ମେଲାଇ ଖଟ ଉପରେ ବସିପଡ଼ିଲା । ଖବର କାଗଜପଢ଼ାକୁ ରୁଟିନ ବନ୍ଧା କାମରୁ ଖଣ୍ଡେ ପରି କରେ ନାଇଁ । ମନ ଲଗାଇ ଆମୂଳଚୂଳ ପଢ଼େ । ପୁଣି ମନେମନେ କେତେଟା ନିର୍ଦ୍ଦିଷ୍ଟ ଖବରର ବିଶ୍ଳେଷଣ କରେ । ପଢ଼ିପଢ଼ି ତାର ଏମିତି ଅଭ୍ୟାସ ହେଇଗଲାଣି ଯେ ଟି.ଭି.ରେ ଦେଖୁଥିବା କେଉଁ ଘଟଣାକୁ ପରଦିନ ଖବରକାଗଜରେ ହେଡ୍ ଲାଇନରେ ବାହାରିବ ପୁଣି ଆଉ କାହାର ବକ୍ତବ୍ୟଟି ବକ୍‌ସନିଉଜ୍ ହେଇ ବାହାରିବ ସେଇସବୁ ନିଖୁଣ ଭାବରେ କହିଦିଏ । ଏପରିକି ସମ୍ବାଦ ପରିବେଷଣରେ ବ୍ୟବହୃତ ଶବ୍ଦ ମାଳାକୁ ବି ଆଶ୍ଚର୍ଯ୍ୟଜନକ ଭାବରେ ଆଗତୁରା କହି ଦେଇପାରେ । ସୁଯୋଗ ପାଇଲେ ସାଙ୍ଗସାଥୀ ମେଳରେ କି ସହକର୍ମୀ ଗହଣରେ ତାର ଏଇ ଦକ୍ଷତାକୁ ନିଜେ ଗୋଟେ ରକମ ପ୍ରଗଲ୍‌ଭା ହେଇ ତାରିଫ କରେ । ହେଲେ ତାର କଥା ସରିବା ଆଗରୁ କାହାରି ନା କାହାରି ପାଟିରୁ ସଙ୍ଗେସଙ୍ଗେ ବାହାରିଆସେ – ହଁ ତମେ ଭଲା କାଇଁ ପାରିବନି ଯେ । ତମର ସିନା ଘର ଜଞ୍ଜାଳ ନାଇଁ, ଆମେ ଆଉ କଣ ତମ ପରି ଚାରିଘଣ୍ଟା ପେପର୍ ମେଲାଇ ବସିପାରିବୁ... ?

ସେଦିନ ମୀନୁର ଟିକେ ଶୀଘ୍ର ନିଦ ଆସିଗଲା । ସାରାଦିନର କ୍ଲାନ୍ତି ପୁଣି ଶୀତୁଆ

ରାତିର ଉଷୁମ ଉପରେ ଆଖି ପତା ଦେଖୁଦେଖୁ ପଡ଼ିଗଲା । ରାତି କେତେ ହେଇଥିବ କେଜାଣି ତାର ଦେହଟା କେମିତି ଭିଡ଼ିମୋଡ଼ି ହେଲା ପରି ଲାଗିଲା । ନିଶ୍ୱାସ ରୁନ୍ଧି ହେଇଯାଉଛି । ଯେତେ ଚେଷ୍ଟା କଲେ ବି ଆଖିପତା ଖୋଲି ହେଉନି । ନରମ ଲୁତୁପୁତୁ ସ୍ପର୍ଶରେ ଦେହଟା ଉଲୁସି ଯାଉଛି । ପୁଣି ଭିତର ହାଡ଼ ସବୁକୁ କିଏ ଚୁରି ଦେଲା ପରି ଲାଗୁଛି । ଭାରି କଷ୍ଟରେ ଆଖି ପତା ଅଧା ମେଲା କଲା । ସେତିକି ଦେଖିଲା କେତେ ବଡ଼ ଅହିରାଜଟେ ତାକୁ ମାଡ଼ି ବସିଛି । ତାର ଫୁତ୍କାରର ଗରମ ପବନ ବାଜି ତାର ଗାଲ, ବେକମୂଳ ସବୁ ତାତି ଯାଉଛି । ହେଲେ ଏକଣ ଦେଖୁଛି ସେ !... ଅହିରାଜର ଫଣାଟା ତା ଦିହରୁ କୁଆଡେ ହଟିଯାଇ ମାୟା କୁହୁଡ଼ିରେ ପହଁରିଯାଉଛି । ସେଇ ଜାଗାରେ ତାରି ସ୍କୁଲର ଇଂରାଜୀ ଶିକ୍ଷକ ଘନଶ୍ୟାମ ସାର୍‌ଙ୍କ ମୁହଁଟା ଆପଣାଛାଏଁ ଯୋଖି ହେଇଯାଉଛି । ନାଇଁନାଇଁ, ସିଏ ନୁହଁ... ଖରାଦିନେ ଛୁଟିରେ ସ୍କୁଲକୁ କଂପ୍ୟୁଟର ଶିଖାଇ ଆସୁଥିବା ପିଲାଟାର ମୁହଁ ପରି ଦେଖାଯାଉଛି । ଏଥର କିଛି ବି ବୁଝାପଡୁ ନାଇଁ । କୋଉଠି ଥିଲା କେଜାଣି ରାଉରାଉ ହେଇ ବହଳିଆ ଅନ୍ଧାର ମାଡ଼ି ଆସିଲା । ତା ଭିତରେ ଚିହ୍ନା ଅଚିହ୍ନା ମୁହଁଟି ମାନ ସବୁ ହଜିଗଲେ । ଅହିରାଜର ଗଣ୍ଡିଟା ବି ତା ଦିହରୁ ଓଟାରି ହେଇ ଅନ୍ଧାରରେ କୁଆଡ଼େ ପଡ଼ିଲା କେଜାଣି ଥଡ୍ କରି କଣ ଗୋଟେ ଭାରି ଶବ୍ଦ ହେଲା ।

ମୀନୁ ଧଡ୍ କରି ଖଟରେ ଉଠି ବସିଲା । ଦେହଟା ଝାଳରେ ଓଦା ହେଇଯାଇଛି । ଏତେ ଶୀତରେ ବି । ସ୍ୱପ୍ନଟାକୁ ଭାବି ଦେଲାକ୍ଷଣି ତାକୁ ଭାରି ଅଖାଡୁଆ ଲାଗିଲା । ଆଜି ଦିନରେ ସାପୁଆ କେଳାର ଅହିରାଜ ଦେଖିଛି । ସେଇଟା କେମିତି ସ୍ୱପ୍ନରେ ଯୋଖି ହେଇଯାଇଛି । ତେବେ ଆସନ୍ତା ସୋମବାର ଦିନ ସେ ଟିକେ ଶିବ ମନ୍ଦିର ଦର୍ଶନ ପାଇଁ ଚାଲିଗଲେ ଭଲ ହେବ । ମୀନୁ ଭାବିଲା । ତେବେ ପଢ଼ିଲାବେଳେ ସାଇକୋଲୋଜି କ୍ଲାସରେ ଦିନେ ଜୟଶ୍ରୀ ମାଡାମ୍ ଫ୍ରଏଡ୍‌ଙ୍କ ସ୍ୱପ୍ନ ସିମ୍ବଲ ବିଷୟରେ ବୁଝାଉ ଥିବାର ତାର ମନେ ପଡ଼ିଗଲା । ସାପ-ସ୍ୱପ୍ନର ଅର୍ଥ କୁଆଡ଼େ ଅବଦମିତ ଯୌନ କାମନାର ଚିହ୍ନ । ସେ ନିଜ ପାଖରେ ନିଜେ ଗୋଟେ ରକମ ଲାଜେଇଗଲା । ହୁଗୁଳା ହେଇ ବାଁ ପଟ ବାହୁ ଯାଏଁ ଖସି ଆସିଥିବା ନାଇଟି ଖଣ୍ଡିକୁ ସଙ୍ଗେ ସଙ୍ଗେ ବାଗେଇ ଦେଲା, ଯେମିତିକି ସାମ୍ନାରେ ଘନଶ୍ୟାମ ସାର୍ କି କଂପ୍ୟୁଟର ସାର୍ କି ସାପୁଆ କେଳା କେହି ଠିଆ ହେଇ ତାର ଇଷତ୍ ଅନାଦୃତ ଦେହକୁ ଦେଖି ପକାଉଛନ୍ତି । ତାର ଅଜାଣତରେ ହାତ ଦୁଇଟା ଉପରକୁ ଉଠିଗଲା ନା କଣ । ବିଡ୍‌ବିଡ୍ ହେଇ କହୁଥିଲା କି- ପ୍ରଭୁ ! ଏଇ ଉତ୍ତୀର୍ଣ୍ଣ ପ୍ରହରରେ ମୁଁ ଯେମିତି ଆଉ କଳୁଷିତ ନ ହୁଏ, ମତେ ସକଳ କାମନା ବାସନାରୁ ଊର୍ଦ୍ଧ୍ୱରେ ରଖ !

ତଥାପି ବି ମୀନୁର ମନ ମାନିଲାନି । ସେଇ ସୋମବାର ଦିନ ସକାଳୁ ସେ ବାଲୁଙ୍କେଶ୍ୱର ମନ୍ଦିର ଦର୍ଶନ ପାଇଁ ବାହାରିଗଲା । ସେଦିନ ମନ୍ଦିରରେ ବେଶ୍ ଭିଡ଼ । ସମସ୍ତେ ତା ପରି ସ୍ୱପ୍ନ ଦେଖି ପକାଇଲେ କି ଆଉ ! ମୀନୁ ମନେ ମନେ ଟିକେ ହସିଲା । ଲିଙ୍ଗ ଉପରେ ବସା ତମ୍ବା ନାଗ ଉପରେ ପାଣି ଢାଳୁଢାଳୁ ତାର ପୁଣି ସ୍ୱପ୍ନ କଥା ମନେ ପଡ଼ିଲା । ଆଖି ବନ୍ଦ କରି ସବୁ ତିକ୍ତ ମଧୁର ଅନୁଭୂତିକୁ ବାଲୁଙ୍କେଶ୍ୱରଙ୍କୁ ସମର୍ପି ଦେଇ ବୁଲି ପଡ଼ିଲା ବେଳକୁ ତା ପଛରେ ପଡ଼ିଶା ଘର ମିତା ଭାଉଜ ଆସି ଠିଆ ! ଏକ ନମ୍ବର ଭଡ଼ଭଡ଼ିଟେ । କେମିତି ଏତେବେଳ ତା ପଛରେ ଚୁପ୍‌ଚାପ୍ ଠିଆ ହେଇଥିଲେ କେଜାଣି । ତାକୁ ଦେଖୁ ଦେଖୁ ବେଶ୍ ପାଟିକରି କହିଲେ, ହେଇଟି ମୀନୁ ଏତେ ସମୟ କଣ ବର ମାଗୁଥିଲ କି ? ମାଗିଲା ଦିନ ମାଗିଲ ନାଇଁ, ଆଉ ଏଇକ୍ଷୀଣା ପାଣିରେ ମହାଦେବଙ୍କୁ ବୁଡେଇ ଦେବ ଯେମିତି ! ଚଲ ଚଲ, ବାଟ ଛାଡ଼ । ମୀନୁ ଅଗତ୍ୟା ଭିଡ଼ ଭିତରୁ ବାହାରି ଆସିଲା ।

ଘରକୁ ଫେରି ଦେଖେ ତ ଫୋନ୍‌ରେ ସାନ ଭାଇ ମୁନ୍ନାର ଚାରିଟା ମିସଡ୍ କଲ୍ । ସ୍କୁଲ ବେଳ ହେଇ ଆସୁଥିଲା । ଥାଉ, ବରଂ ସନ୍ଧ୍ୟାବେଳେ ମୁନ୍ନା ସାଙ୍ଗରେ ତାର ବାଙ୍ଗାଲୋର ଯିବା ବିଷୟରେ ଭଲ କରି କଥା ହେବ । କେତେଦିନ ହେଲା ତାର ବେକ ପଛ ପାଖରୁ ସିଧା ଗୋଡ଼ ପର୍ଯ୍ୟନ୍ତ ଭାରି ଜୋର୍ ଦରଜ ହେଉଛି । ଥରେ ଥରେ ପୀଡାଟା ଏମିତି ଅସହ୍ୟ ହେଇପଡ଼େ ଯେ ସେ ଚାଲୁଚାଲୁ ଅଟକି ଯାଏ । ଆଖିକୁ ଲୁହ ଚାଲିଆସେ । ଏଠିକାର ଜଣେ ଦୁଇଜଣ ନାମକରା ଡାକ୍ତର ନିମ୍‌ହାନ୍‌ସରେ ଦେଖେଇବାକୁ ଗୋଟେ ରକମ ତାଗିଦ୍ କଲା ପରି କହି ସାରିଲେଣି । ଏଥର ଡିସେମ୍ବର ଛୁଟିଟା ଆଉ ଏଠି ସେଠି ହେଇ ନଷ୍ଟ କରିବନି । ଆଜି ସନ୍ଧ୍ୟାରେ ହିଁ ପୁରା ପ୍ଲାନ ପ୍ରୋଗ୍ରାମ୍‌ଟା ମୁନ୍ନା ସହିତ ଠିକଣା କରିଦେଲେ ଠିକ ହେବ । ମୁନ୍ନା ତ ଅଛି । କିଛି ଅସୁବିଧା ହେବନି । ଏଇ ମଉକାରେ ତା ପିଲାଙ୍କ ସାଙ୍ଗରେ ବି ବେଶ କିଛିଦିନ କଟିଯିବ ।

ଆଉ ସନ୍ଧ୍ୟା ପର୍ଯ୍ୟନ୍ତ ଅପେକ୍ଷା କରିବାକୁ ପଡ଼ିଲା ନାହିଁ । ଖାଇଛୁଟିରେ ମୁନ୍ନାର ଫୋନ୍ ଆସିଲା । ମୀନୁ ଉତ୍ସୁକ ହେଇ ଫୋନ୍ ଉଠାଇଲା- ନାନୀ, ତୁ ଡିସେମ୍ବର ଆସିବା କଥା କହୁଥିଲୁ ନା । କଥା କଣକି ଆମେ ସମସ୍ତେ ଟିକେ କାଶ୍ମୀର ଯିବା ପାଇଁ ଟିକେଟ କରିଦେଇଛୁ । ପରେ ଆଉ ପିଲାଙ୍କର ଛୁଟି ହେବନି... ମୁନ୍ନା ଗୋଟେ ରକମ ନୀରସ ଗଳାରେ କହିଲା ।

– ଏତେ ଥଣ୍ଡାରେ... ପୁଣି କାଶ୍ମୀର... ସେଠି ତ ଅବସ୍ଥା ଭଲ ନାଇଁ । ସେଇ ଯୋଉ ଆତଙ୍କବାଦୀ... କଣ କି ତା ନାଁଟା... ବୁର୍‌ହାନ୍ ୱାନୀର ମରିବାଟାକୁ ନେଇ

ଯେତେକ ଝାମେଲା ତ ଦେଖୁଛୁ । ସେଥିରେ ଫେର୍... ମୀନୁ ଗୋଟେ ରକମ ଆକଟ କଲା ପରି କହିଲା ।

- ଓହୋ ନାନୀ, ତୁ ବି ନା.... ଯେମିତିକି ସେମିତି ରହିଗଲୁ । କାଶ୍ମୀରରେ ଏସବୁ ନିତିଦିନିଆ କଥା । ତା ମାନେ କଣ ଆଉ କେହି ସେଠିକି ଯିବେନି ? ଏଇ ବଦମାସ୍ ମିଡ଼ିଆବାଲା ହିଁ କାଶ୍ମୀର ବିଷୟରେ ଏମିତି ସବୁ ନେଗେଟିଭ୍ ନିଉଜ୍ ଛାପି ଯାହି ତାହି ପ୍ରଚାର କରନ୍ତି, ବୁଝିଲୁ... ମୁନ୍ନା ଆଗ ଅପେକ୍ଷା ଆହୁରି ଟିକେ ହାଲୁକା ଗଳାରେ କହିଲା ।

- ମୋର ଦେହ କଥା ତ, ସେଥିପାଇଁ କଥା ପଡ଼ିଛି... ମୀନୁ ଟିକେ ଥତମତ ହେଲା ପରି କହିଲା ।

- ବୁଝିଲୁ ନାନୀ, ତୁ ଅଯଥାରେ ଏତେ ଡରି ଯାଉଛୁ । ପରେ କେବେ ଆରାମରେ ଆସିବୁ । ଏଠି ଦେଖାଇଦେବା । ତୁ ଯେତିକି ଭାବୁଛୁ, ପ୍ରୋବ୍ଲେମ୍‌ଟା ସେତେ ସିରିଅସ୍ ନୁହେଁ । ତୋର ଆଉ କିଛି କାମ ନାଇଁ ତ । ଖାଲିଟାରେ ରୋଗ ରୋଗ ହେଇ ଏତେ କନସସ୍ ହେଇପଡୁଛୁ । ଜମାରୁ ବ୍ୟସ୍ତ ହ'ନା, ବୁଝିଲୁ...

ମୀନୁ ହଁ ହଁ କହି ଫୋନ ରଖିଲା । ତାର ଦେହଟା କେମିତି ଅବଶ ଲାଗିଲା । ମନଟା କେମିତି ଗୋଟେ ଦବିଗଲା । ଅସ୍ଥିର ଲାଗିଲା । ଆଉ ଓଲିଟା ଆଉ ପଢ଼େଇବାକୁ ଯେମିତି ଆଉ ଦମ୍ଭ ଜୁଟୁନି । ଭିତରେ ଭିତରେ କୋହଟେ ତାକୁ ଗୋଟାପଣେ ଉକୁବୁକେଇ ଦେଲା । ନା, ଏମିତି ହେଲେ ଚଳିବନି । ତାକୁ ଫେର୍ ଆଗେଇବାକୁ ପଡ଼ିବ । ଆଜି ସନ୍ଧ୍ୟାରେ ଆରତୀ ପାଖକୁ ଫୋନ୍ କରିବ । ଆରତୀ ତାର ଖାଲି ଭଲ ବନ୍ଧୁ ନୁହଁ, ତାର ଦୂର ସମ୍ପର୍କୀୟ ଭଉଣୀ ବି । ତାକୁ ସାଙ୍ଗରେ ନେଇ ବାଙ୍ଗାଲୋର ଚାଲିଯିବ । ସେଥିରେ କଣ ଅଛି । କଥା ଧରିଲେ ହେବ ନାଇଁ । କାମଟା ତ ହେଇଯାଉ ଆଗ । ମନେମନେ ସେ ବଳ ସାଉଁଟି ଭାବିଲା ।

ସନ୍ଧ୍ୟାଧୂପ ଦେଇ ସାରିଲା କ୍ଷଣି ଆରତୀ ପାଖକୁ ମୀନୁ ଫୋନ ଲଗାଇଲା । ତାର କଥା ସରିବା ଆଗରୁ ସେପଟୁ ଆରତୀର ସ୍ୱର ଶୁଭୁଥିଲା - ବୁଝିଲୁ ମୀନୁ, ଥରେ ପରିବାର ଜଞ୍ଜାଳକୁ ପଶିଗଲୁ ମାନେ ତୁ ନିଜେ ବି ଆଉ ତୋର ହେଇକି ରହି ପାରିବୁନି । ମାର୍ଚ୍ଚରେ ସାନ ପୁଅର ଫାଇନାଲ୍ ପରୀକ୍ଷା । ଡିସେମ୍ବର ଛୁଟିଟା ମୁଁ ନ ରହିଲେ ସେ ଜମାରୁ ସିରିଅସ୍ ହେବନି । ତା ଛଡ଼ା ଯାଙ୍କର ଦେହ ବି ଆଜିକାଲି ଭଲ ରହୁ ନାଇଁ । ମୁଁ ତ ଦେଖୁଛି ତୁ ସେ ଦୃଷ୍ଟିରୁ ଆରାମରେ ଅଛୁ । କାହା ପାଇଁ ତୋର ମୁଣ୍ଡ ଖେଳାଇବାର ଦରକାର ନାଇଁ... କଣ କରିବି କହ, ଇଛା ଥିଲେ ବି ତୋ ପାଇଁ କିଛି କରିପାରୁନି...

ମୀନୁ ପୁଣି ହଁ ହଁ କହି ଫୋନ୍ ରଖିଲା । ଆଉ କାହା ପାଇଁ ମୁଣ୍ଡ ଖେଳାଇବାର ଦରକାର ନ ପଡ଼ିଲେ ବି ନିଜ ପାଇଁ ତ ମୁଣ୍ଡ ଖେଳାଇବାକୁ ପଡ଼ିବ । ମୀନୁ ଭାବିଲା । ସେଦିନ ଆଉ ଭଲ କରି ଖାଇ ପାରିଲାନି । ପୁଣି ଗୋଟେ ନୂଆ ଉପାୟ ବାହାର କରିବା ଚିନ୍ତାରେ ସେ ଗୋଟେ ରକମ ଦୋହଲି ଗଲା । ଅନ୍ୟଦିନ ଅପେକ୍ଷା ମୀନୁ ଟିକେ ସଅଳ ଶୋଇବାକୁ ଗଲା । ଖଟରେ ସେମିତି ପଡ଼ି ରହି କାହାକୁ କହିଲେ ହେବ ସେଇ କଥା ଭାବିଲା । ହେଲେ ସେ କାହାକୁ କଣ କହିବାକୁ ସେପଟୁ ଉତ୍ତରଟା ମନେମନେ ପାଇ ଯାଉଥାଏ । ଯୋଉ ଡାଳଟା ଧରିଲେ ସେଇଟା ଛିଣ୍ଡିଲା । ମୀନୁକୁ କେମିତି ହାଲିଆ ଲାଗିଲା । ଭିତରେ ଭିତରେ ଅଣ୍ଡାଳି ହେଲା । ସାରା ଗଳିଟା ଶୀତୁଆ ନିଦରେ ଘୁମୋଉଛି । ମୀନୁ କେମିତି ଏକ୍ଲା ହେଇଯାଉଛି । ଦେହଟା ଜମାଟ ବାନ୍ଧି ଯାଉଛି ନା କଣ । ମୀନୁ ଆଉ ଭାବି ପାରିଲାନି । ହାତ ଟେକି ସବୁ ଚିନ୍ତାକୁ ସମର୍ପି ଦେଉ ଦେଉ ତା ଉପରେ ବିଚିତ୍ର ହାଲୁକା ସ୍ପର୍ଶଟେ ପହଁରିଗଲା ଯେମିତି । କୁହୁଡିର ଉଛୁଳା ଶୂନ୍ୟ ସମୁଦ୍ରରେ ସେ ଶିମୁଳି ତୁଳାଟେ ପରି ଖାଲି ଉପରକୁ ଉଠିଲା... ଖାଲି ଉପରକୁ ।

ବଡ଼ି ସକାଳୁ କ୍ଷୀରବାଲା ମୀନୁର କବାଟ ଠକଠକ କରି ବାଡ଼େଇଲା । ମୀନୁ କବାଟ ଖୋଲିଲା ନାହିଁ । କ୍ଷୀରବାଲା ବଡ଼ ପାଟିରେ ଡାକିଲା । ଟିକିଏ ପରେ କାମବାଲୀ ନୁରାମାଁ ଆସି ବଡ଼ ପାଟିରେ ଡାକିଲା । ଦୁଇ ଚାରିଥର ଡାକି ସେ ସାଇ ପଡ଼ିଶାଙ୍କୁ ଡାକ ଛାଡ଼ିଲା ।

- ବେଚାରୀ ଅକେଲି ଔରତ୍... ଅବ୍ ଦେଖୋ... ଖାନେକେ ଲିୟେ କୋଇ ଭି ନେହିଁ, କ୍ଷୀରବାଲା କହିଲା ।

- ଦିନେ କାଳ ବି ଦିଦିକୁ ବେମାର ହେବାର ଦେଖିନାଇଁ । କଣ ହେଲା କଣ ନାଇଁ... ନୁରା' ମାଁ ଆଖି ପୋଛିପୋଛି କହିଲା ।

- ଆରେ ଆମେ ସାଇ ପଡ଼ିଶାରେ ତ ଫେର୍ ଏତେ ଲୋକବାକ ଅଛୁ । କଣ ଦେହ ପା ଅସୁବିଧା ଆମକୁ ହେଲେ କହିଥିଲେ ହେଇ ନଥାନ୍ତା । ପଡ଼ିଶା ଘର ମହାନ୍ତି ବାବୁ କହିଲେ ।

- ଆମକୁ ହେଲେ ସ୍କୁଲରେ କଣ କେବେ କିଛି କହିଥିଲା କି... ମୀନୁ ସହକର୍ମୀଙ୍କ ଭିତରୁ ଜଣେ ପହଞ୍ଚି ଆବେଗରେ ଅଭିଯୋଗ କଲା ପରି କହିଲା ।

ମୀନୁର ବାଟ ମୁହଁଟା ଲୋକାରଣ୍ୟ ହେଇଉଠୁଥାଏ ।

■

ନବରାଗ

ବାପ୍‌ରେ ବାପ୍ । କେତେ ବଡ଼ ମେଘ। ପୁରା କଳା ଢୁ ଢୁ। ଏଇନେ ମନ ଇଚ୍ଛା କୁଟି ଦବ। ଏଇ ମେଘଟା ବି ତା ବାପୁର ମୁଡ୍ ପରି। କେତେବେଳେ ଛାଇ ଆଉ କେତେବେଳେ ଖରା ସହଜରେ ଜଣା ପଡ଼େ ନାଇଁ। ଡଙ୍ଗା ଖଣ୍ଡିକ ତ ଘାଟରେ ଲାଗିଥିଲା। ହେଲେ ଏମିତିଆ ପାଗରେ କୋଉ ନାଉରିଆ ବି ସାହସ କୁଳେଇବ ନାଇଁ। ଯେତେ ଆଖି ଟେରଚେଇ ଅନିଷା କଲେ ବି କିଛି ଜଣା ପଡୁନି।

ହଃ, ଆସିଲେ ଆସୁ ନଇଲେ ନାଇଁ। ମୋର କଣଟା ପଡ଼ିଛି ଯେ। କେତେବେଳ ହେଇଗଲାଣି। ବାପୁ ଆସିଗଲେ ଖାଲି ଘର ଦେଖି ଭାରି ଜୋର୍ ରାଗି ଯିବ। ରେଶମି ଘର ମୁହାଁ ହେବାକୁ ସେପାରି ଡଙ୍ଗା ଘାଟରୁ ମୁହଁ ବୁଲାଇଛି ନା ମେଘଟା ଫଟକିନା ଫରଚେଇ ଗଲା। ସୁଲୁସୁଲିଆ ପବନ ସାଙ୍ଗରେ ଯେତେକ ଖଇରା ଆଉ ମୁଗୁରା ବନ୍ଦ। ମେଘ ଘୋଡା ପରି ଧାଇଁ ଧଉଡି ଚାଲିଲେ ଗାଁ ମଝା ଖୁଲିରେ ଉଦ୍ଦଣ୍ଡୀ ମାଇକିନା ଚାଲି ପରି। ରେଶମି ଓଠ କଣରେ ଧାରେ ହସ ଫୁଟିଗଲା। ଏପାଖ ସେପାଖ ଅନେଇ ରେଶମି ପୁଣି ଡଙ୍ଗା ଘାଟକୁ ଅନିଷା କଲା। ଏଥର ଡଙ୍ଗା ଆହୁଲାଟା ପରିଷ୍କାର ଦେଖା ଗଲା। ରେଶମି ତରତର ହୋଇ ସିଆଡକୁ ଚାହିଁଲା।

- କାତଟାକୁ ଏମିତି ଚାହୁଁଛୁ କି ରେଶମି, ତୋର ତ ନଜର ହଟିବାକୁ ନାଇଁ। ପାଗ ରାଗ ଦେଖୁଛୁ। ଯା ଭାରି ଘରକୁ । ବେଜ ଆଈ କହିଲା। ତା ବାପୁ ବେଜ ଆଈର ଗୋଟେ ଧରମ ପୁଅ ପରି।

- କିଛି ନାଇଁ ଯିବି ଯେ... ରେଶମି ଛେପ ଢ଼ୋକି କହିଲା।

ବେଜ ଆଈ ଶୁଖିଲା ବାସି ପୂଜା ଫୁଲ ତକ ନଈ ପାଣିରେ ଭସାଇ ରିଂ ରୋଡ ତଳକୁ ଗୁଆଲାପଡ଼ା ଆଡକୁ ମୁହାଁଇଲା। ରେଶମି ଘର ପାଖାପାଖି ବେଜ ଆଈ ରହେ।

ଡଙ୍ଗା ଯେତିକି ଆଗକୁ ମାଡୁଥାଏ ରେଶମିର ମୁହଁଟା ଉଜଳି ଉଠୁଥାଏ। ଡଙ୍ଗାଟା ଏଇ ଖଣ୍ଡିରେ ଲାଗିଲା କ୍ଷଣି ରେଶମି ମୁହଁ ବୁଲାଇ ରାସ୍ତା ଉପରକୁ ଉଠିଲା। କିଛି ନ ଜାଣିଲା ପରି ରେଶମି ପାଦ ଗଣି ଗଣି ଚାଲିଥାଏ। ରିଂ ରୋଡ ସିମେଣ୍ଟ ବେଞ୍ଚଟା ଉପରେ ତାଙ୍କରି ବସ୍ତିର ଯେତେକ ପିଲା ପାନ ମସଲା, ବିଡ଼ି, ସିଗାରେଟ ଆଉ ଗଞ୍ଜେଇ ଧରି ବସିଥିବେ। ରିଂ ରୋଡଟାକୁ ପୁଲିସ ବି କାବୁ କରି ପାରୁନି। ଟିକିଏ ଟେର ପାଇଗଲେ ସିଧା ବାପୁ କାନରେ ଚୁଣ୍ଟି ଦେବେ। ତାପରେ ତ କଥା ସରିଲା। ତାର ଅବସ୍ଥା ଦି କଡ଼ା ଦି ଗଣ୍ଡା ହେଇଯିବ। ବାପୁ ଭୟରେ ସେ ଗୁଡା ସବୁ ତା ଉପରେ ନଜର ପକାଇ ପାରନ୍ତିନି। ବାପୁ ତ ତାଙ୍କଠୁ ଆହୁରି କଡ଼ା ମାର୍କା।

ଡଙ୍ଗାରୁ ସାଇକେଲ ଆଉ ପରିବା ଉତାରି ଆଣି ସେ ତାର ପସରା ସଜ କଲା। ଦୁଇଟି ଭୁଗାରେ, ପୁଣି ଦୁଇଟା ଜରି ବେଗରେ ପରିବା ଗୁଡ଼ିକ ଏମିତି ସଜାଡି ଦେଲା ଯେ ଗଲା ଆଇଲା ଲୋକର ନଜର ଲାଗିଯିବ। କାକୁଡି, କଲରା, ଭେଣ୍ଡି, ପୋଟଳ ସବୁ ଭୁଗା ଉପରେ ପରସ୍ପରକୁ ଅନାଅନି ହେଇ ଆପଣା ଆପଣା କାଟତି ଜାହିର କରୁଥାନ୍ତି ଯେମିତି। ରଇତ ହାତ। ତାର ବାଗ ବାଇଶି ଯାହା ହେଲେବି ଅଲଗା।

- ତମ ଗାଁଠୁ ଏଠିକି ବ୍ରିଜଟାଏ ହୋଇଥିଲେ କେଡେ ବଢ଼ିଆ ହୋଇଥାନ୍ତା। ନୁହଁ? ଭାରି ବଡ଼ ନୂଆ କଥାଟିଏ ଜାଣିଲା ପରି ଡବଡବ ଆଖିରେ ରେଶ୍ମି କହିଲା।

- ଥିଲେ କଣ, ଥିଲା ନା। ନଈ ସରୁ ବାଙ୍କ ଉପରେ କାହିଁ କେତେ ଦିନର ପଟାପୋଲଟାଏ ଥିଲା। ହେଲେ ବି ବେଶ୍ ଦିନର। ମୁଁ ଦେଖି ନାଇଁ। ଗାଁ ଲୋକେ କହନ୍ତି। ଭାରି ବଢ଼ିଟାରେ ପୋଲଟା ଭାସିଗଲା। ଆଉ ଏଠି ଯିଏ ବ୍ରିଜ୍ ତିଆରି କରିଥାନ୍ତା । ତାକୁ ତ ଲୋକେ ଭୋଟ ଦେଲେନି। ଆଉ କିସଟା ହେବା ଯେ। ଛୁଆଙ୍କୁ ବୁଝାଇବା ପରି ସିଏ ରେଶମିକୁ କହିଲା।

- ଏଥରକୁ ତୁ ଉଠି ଭୋଟରେ ଜିତି ଗଲେ... ରେଶ୍ମି ଗମାତରେ କୌତୁକିଆ ଆଖିରେ କହିଲା।

- ମୁଁ ଜିତିବି କଣ, ମୁଁ କେତେ ବେଳୁ ହାରି ସାରିଲାଣି। ସେ ଗହୀର ଆଖିରେ ରେଶ୍ମି ଆଡକୁ ଚାହିଁ ପଚାରିଲା ।

- କୋଉଠି ? କା ପାଖରେ... ? ରେଶମି କିଛି ନ ଜାଣିଲା ପରି ପଚାରିଲା।

- ଏଇଠି, ଯା ପାଖରେ... ସିଏ ଗୋଟେ ରକମ ଫିସ୍‌ଫିସ୍ ହେଇ ରେଶ୍ମି ଆଡକୁ ଆଙ୍ଗୁଠି ଦେଖାଇ କହିଲା।

ରେଶମି ଲାଜେଇ ଗଲା। ସିଏ ତରତର ହେଇ ସାଇକେଲ ଚଢ଼ିଲା। ରେଶ୍ମି ତା ଯିବା ବାଟକୁ ସେମିତି ଲାଜେଇ ଚାହିଁ ରହିଲା।

ହପ୍ତାକୁ ଦୁଇଦିନ ସେ ପରିବା ଧରି ଏଇ ବାଟେ ଯାଏ। କେବେ କେବେ ତିନି ଦିନ ବି ହେଇଯାଏ। ରେଶମି ତା ଆସିବା ବାଟକୁ ଅଜାଣତରେ ଅନେଇ ରହେ। ଗଲାବେଳେ ଅଧାବାଟରେ ରହିଯାଏ। ଗୁଆଲାପଡା ପାରି ହେବାକୁ ସାହସ ପାଏନି।

– ଆଲୋ ହେ ରେଶ୍‌ମି ଜୁଆନ୍ ଟୁକିଲ୍‌ଟା ତୁ। ଇଧର ଉଧର ଏତେ ଘୁମ୍ମା ଫିରା କରୁଛୁ କାହିଁର୍ ଲାଗି କେଜାଣି। ତୋର ବାପୁ ସିଆଡ଼େ ଘର କଞ୍ଚିଟା ପାଇଁ ପଡ଼ା ସାରା କିନ୍ଦ୍ରି ବୁଲୁଛି... କୋଉଠି ଥିଲା କେଜାଣି ହନୁ ବାବା ପଛଆଡୁ ପାଟିଟେ କରି କହିଲା।

ରେଶମିର ଭିତରଟା ଧଡକି ଗଲା। କଞ୍ଚିଟା ତ ସେ ନିଜେ ଧରିକି ଚାଲି ଆଇଛି। ସବୁ ଥର ପଡ଼ିଶା ଘରେ ଦେଇକି ଆସେ। ଏଥର ମଲା ପରି ଭୁଲି ଯାଇଛି। ରେଶ୍‌ମି ଆଖିବୁଜା ପାଦ ଚଲାଇଲା। ଯା ହେଉ ବାପୁର ତୁମ୍ଭି ତୋଫାନ ଆଜି ବାହାରିଲା ନାଇଁ। ବାପୁଟା ବି ଗୋଟେ ଅଜବ ଲୋକ। କେବେ କେବେ ଖାଲି କଥାରେ ଏମିତି ବର୍ଷି ପଡ଼େ ଯେ କହିବାର ନାଇଁ। ଆଉ କେତେବେଳେ ରାଗିବା କଥାରେ ବି ରାଗେ ନାଇଁ। ନରମା ପଡ଼ିଯାଏ। ଏଇ ଯେମିତି ସେ ମାଟ୍ରିକ୍ ଫେଲ୍ ହେଲା ଖବର ଶୁଣି କିଛି ବି କହିଲାନି। ପୁରା ଚୁପ୍ ରହିଗଲା। ହେଲେ ଆଉ ଥରେ ପରୀକ୍ଷା ଦେବାକୁ ବି ଛାଡ଼ିଲାନି। ବେଜ ଆଈ କହେ ବାପୁ କୁଆଡ଼େ ମାଁକୁ ବେଶୀ ସୁଖ ପାଉଥିଲା। ସେଥିପାଇଁ ସେ ମଲା ପରେ ବି ଦୁତୀଅ ହେଲାନିଟି। ଝିଅର ମୁହଁ ଦେଖି ରହିଗଲା। ସଞ୍ଜୁ ବଡ଼'ମା କିନ୍ତୁ ଭିନ୍ନ କଥା କହେ। ତା ବାପୁର କଣ ରୋଗ ଅଛି କୁଆଡ଼େ। ସେଥିପାଇଁ ସେ ଆଉ ଦୁତୀଅ ହେଲାନି। ବାସନ୍ତୀ ନାନୀର ତ ଦୁନିଆଁ ବାହାର କଥା। ତା ବାପୁ କୁଆଡ଼େ ଗୋଟେ ପଠାଣ ମାଇକିନାକୁ ରଖୁଣି କରି ରଖିଛି। ଝିଅ ବାହାଘର ସରିଗଲେ ସେ କୁଆଡେ ଖୋଦ୍ ପଠାଣ ହେଇ ହେଇ ମାଇକିନାକୁ ଶାଦୀ କରିବ। – ତୋ ବାପୁର ସେମିତି ମତଲବ ନ ଥିଲେ ସେଇ ପଠାଣ ପଡ଼ା ଗେରେଜ୍‌ଠାରେ କାହିଁକି ଦିନ ରାତି ଖଟୁଥାନ୍ତା। କହିଲୁ ? ଆଉ କଣ ଏହି ଟାଉନ୍‌ରେ ଗେରେଜ୍ ନାହିଁ ନା କଣ ? ତା କଥାକୁ ଟିକେ ନଜର ଅନ୍ଦାଜ କରିବୁ। ବେଶୀ ପଠାଣିଆ ହିନ୍ଦୀ ପଶୁଛି ସେଥିରେ। ତାର ଭିତିରି ଅର୍ଥଟା କଣ ? ବାସନ୍ତୀ ନାନୀ ମଉକା ପାଇଲେ ଏହି କଥାଟାକୁ ତା ପାଖରେ ଦୋହରାଇ ତେହରାଇ କହୁଥିବ। ବେଳେବେଳେ ତାକୁ ଚିଡ଼ି ମାଡ଼େ।

ତେବେ ତା ବାପୁର ଆଉ କୋଉ କଥାରେ ଠିକ୍ ଠିକଣା ଥାଉ କି ନ ଥାଉ ଗୋଟେ କଥାରେ ସେ ଏକଦମ୍ ପକ୍କା। ରେଶ୍‌ମି ଉପରେ କାହାର ବଙ୍କାତେଢ଼ା ନଜର ଟିକେ ପଡ଼ିଗଲେ ସେ ଗୋଟେ ରକମ ଘାଇଲା ବାଘ ପରି ହେଇଯାଏ। ଥାନ ଅଥାନ ଦେଖେ ନାଇଁ ଆଖିବୁଜା ଚଢ଼େଇଦିଏ। ଗଲା ବର୍ଷ ଶୀତଳଷଷ୍ଠୀ ଯାତ୍ରା

ଦେଖୁଥିଲାବେଳେ ଯେମିତି ହେଲା ! ବାପ୍‌ରେ ! ପିଲାଟାର ଦୁଇ ଚାରିଟା ଦାନ୍ତ ଝଡି ମୁହଁଟା ଏକବାର ରକ୍ତ ଜୁଡୁବୁଡୁ ହେଇଗଲା। ବାପୁର ଏହି ଉଗ୍ରୁରା ରୂପ ମନେପଡିଲା କ୍ଷଣି ରେଶ୍ମୀର ତା କଥା ମନେ ପଡ଼େ। ତା ସାଙ୍ଗରେ କଥା ହେବାର ଦେଖି ପକାଇଲେ ବାପୁ ତ ତାକୁ ସେଇ ପୋଟଳ ବାଇଗଣ ପରି ମୋଡ଼ି ମାଡି ସିଧା ଗୋଳିଆଗୋଳି ତରକାରୀ କରିଦେବ ! ରେଶ୍ମି ମନେ ମନେ ଭୟ ପାଇଯାଏ।

ଏଥର ଦୁଇ ହପ୍ତା ହୋଇଗଲାଣି ତାର ଦେଖାନାହିଁ। ନଈ ଘାଟକୁ ସେହି ଠିକଣା ବେଳେ ରେଶ୍ମି ଯାଏ, ଅଥଚ ମୁହଁ ଶୁଖାଇ ଫେରିଆସେ। ତା ସାଙ୍ଗରେ କିଏ ବି ସାଙ୍ଗସାଥୀ ଥିବାର ବି ତ ସିଏ କ ଦେଖିନି । କାହାକୁ ପଚାରିବ। ପଚାରିବାଟା ବି ତ ବିପଦ ଡାକିଆଣିବାର ପରିକା । ବାପୁ ତ ତାକୁ କେବେ ମୋବାଇଲ୍ ଦିଏନି, କହେ ମୋବାଇଲ୍ ଫୋନ ଆଜିକାଲି ପୁଅ ଝିଅଙ୍କୁ ଖରାପ କରିଦଉଛି। ତା ଛଡା ସେ ଘର ଫୋନ୍ ନମ୍ବର ବି ଜାଣିନି। ତା ପାଖରେ ଫୋନ୍ ଅଛି କି ନାଇଁ ସେଟା ବି ରେଶ୍ମି ଜାଣିନି। ଥିବ ଯେ, ନିଶ୍ଚେ ତା ପାଖରେ ଫୋନ୍ ଅଛି। ରେଶ୍ମିର ମନଟା ଗୋଳେଇ ଘାଣ୍ଟି ହେଲା। ଚାରି ଆଡେ ଲଦା ଲଦି ବାଦଲ। ଦୂର ପାହାଡ଼ କି ଗଛ ପତ୍ର କିଛି ଦିଶୁ ନାଇଁ। ପାଖର ସବୁ ଜିନିଷ ମଳିଚିଆ ଦିଶୁଛି। ବର୍ଷାର କୁହୁଳା ଧୂଆଁରେ ସବୁ ଜାଲୁ ଜାଲୁଆ ଦିଶୁଛି। ସନ୍ତସନ୍ତିଆ ଶୀତୁଆ ପାଗ ସହିତ ତାଳ ଦେଲା ପରି ମନଟା କେମିତି ଉଦାସିଆ ହେଇଯାଉଛି। ମନ ଜାଣି ପାଗ ନା ପାଗ ଜାଣି ମନ। ରେଶ୍ମି ମନକୁ ମନ ପଚାରିଲା।

ଦୁଇ ହପ୍ତା ପୁରି ତିନି ଦିନ ପରେ ଯାଇ ତାର ଦେଖା ମିଳିଲା। ଏତେ ଦିନ କୁଆଡ଼େ ଉଭେଇ ଯାଇଥିଲା ନା କଣ ? ରେଶ୍ମି ଆଖିରେ ଆଖିରେ ପଚାରିଲା। ରେଶ୍ମିର ଆଖି ବୋଲିକୁ ଠଉରାଇ ସେ ତାକୁ ଦେଖୁ ଦେଖୁ କହିଲା - ଭାଗ୍ୟରେ ଥିଲା ବୋଲି ଭେଟ ମିଳିଲା, ନ ହେଲେ ମୁଁ ତ ଯାଇ ଆର୍ ପାର୍।

କହୁ କହୁ ସେ ବାଁ ହାତର ଖଣ୍ଡିଆ ଆଙ୍ଗୁଠିକୁ ଦେଖାଇଲା ପରି ଉପରକୁ ଉଠାଇଲା।

- ଇ... ମାଁ... କଣ ହେଲା ?

- ହେବ ଆଉ କଣ, ମାଁ କୁ ଲାଉ କରି...

- ମାଁ ସାଙ୍ଗରେ ପୁଣି ଏବେ ଲାଉ ଖେଳ... ତାକୁ କଥା ପୁରା କରିବାକୁ ନ ଦେଇ ରେଶ୍ମି ଖିଜେଇ କହିଲା।

- ଖେଳ ନାଇଁ କାଳ କହ। ମାଁ ର ବାତ ବେମାରୀ। ଏଇ ଥଣ୍ଡା ପାଗକୁ ଆଉ ସହି ପାରିଲାନି। ହାତ ଗୋଡ଼ ମୁଣ୍ଡା ହେଇଗଲା। ଏ ପାଖକୁ ଡଙ୍ଗା ଭରସା। ତାର ବି

କେତେ ବେଳେ ଠିକଣା ନାହିଁ। ସେପାଖ କଲମପୁର ଡାକ୍ତରଖାନାକୁ କଚ୍ଚା ରୋଡ୍। ଗାଡ଼ି ମଟର ଚାଲେ ନାହିଁ। ମାଁ କୁ ପିଠିରେ ଲାଉ କରି ନେଇଗଲି। ଗଲାବେଳେ ଖାଇଟାରେ ଗୋଡ଼ ଖସିଗଲା। ଯାହେଉ ମାଁ ର କିଛି ହେଲା ନାହିଁ। ଖାଇଟାରେ ଲଟପଟିଆ ଲଟା ସନ୍ଧିରେ ହାତଟା ଛନ୍ଦି ହେଇ...

- ଫେର୍ ଆସିଲ କେମିତି ?

- ମାଁ କୁ ଯେମିତି ନେଇଥିଲି ସେମିତି ବୋହି ଆଣିଲି। ନଇଲେ ଏଇ ପହିଲମାନିଆ ଦିହଟା ଭଲା ଆଉ କି କାମରେ... ବାହୁରେ ମାଂସପେଶୀକୁ ଦେଖାଇ ହାଲୁକା ଗଳାରେ କହିଲା।

ରେଶ୍ମି ପ୍ରଥମ ଶ୍ରେଣୀର ବାଧ୍ୟ ପିଲା ପରି ତାକୁ ଅନାଇ ତା କଥା ଶୁଣୁଥାଏ। ତାର ଫୁଲପକା ସାଲୱାର କୁର୍ତ୍ତାଟା କାଲୁଆ ପବନରେ ଡେଣା ମେଲାଇ ଫରଫର ହୋଇ ଉଡୁଥାଏ। ନେଳିଆ ଦୁପଟ୍ଟା ପବନ ସହିତ ମତେ ଛୁଁ ଖେଳୁଥାଏ। ନାକ ପୁଟ୍‌କିଟା ଏଇ ଯାଗାରେ ବି ଦପ୍‌ଦପ୍ କରୁଥାଏ।

- ମୁଁ କାଲି ଛାଡ଼ି ପଅରିଦିନ ଫେର୍ ଆସିବି ଯେ। ସେ ରେଶ୍ମିକୁ ଅନାଇ କହିଲା।

- ଯେ ମୁଁ କଣ କରିବି...

- ତୁ ଆସିବୁ ନାଇଁ ?

- ମଲା ଯାଃ ମୋର କଣ ଆଉ କାମ ନାଇଁ କି ?

- ନ ଆସିଲେ ତୁ ରହିପାରିବୁନି ଦେଖିବୁ...

- ଜମାରୁ ନାଇଁ, ଆସିବି ନାଇଁ। ଯାଃ...।

ରେଶ୍ମି ହସି ହସିକା ସେଠୁ ଚାଲିଗଲା। ତାର ଲୁଗା ସେମିତି ପହଁରୁଥାଏ। ଯାଉ ଯାଉ ରେଶ୍ମି ଚଳନ୍ତି ରଙ୍ଗ ଧାରେ ପୁଣି ରଙ୍ଗୀନ୍ ବିନ୍ଦୁଟେ ସେ ସେମିତି ଅନେଇ ଥାଏ।

ସତକୁ ସତ ରେଶ୍ମି ସେଦିନ ଠୁ ନଈ ଖଣ୍ଡିକୁ, ଆଠ ଦଶ ଦିନ ଯାଏଁ ଯାଇ ପାରିଲା ନାଇଁ। ବାପୁ ସେଇ ଗେରେଜ୍ କାମ ଛାଡି ଘରେ ବସିଛି। ସେ ଘଣ୍ଟେ ଦୁଇ ଘଣ୍ଟା କାମ ଖୋଜିବା ବାହାନାରେ ବାହାରକୁ ଯାଏ। ହେଲେ ଦେଖୁ ଦେଖୁ ଫେର୍ ଘରକୁ ଫେରିଆସେ (ବାପୁ କଣ ସୁରାକ ପାଇଗଲା କି ଆଉ !)। ତା ବାପୁ ଯେମିତି ବଦ୍‌ରାଗି, ସେ କୋଉ ମାଲିକ ପାଖରେ ଆରେଇବ ନାଇଁ। ବାସନ୍ତୀ ନାନୀ କଥାଟା ନିଶ୍ଚେ ମିଛ ହେଇଥିବ। ନ ହେଲେ ବାପୁ ସେଇ ଗେରେଜ୍‌ଟାକୁ କିଆଁ ଛାଡ଼ିକି ଆସିଥାନ୍ତା। ଘରେ ବସି ଖାଲି ବିଡ଼ି ପିଉଛି ଆଉ ଟିକେ କଥାରେ ଚିଡ଼ିଚିଡ଼ି ହଉଛି।

ତାର ସବୁ କାମରେ ଖୁଣ ବାହାର କରୁଛି। ବଡ଼ ଦିକ୍‌ଦାରିଆ ସତରେ । ତା ଦାଉରୁ ଟିକେ ତ୍ରାହି ପାଇବା ପାଇ ନା କଣ ସେ ବେଜ ଆଈ ଘରୁ ଘେରାଏ ମାରିବା ପାଇଁ ଘରୁ ବାହାରି ଆସିଲା।

ବେଜ ଆଈ ଘରକୁ ପଶିଛି କି ନାଇଁ ବର୍ଷା କୁଟିଲା ଅସ୍ରା କୁ ଅସ୍ରା। ଆକାଶ ଭିତରେ କାହିଁ କେତେ ଦିନର ରୁନ୍ଧା ମାନ ଅରମାନ ସବୁ ଏକାଥରକେ ଅଜାଡ଼ି ପଡୁଛି ମାଟି ଉପରେ। ମାଟି ତାର ସବୁ ବାମ୍ଫୁଆ ଲୁହକୁ ସାଉଁଟି ନଉଛି। ରେଶ୍‌ମି ବର୍ଷାକୁ ଅନେଇ ରହିଥାଏ।

– ହେଇ ରେଶ୍‌ମି, ଆଉ କେତେବେଳ ପାଣି ଧାରକୁ ଦେଖୁଥିବୁ କି। ଏଇ ନେ ତୋ ବାପା ପାଇଁ ଲାଉ ପିଠା ଖଣ୍ଡେ ନେଇଯା। ତୁ ବି ଖଣ୍ଡେ ଖାଇପକା।

ବେଜ ଆଈର କଥାରେ ରେଶ୍‌ମିର ଚେତା ପଶିଲା ଯେମିତି। ଘରକୁ ଯିବା କଥା ଶୁଣିବା କ୍ଷଣି ତାକୁ ଡର ଲାଗିଲା। କେତେ ଡେରି ହେଇଗଲାଣି। ବାପୁ ନିଶ୍ଚେ ବିଗିଡିବ। ବର୍ଷା ଥମି ଆସିଲାଣି। ବେଜ ଆଈ ପାଖରୁ ଛତାଟେ ନେଇ ରେଶ୍‌ମି ଅଗତ୍ୟା ବାହାରିଲା।

ବାଟ ସାରା କାଦୁଅ ପଚପଚ। ଛିଣ୍ଡା ଜରି, ଆଜବେଷ୍ଟସ ପୁଣି ଖପର, ମିଶାମିଶି ଛାତରୁ ପାଣି ଦରଦର। ଓଳି ତଳେ ଅଧା ରୁମିଆ କୁକୁର ଉପରେ ମାଛି ଭଣଭଣ । କୁକୁଡ଼ା ପଲର ଖୁମ୍ପାଖୁମ୍ପିର ଡର ନାହିଁ। ଘୁଷୁରୀ ସଣର ସଣର। ସଞ୍ଜୁ ବଡ଼ମା'ର ଶାଶୁ ଖୁଁଖୁଁ କାଶ ଶୁଭୁଛି। ତା ଉପରେ ପୁଣି ବର୍ଷାକୁ ପାଣିକି ଦବେଇ ଦେଲା ପରି ଶାଶୁର ଅଛିଣ୍ଡା ବେମାରିଟା ଉପରେ ସଞ୍ଜୁ ବଡ଼ମା' ରାଉ ରାଉ ହୋଇ ବର୍ଷୁଛି। ସିଂଘାଣି ସଡ଼ସଡ଼ ଛୁଆଙ୍କର ପାଣି ଖେଳ, କାଦୁଅ ଛିଟା ସାଙ୍ଗକୁ ତାଙ୍କୁ ନେଇ ମାଁ ମାନେ ଜବାବ ସୁଆଲରେ ବେସ୍ତ। ରେଶମି ଆଉ କାହା ଉପରେ ଆଖି ଥରୁଟେ ସୁଦ୍ଧା ବୁଲେଇଲା ନାହିଁ। ଦୁପଟ୍ଟା ଆଢୁଆଳରେ ଲାଉ ପିଠା ଖଣ୍ଡିକ ଧରି ଘରକୁ ଲମ୍ବା ପାଦ ପକାଇଲା। ବେଜ ଆଈର ହାତ ତିଆରି ପିଠା ଖଣ୍ଡିକରେ ବାପୁର ରାଗ ଫାଗ ସବୁ ଉଭେଇ ଯିବ ପରା। ରେଶ୍‌ମି ଭାବିଲା।

ଘର ମୁହଁରେ ବାଁ ପଟକୁ ଭୁଗା ଦୁଇଟା ଜରି ବେଗ ଆଉ ପୁରୁଣା ସାଇକେଲ ଖଣ୍ଡିଏ ଥୁଆ। ଘର ଭିତରୁ ବାପୁର ଆୱାଜ ! ରେଶ୍‌ମିର ପାଦ ତଳଟା ଥରି ହଲିଗଲା। ଏ ଶୀତୁଆ କାଲୁଆ ପାଗରେ ବି ତାକୁ ଝାଳ ଦେଇଗଲା। ଆଉ ଆଗକୁ ବଢିପାରିଲା ନାହିଁ। ସେଠି ମାଟି ଉପରେ ଲଟକି ରହିଲା।

– ଆରେ ରେଶମି, ସେଠି ଖୁମ୍ବଟା ପରି କଣ ଠିଆ ହେଇଛୁ। ଆ, ଅଦା ପକାଇ ଟିକେ ଟିକେ ଗରମ ଚା କର। ପିଲାଟା ପୁରା ଭିଜି ଯାଇଛି। ବାପୁର କଥା ଶୁଭିଲା।

ମନ୍ଥୁରା ପାଣି ପାଇ ହଲଚଲ ହେଲାପରି ରେଶ୍ମି ଥିରକିନା ପାଦ ଉଠାଇ ଭିତରକୁ ପଶିଲା।

ଶରାବନିଆ ପାଣିରେ ଥରି ଥରିକା ସେ ରନ୍ଧାଘର ଖୁମ୍ବଟା ପାଖରେ ଠିଆ ହୋଇଥାଏ। ଆଉ ବାପୁ ତା ହାତକୁ ଶୁଖିଲା ଲୁଙ୍ଗି ଗାମୁଛା ବଢାଇ ଦଉଥାଏ।

ଦଉଡି ଯାଇ ତାର ଦିକ୍‌ଦାରିଆ ବାପୁକୁ କୁଣ୍ଢାଇ ଧରିବାକୁ ରେଶ୍ମିର ମନ ହେଲା।

■

ସ୍ୱପ୍ନ ଭଙ୍ଗ

ଜାଲ୍ ଜାତି ସାର୍ଟିଫିକେଟ ଖଣ୍ଡିକ ପାଇଁ ସେ ଯେ କେତେ ଫନ୍ଦି ଫିକର ନ କରିଛି ତାର ଠିକଣା ନାହିଁ । ଏତେ ବଡ଼ ଝାଉ ଖରାରେ ଜାନ୍‌କୁ ବାଜି ଲଗାଇ କମ୍ ଧାଁ ଧଉଡ କରି ନାହିଁ । ହେଲେ ବି କାମଟା ହେଲା ନାହିଁ । ହେଲା ନାହିଁ ଯେ ଗୋଟେ ରକମ ବର୍ତ୍ତିଗଲା । ତିନିଟା ହିନ୍ଦୀ ମାଷ୍ଟ୍ର ଏଇଖିଣା ଜେଲ୍‌ରେ ।

ମା ଟା ବି ଅଜବ । ଜାଲ ଜାତି ସାର୍ଟିଫିକେଟ କାମଟା ସୁରୁଖୁରୁରେ ନିପଟି ଯାଉ ବୋଲି କେତେ ପୂଜାପାଠ କଲା । ଝାମେଲା ବଢ଼ିବାରୁ ସେଥିରୁ ତା ପୁଅ କେମିତି ଖସି ଆସୁ ବୋଲି ପୁଣି କେତେ ମାନସିକ କଲା । ତା ଚାକିରୀ ଖଣ୍ଡିକ ପାଇଁ ଏଇମିତି ଉପାସ ଅଧିଆରେ ମାଁ ଗୋଟେ ରକମ କଣ୍ଟା ହେଇଗଲାଣି । ମାଁ ଟିଏ ଖାଲି ଆଉ ଜଣକ ପାଇଁ ଏମିତି ଦିହ ଛାଡ଼ି ପାରେ । ତାକୁ ଛାଡ଼ି ଆଉ କେହି ନୁହଁ । ଯାହା ବି ହେଉ ମାଁର ମାନସିକଟା ଯେମିତି ହେଲେ କାଟୁ କରିଛି । ନ ହେଲେ ସେବି ଏବେ ସେଇ ତିନିଟାଙ୍କ ସାଙ୍ଗରେ ଯାଇ ଜେଲ୍‌ରେ... । ଜାଲିଆତି ମାମଲାରୁ ଅଳ୍ପକେ ଖସି ଆସିଲା । ଏଣେ ଯୋଗକୁ ଚାକିରୀଟେ ବି ଜୁଟିଗଲା । ଅନନ୍ତ ଭାବିଲା ।

ଚାକିରୀଟା ଏତେ ସହଜରେ ହାତକୁ ଆସିଯିବ, ସତରେ ତାର ଖିଆଲ ନଥିଲା । ପ୍ରାଇଭେଟ୍ ସିକ୍ୟୁରିଟି କମ୍ପାନୀ ଚାକିରୀ । କାମ କହିଲେ କାଜୁବାଦାମ ଫେକ୍ଟ୍ରି ଜଗିବ । ଖାନାପିନା ରହା ବସା ପୁରା ଫ୍ରି । ମାସକୁ ହାତକୁ ପୁରା ନଗଦ ଦଶ ହଜାର ସାଇ ପଡ଼ିଶାଙ୍କ ଜରିଆରେ ଖବରଟାକୁ ଗାଁ ସାରା ଫେଲେଇ ଦେଇ ମାଁ ତାର ସାଜ ସଜିଲ୍‌ରେ ଲାଗିପଡ଼ିଲା, ଯେମିତି ପୁଅକୁ ବାରାତି ପାଇଁ ପଠାଉଛି । ଅନ୍ତୁ ମନେମନେ ଟିକେ ହସିଲା ।

– ଯାହା ହେଲେ ବି ତ ସରକାରୀ ଚାକିରୀ ନୁହଁ । ଅନ୍ତୁଟାକୁ ଏତେଦୂର ଜାଗାକୁ କାଇଁ ପଠଉଛ ଖୁଡୀ । ପଡ଼ିଶା ଘର ତରୁ ନାନୀ ଗୋଟେ ରକମ ଅଧିକାର ରଖି କହିଲା ।

- ଆମେ ଆଉ କଣ ସର୍କାରୀ ଗଛରେ ପାଣି ଦେଇଛୁ ଯେ ତାରି ଫଳ ଖାଇବୁ । ସବୁ ଛୋଟ ଜାତି ଲୋକ ତ ସରକାରର ପୋଷିଆଁ ପୁଅ । କିଏ କୋଉ କାଳେ ଯାଙ୍କୁ ନାକରା କରିଥିଲା ଯେ ଏଇ ନିଲଠା ସରକାର ଆମକୁ ଦହଗଞ୍ଜ କରି ମାରୁଛି । ଏଇ ସେଠୀ ଘରକୁ ଦେଖୁନୁ । ଚାରିଟା ଟ୍ରାକ୍ଟର, ଦୁଇଟା ଜିପ୍ ଗାଡ଼ି, ଆହୁରି କେତେ କଣ । ତା ଦୁଇ ବୋହୁଙ୍କ ଦିହରେ ତ ଅତି କମ୍‌ରେ ତିରିଶ ଚାଳିଶ ଭରି ସୁନା ଝୁଲୁଥିବ । ସେଥିରେ ପୁଣି ଚାକିରୀ ପାଇଁ ତା ଘରକୁ ସର୍କାର ନିଉତା ପଠଉଛି । ଦେଲା ଲୋକକୁ ଲାଜ ନାଇଁ କି ନେଲା ଲୋକକୁ ମରଣ ନାଇଁ ।

- ସେଇଟା ପୁଣି ପିଢ଼ିକୁ ପିଢ଼ି । ଭୋଇ ଘରକୁ ଦେଖ । ଚାରି ପୁରୁଷ ବସି ଖାଇଲେ ବି ସରିବନି । ସେଥିରେ ତା ଘର ସବୁ ଛୁଆ ଇସ୍କୁଲରୁ ଟାଇପେଣ୍ଡ୍ ପାଉଛନ୍ତି । ହଜାରେ ରକମର ମାହାଳିଆ ଚିଜ ଯୋଗାଇ ଦଉଛି ଏ ପୋଡ଼ାମୁହାଁ ସର୍କାର । ଆଉ ମୋ ଟିକ ଟା ପାଇଁ ଖଣ୍ଡେ ସାଇକେଲ ଯୋଗାଡ଼ି ପାରୁନି ବୋଲି ଛୁଆ ଏତେବାଟ ଖରା ବର୍ଷାରେ ଚାଲି ଚାଲି ଯାଉଛି । ଗୋଲାପୀ ଖୁଡ଼ୀ ପିଲାଙ୍କୁ ପାଠ ପଢ଼େଇଲା ପରି କହିଲା ।

- ଆଉ ଆମ ପଧାନ ଘର ପୁଅ ତ୍ରିଲୋଚନର କଣ କମି ଥିଲା କହ । ପାଠରେ, ଗୁଣରେ, ଚାଲି ଚଳନରେ କେତେ ସୁଧାର ପିଲାଟେ ଥିଲା । ଚାକିରୀ ଖଣ୍ଡିକ ପାଇଁ ଏତେ ହୀନିମାନ ହେଲା ଯେ ଶେଷରେ ବିଚରା ବେକରେ ଦଉଡ଼ି ଦେଲା । ଆଉ ଜଣେ କହିଲା ।

- ମୁଁ ଭଲା ପୁଅକୁ ଏତେ ବାଟ କିଆଁ ପଠାଇଥାନ୍ତି ଯେ । ଏଇ ଅନ୍ତୁ’ ବାର କୀର୍ତ୍ତନିଆ ନିଶା ତ ଖାଇଲା । ଗାହାକ ବାହାକ ହେବା ପାଇଁ ଏମିତି ମାତିଲା ଯେ ଶେଷରେ ଜମି ଖଣ୍ଡକ ଖସିଗଲା । ସେଥିରେ ବି ଚେତା ପଶୁ ନାହିଁ । ଏଣେ ଘରେ ବଢ଼ିଲା ଝିଅ ମୋର ତଣ୍ଟି ଧରିଛି । ନ ହେଲେ କେତେ ଉପାସ ମାନସିକ କରି ପୁଅ ପାଇଥିଲି ଟି । ତାକୁ ଫେର୍ କେଉଁ ଅପନ୍ତରାକୁ... । ଅନ୍ତୁ’ ମା ଆଖି ପୋଛିଲା ।

ଘରୁ ବାହାରିଲା ବେଳେ ବି ଏମିତି ଆଖି ପୋଛି ପୋଛି ମା ତାକୁ କେତେ କଥା ତିଆରୁଥାଏ । ଦେହ ପା’ ଜଗିବାକୁ, ଆପଦ ବିପଦରେ ଜାଗ୍ରତ ହେଇ ଚଲିବାକୁ, ସାଙ୍ଗସାଥୀ ମେଳରେ ପଡ଼ି କିଛି ଝାମେଲା ଝାଟିରେ ନ ପଶିବାକୁ, ବଦ୍‌ଖର୍ଚ୍ଚ ନ କରି ଚାଲାକିରେ ଦୁଇ ପଇସା ସଞ୍ଚିବାକୁ, ଝିଅ ଫିଅ ମାମଲାରୁ ଦୂରେଇ ରହିବାକୁ, ଇତ୍ୟାଦି ଇତ୍ୟାଦି । ସେଇ କଥାକୁ ବାର ବାର ଦୋହରାଇ ତେହେରାଇ କହୁଥାଏ । ତାର ଏଇ ଗେଜ୍‌ଗେଜିଆ କଥା ପାଇଁ ଅଲଗା ବେଳେ ଅନ୍ତୁ ବିରକ୍ତ

ହେଇଯାଏ । ଏଥର ଘରୁ ଯାଉଛି ବୋଲି ନା କଣ ମାଁର ବଜରବଜର କଥାଟାକୁ କାନକୁ ସୁରୁତ୍ ଲାଗୁଛି । ଆହୁରି ଭିତରଟା ଓଦା ଓଦା ଲାଗୁଛି ।

ମାଁର ହାତ ସଜଡା ଚୁଡା, ମୁଢ଼ି, ଚଣା, ବାଦାମର ପେଡ଼ି ପୁଟୁଳି ଧରି ଅନ୍ତୁ ଗାଡ଼ି ଧରିଲା । ଗୋଟେ କର୍କଶ ରଡ଼ି ଛାଡ଼ି ରାଉରାଉ ତୋଫାନ ବେଗରେ ଗାଡ଼ି ଛୁଟିଲା । ତିଲେଇଗୁଡ଼ାଟା ଏଠୁ କିଛି କମ୍ ବାଟ ନୁହେଁ । ସେଠୁ ଫେର୍ ଅଫିସକୁ ଯିବା ପାଇଁ ରିକ୍ସା କି ଅଟୋ ଧରିବାକୁ ପଡ଼ିବ । ବେଶ୍ ଭଡ଼ା ହାଙ୍କିବେ । ଛୋଟ ଜାଗା । କମ୍ପିଟିସନ ମାର୍କେଟ ନାହିଁ । ବେଶୀ ମୂଲଚାଲ କରିହେବ ନାହିଁ । ଯାହା କହିବେ ଦେବାକୁ ହିଁ ପଡ଼ିବ । ତା ଛଡା ଅଫିସଟା କେତେ ଦୂରରେ ତାର ତ ସେ ବିଷୟରେ କିଛି ଧାରଣା ନାହିଁ । ଯାହା ବି ହେଉ ଅଟୋ କି ରିକ୍ସା ମିଳିଗଲେ ରକ୍ଷା । ସେଇ ସଙ୍ଗେସଙ୍ଗେ ଭଡ଼ା ଦେବାକୁ ବାହାର କଲା ପରି ଅନ୍ତୁ ପକେଟରେ ହାତ ଅଣ୍ଡାଳିଲା । ହାତରେ ଶୁଖିଲା ଫୁଲଟେ ବାଜିଲା । ରକ୍ଷା କବଚ କହି ମଙ୍ଗଳାଙ୍କ ଛଡା ଫୁଲଟେ ମାଁ ଆସିଲାବେଳେ ତାରି ପକେଟରେ ପୁରାଇ ଦେଇଥିଲା । ମାଁର କାନ୍ଦୁରା ମୁହଁ, ତା ପଛକୁ ଝୁଲ୍‌ପିଆ ବାଳ କେରାକୁ ମଝିରେ ମଝିରେ ସଜାଡୁ ସଜାଡୁ କୀର୍ତ୍ତନର ସୁର ଲଗାଉଥିବା ବାପାର ମୁହଁ, ସାନ ଭଉଣୀ ସୁବାସିନୀର ଶୁଖିଲା ମୁହଁଟା ମିଶାମିଶି ହେଇ ଆଖିରେ ପିଟି ହେଲା । ଗାଡ଼ିର ତେଜ ବଢ଼ିଲା । ଗାଁ ଘର, ମୁହଁମାନ ଟିକେ ଟିକେ ଝାପ୍‌ସା ଦିଶିଲେ । ତାର ଆଖି ଲାଗିଗଲା ।

ଶ୍ରମକ୍ଳାନ୍ତ ଶ୍ରମିକଟିଏ ପରି ବାଟସାରା ଥକା ମାରି ମାରି ଟ୍ରେନଟା ଷ୍ଟେସନରେ ପହଞ୍ଚିଲା । ମାଛି ଅନ୍ଧାର ହେଇଗଲାଣି । ଅନ୍ତୁ ଚାରିଆଡ଼େ ଆଖି ବୁଲାଇଲା । ଧୀମା ଆଲୁଅରେ ଷ୍ଟେସନଟା ଆହୁରି ଅଚିହ୍ନା ଲାଗୁଥାଏ । ଘରକୁ ଫୋନ୍ କରିଦେଲେ ହେବ । ଯା ଭିତରେ ମାଁ ଆହୁରି ଦୁଇ ଚାରିଟା ମାନସିକ କରି ସାରିଥିବ ଯେ । ଅନ୍ତୁ ଫୋନ୍ ଲଗାଇଲା । ସେପଟୁ ସୁବାସିନୀ ଉଠାଇଲା । ତାର ପହଞ୍ଚିବା ଖବରଟା ବଡ଼ ପାଟିରେ ମାଁକୁ ଜଣାଇଦେବୁ । ତାର ଫରମାଇସ୍ ଆରମ୍ଭ କରିଦେଲା । – ଏଥର ନୂଆଁଖାଇରେ ଆସିଲାବେଳେ ମୋ ପାଇଁ ଗୋଟେ ଫେନ୍‌ସି ଶାଢ଼ୀ ଆଣିଦେବୁ । ସାଗୁଆ ରଙ୍ଗର । ଆଉ ଗୋଟେ ଚୂଡ଼ି ବାକ୍ସ... । ଅଧା ବାସନମଜାରୁ ଉଠି ଆସି ଅନ୍ତୁ' ମା ଝିଅକୁ ଆକଟିଲା, – ହଇଲୋ, ତୋ ମୁଣ୍ଡରେ ବୁଦ୍ଧି ଶୁଦ୍ଧି ଅଛି ନା ନାଇଁ । ପିଲାଟା ଲକସ୍‌ତକସ୍ ହେଇ ସାରାଦିନ... ଅନ୍ତୁ' ମା ଝିଅ ହାତରୁ ଫୋନ୍‌ଟା ଗୋଟେ ରକମ ଟାଣିନେଲା । ଉପରକୁ ଅଧାପନ୍ତରିଆ ହାତ ଟେକି କହିଲା, – ମାଁ ମଙ୍ଗଳା ଯା ହେଉ ଶୁଭରେ ଶୁଭରେ ଠିକଣା ଜାଗାରେ ପହଞ୍ଚାଇ ଦେଲେ । ନୂଆଁ ଜାଗା । ନୂଆ ପାଣି ପବନ । ଦେହ ପା'... । ମାଁର ଆରମ୍ଭ ହେଇଗଲା । ଅନ୍ତୁ ଟିକେ ହସି

ପକାଇଲା । ହଁ ହଁ କହି ଫୋନ ରଖିଲା । ପୁଣିଥରେ ଝରି ଆଡ଼କୁ ଆଖି ପକାଇଲା । ଦୂରରେ ଦୁଇଟା ରିକ୍‌ସା ଅଲୋଡ଼ା ବୁଢ଼ାବୁଢ଼ୀ ପରି କାକୁସ୍ଥ ହେଇ ଠିଆ ହେଇଥାନ୍ତି । ହେଲେ ରିକ୍‌ସାବାଲାର ଦେଖା ନାହିଁ । ବାଁ ପଟକୁ ଅଟୋ ପାଖରେ ତେଲେଙ୍ଗା ଯାତ୍ରୀ କେଇ ଜଣ ହାଟ ବସାଇଲା ପାଟିରେ ମୂଳଝଲ ଛିଡ଼ାଉଥାନ୍ତି । ସେ ଆଉ ଟିକେ ଲମ୍ବିଲା ଦୃଷ୍ଟି ପକାଇଲା । ଷ୍ଟେସନର ବାଁ କଡକୁ ସାଲ୍ୟୁଟ୍ ମାରିବା ପରି ଛିଡ଼ା ହେଇଥିବା ଝାମ୍ପୁରା ବଉଳ ଗଛ ସେ ପାଖରେ ପୁରୁଣା ଜିପ୍ ଗାଡ଼ିଟାଏ ଆଖିରେ ପଡ଼ିଲା । ଗାଡ଼ିର କଡକୁ ଛିଡା ହେଇ ଡେଙ୍ଗା ପତଳା ଲୋକଟାଏ ସିଗାରେଟ୍ ଟାଣୁଥାଏ । ଦୂରରୁ ଗଢ଼ଣଟା ଟିକେ ଚିହ୍ନା ଚିହ୍ନା ଲାଗିଲା । ସିଆଡ଼େ ସେ ଦୁଇ ଝରି ପାହୁଣ୍ଡ ପକେଇଛି କି ନା ସିଆଡୁ ଲୋକଟା ବି ତା ଆଡକୁ ଆଗେଇଲା ପରି ଲାଗିଲା । ହଁ, ଏଥର ଚିହ୍ନିଲା । ଇଏ ତ ସେଇ ରିକ୍ରୁଟିଂ ଅଫିସର୍ । ସେ ହସି ପକାଇଲା । ସେ ନମସ୍କାର ପାଇଁ ହାତଟା ଟେକିଛି କି ନାଇଁ ଲୋକଟା କାହିଁ କେଦେଦିନର ପୁରୁଣା ବନ୍ଧୁଟେ ପରି ତାକୁ ଡାକିଲା ।   – ଏପଟେ ଅଫିସ୍ କାମ ଥିଲା । ତମର ଆସିବା ଖବର ଜୋନାଲ୍ ଅଫିସରୁ ପାଇଥିଲି । ଷ୍ଟେସନରେ ଟିକେ ଦେଖିନିଏ ଭାବିଲି । ଏଠି ଟିକେ କମ୍ୟୁନିକେସନ୍ ପ୍ରୋବ୍ଲେମ୍ ତ... ପ୍ରାଇଭେଟ୍ ଝକିରୀରେ ଏମିତି ଖାତିର୍‌ଦାରି ତାର ଆଖିକୁ ବିଶ୍ୱାସ ହେଉ ନଥାଏ ମନେ ମନେ ଖୁସି ହେଇଗଲା । ଆଉ ଟିକେ ଆଶ୍ଚର୍ଯ୍ୟ ବି ହେଲା ।

ତାଠୁ ବେଶୀ ଖୁସିରେ ଆଶ୍ଚର୍ଯ୍ୟ ହେଇଗଲା ଅନ୍ତୁ' ମାଁ । ମାସଟା ଗଡୁଗଡୁ ଡାକରେ ମନି ଅର୍ଡର ଆସିଗଲା । ପ୍ରାଇଭେଟ ଝକିରୀ କହି ଗାଁ ଲୋକ କେତେ ଛିଗୁଲେଇ ଦେଖେଇ ଶୁଣେଇ କହୁଥିଲେ । ପ୍ରାଇଭେଟ ଝକିରୀରେ କୁଆଡ଼େ ଦରମା କାହିଁରେ କେତେ ଦେବେ ବୋଲି ହାଙ୍କନ୍ତି । ହେଲେ ଦେଲା ବେଳକୁ ଅଧାରୁ ବି କମ୍ ଧରେଇ ଦିଅନ୍ତି । କେଁ କଟର କଲେ ଝକିରୀରୁ ନିକାଲି ଦିଅନ୍ତି । ଏମିତି କେତେ କଥା । ଗାଁ ବାଲା ଏବେ ଜୋକ ମୁହଁରେ ଲୁଣ ପରି । ମନେ ମନେ ଖଜା ଖାଉଥାନ୍ତୁ ଯେ ଗୁଡ଼ା, ଅନ୍ତୁ' ମା ଭାବିଲା ।

ସତକୁ ସତ ଅନ୍ତୁର ମନି ଅର୍ଡର ଆସିଲେ ତା ବାଟ ଦୁଆରେ ଗୋଟେ ରକମ ମାଈକିନାଙ୍କ ମେଳା ବସିଯାଏ । କୀର୍ତ୍ତନିଆ ସଉକରେ ବାପା କାଳେ ସବୁ ଉଡ଼େଇ ଦେବ ବୋଲି ଅନ୍ତୁ ମାଁ ନାରେ ଟଙ୍କା ପଠାଏ । ଟିପ ଚିହ୍ନ ଦେଇ ଟଙ୍କା ନେଲାବେଳେ କିଏ ତା ପାଇଁ ସାକ୍ଷୀ ହେବ ସେ ନେଇ ଗୋଟେ ରକମ ହଁ ନାଇଁର ହାଟ ବସେ । ସାହୁ ପଡ଼ାରେ ପନି ମାଁଟା ମାଇନର ପାସ୍ । ଏତିକିବେଳେ ତାର ବେଶ୍ କାଟ୍‌ତି । ସାଇ ପଡ଼ିଶା ମାଇକିନା ଜଣେ ଦି ଜଣ ଅନ୍ତୁ' ମାଁର ଖୁସିରେ ସାମିଲ ହେଇ କି

ଭିତିରିଆ ଇର୍ଷ୍ୟାରେ ଘାଣ୍ଟି ହେଇ କେଜାଣି ନିଜ ନିଜର ଭେଣ୍ଡା ପୁଅର ନିପାରିଲା ପଣ ପାଇଁ ଆପଣଆ କର୍ମକୁ ନିନ୍ଦୁଥାନ୍ତି ।

ଅଭାବୀ ହାତକୁ କଞ୍ଚା ପଇସାର ଛୁଆ ବାଜି ନା କଣ ଅନ୍ତୁ' ମାର ହାଡୁଆ ଦିହରେ ଫୁର୍ତ୍ତି ଆସିଗଲା । ଦୁଇ ତିନି ମାସର ଟଙ୍କା ରଖି ସେ ଖାଲି ସୁନା ଦର ବାସନକୁସନ ଦର ବୁଝିବା ପାଇଁ ସହରକୁ ଫି ହାଟ ପାଳି ଧାଇଁଲା । ଝିଅ ପାଇଁ ପାତ୍ର ଆଣିବାକୁ ମଧ୍ୟସ୍ଥି ପାଖକୁ ଥରକୁ ଥର ଖବର ପଠାଇଲା । ଚାକିରୀଆ ପାତ୍ର ଜୁଟାଇଲେ କିଛି କିଛି ମଧ୍ୟସ୍ଥିକୁ ବି ଦେବ କହିଲା । ଗାଁଟା ସାରା ସବୁ ସାଇରେ ଭେଣ୍ଡା ପିଲାଯାକ ନିଶା ପାଣିରେ ବେହାଲ୍ ହେଇ ଗଲେଣି । ଗାନା ବାଜଣାରେ ବର୍ଷକୁ ଛଅ ମାସ ଅନ୍ତୁ' ବା ତ ବାହାରେ ଦିନ କାଟୁଛି । ପିଲାଟା ବି ଦୂରକୁ ଗଲା । ଆଉ ଏ ବଢ଼ିଲା ଝିଅଟାକୁ ମୁଣ୍ଡେଇ ଧରି ତୁଚ୍ଛା ଝାମେଲାକୁ କ୍ୟାଁ ଡାକି ଆଣିବ ଯେ ।

ଏଥରକ ମନି ଅର୍ଡର ଆସିଲାବେଳକୁ ଦୁଇ ହପ୍ତା ଡେରି ହେଲା । ପ୍ରାଇଭେଟ୍ ଚାକିରୀ । ଗଧ ଖଟଣୀ । ବେଳ ପାଇ ନ ଥିବ । ଫୋନ୍‌ରେ ବି ତ ବେଶୀ ବେଳ କଥା ହେଇ ପାରୁନି । ଜୁଆନ୍ ପିଲା । ଏବେ ଖଟିଲେ ସିନା ଖଟଣୀକୁ ଆରଇବେ । ନ ହେଲେ ତା ବା' ପରି ଏକଦମ୍ ଫୁଲାଫାଙ୍କିଆ ହେଇଯିବ ଯେ ।

ଆର ଥରକୁ ମନି ଅର୍ଡର ଆସିଲା ବେଳକୁ ଦୁଇ ମାସ ଗଡ଼ି ଯାଇଥିଲା । ଦୁଇ ମାସର ଏକାଥରକେ ପଠାଇ ଦେଇଥିବ । ନା, ସେଇୟା ନୁହଁ । ତାଠୁ ଢେର୍ କମ୍ ଥିଲା । ମାସ ଚାରି ପାଞ୍ଚଟା ଟଙ୍କା କେତୁଟା ପଠେଇ ଦେଲା ବୋଲି ଏଡ଼େ ଗୁମାନିଆ ହେଇଗଲା । ହେତୁ ହେଲା ଦିନଠୁ ଘର ଅବସ୍ଥା ଦେଖି ବଢ଼ିଛି । ତାକୁ ବାରବାର ସେଇ କଥା ମନେ ପକେଇ ଦେବାକୁ ପଡ଼ିବ ନା କଣ । ଫୋନ୍‌ରେ କଣ ଦି ପଦ ବୁଝାଇ କହିଲେ ଅନ୍ତୁ' ବା ଓଲଟି ତା ଉପରେ ବିରକ୍ତ ହୁଏ । କଥା କଥାକେ ପୁଅକୁ ଗାଁକୁ ଚାଲି ଆସିବାକୁ କହେ । ତା ବୋପାର ଖଜାନା ଏଠି ପୁରିଛି ତ ବାପ ପୁଅ ଦୁହେଁ ବସି ଖାଇବେ ।

ଏଥର ମନି ଅର୍ଡର ଆହୁରି ଆହୁରି ଡେରିରେ ଆସେ । ସେମିତି ଫୋନ୍ ବି । ଏପଟୁ ସହଜରେ ଫୋନ୍ ଲାଗେନି । ଫୋନ ଲାଗିଲେ ବି ତାକୁ ଲାଗେ ଅନ୍ତୁର ଯେମିତି କଥାବାର୍ତ୍ତାରେ ସେତେ ମନ ନାଇଁ । ଆଗ କେତେ ଆଗ୍ରହରେ ଗାଁର ହାଲ୍‌ଚାଲ୍, ସୁବାସିନୀର ବାହାଘର କଥା ପଚାରେ । ତାକୁ ନ ପଚାରି ସୁବିର ବାହାଘର ଯୋଉଠି ପାରି ସେଇଠି ଠିକଣା ନ କରିବାକୁ ବାରବାର ତାଗିଦ୍ କରେ । ହେଲେ ଏଥର କଥା କହିଲାବେଳେ କେମିତି ଗୋଟେ ରକମ ଆନମନିଆ ଲାଗୁଛି । ଖଟଣିକୁ ଉଧେଇ ପାରୁନି କି । ମାଁ ମନଦୁଃଖ କରିବ ବୋଲି ମୁହଁ ଖୋଲି କହିପାରୁନି । ନ

ହେଲେ ନାଇଁ । ଏଥର ଫୋନ୍‌ରେ ସେ ବି ଗାଁକୁ ଫେରି ଆସିବାକୁ କହିବ । ଜୀବନ ଥିଲେ ଜୀବ୍‌କା ଅଛି । ମରଦ ପୁଅ । କୋଉଠି ମାଟି ହାଣି ପେଟ ପୋଷି ଦେବ ।

ଆଉ ମନି ଅର୍ଡର ଆସିଲା ନାହିଁ ।

ଅନ୍ତୁ' ମାର ମନରେ ଛନକା ପଶିଲା । କୋଉ ଝିଅ ଫାନ୍ଦରେ ଫଶିଗଲା କି ଆଉ । କମାଣିଯାକ ତା ପିଛା ଉଡ଼େଇ ଦଉଛି । ଆମ ଗାଁର ଦାସ ଘର ପିଲାଟା ସିଆଡ଼େ କୁଆଡ଼େ ଆଦିବାସୀ ଖ୍ରୀଷ୍ଟାନ୍ ନର୍ସ ସାଙ୍ଗରେ ସେମିତି ରହିଗଲା । ସେ ପୋଡ଼ାମୁହିଁ କୁଆଡ଼େ ଫେର୍ ଦୁଇଟା ଛୁଆର ମାଁ । ଗୁଣି ଗାରେଡ଼ି କରି ଜୁଆନ୍ ପିଲାଟାକୁ ଏମିତି ବାନ୍ଧିଦେଲା ଯେ ମଲା ବାପ ମାଁର ମୁହଁ ସୁଦ୍ଧା ଦେଖିବାକୁ ଆସି ପାରିଲା ନାହିଁ । କନ୍ଧ ରାଇଜ । ଗୁଣି ଗାରେଡ଼ିରେ ମାହିର । ଗୁଣି ବଳରେ କନ୍ଧ କୁଆଡ଼େ ବାଘ ରୂପ ଧାରଣ କରି ଶତ୍ରୁ ଉପରକୁ କୁଦା ମାରିପାରେ । ପାଲଟା ବାଘ ଭୟରେ କୁଆଡ଼େ ସିଆଡ଼ିକା ଲୋକ ବି କନ୍ଧ ଗାଁରେ ରାତି କାଟିବାକୁ ଡରନ୍ତି । ଅନ୍ତୁ' ମାଁର ମନଟା ଦବିଗଲା । ଏଥର ନୂଆଁଖାଇକୁ ଆସୁ । ଆଉ ତାକୁ ଛାଡ଼ିବ ନାଇଁ ।

ନୂଆଁଖାଇକୁ ଦିନ ଗଣୁ ଗଣୁ ଅନ୍ତୁ' ମାଁ ଝିଅ ହାତରେ ଏପଟୁ ଫୋନ ଲଗାଇଲା । ତା ଆଡୁ ଟିକେ ଫୋନ୍ ବି କରିବାର ନାଁ ନାଇଁ । ଏମିତି କଣ କାମଟା କରି ପକାଉଛି କେଜାଣି । ଆଖି ଉହାଡ଼କୁ ଚାଲିଗଲେ ପୁଅ ପିଲା ଗୁଡ଼ା ସତରେ ହାତରୁ ବି ଖସିଯାନ୍ତି । ଘଡ଼ିଏ ବେଳ ବାଜିଲା ପରେ ଅନ୍ତୁ ଫୋନ୍ ଉଠାଇଲା । ଭଲ ମନ୍ଦ ଦିହ ପା' ସବୁ କଥାର ଉତ୍ତର ଖାଲି ହଁ - ନାଇଁରେ ଆସିଲା । ନୂଆଖାଇରେ ଆସିବାଟା କେମିତି ପୂଜାରେ ଆସିବ କହି ଟାଳି ଦେଲା । ଗୁଣିଆଁ ଓଷଧିରେ ପାଙ୍ଗିଦେଲେ ଯେମିତି ବକତ୍ ବାନ୍ଧି ହେଇଯାଏ, ତା କଥାଗୁଡ଼ା ସେମିତି ଭାରି କଷ୍ଟରେ ଚିପି ହେଇ ହେଇକା ବାହାରିଲା ପରି ଶୁଭୁଥାଏ । ଫୋନ୍‌ରେ ଅସୁବିଧା ଥିବା କଥା ସୁବି କହିଲା । ହେଲେ ବି ତା ମନ ମାନୁନି । ତାକୁ ଲାଗିଲା କିଏ ଯେମିତି ଅନ୍ତୁ ପାଖରେ ବସିଛି । ତା କଥାକୁ ଜଗୁଛି । ଏଥର ତା ଫୋନ୍ ଆସୁ । ସବୁ କଥା ଉଖାରି ପଚାରିବ ଯେ ।

ଆଉ ଫୋନ୍ ଆସିଲା ନାଇଁ ।

ଘର ବାହାର ଚିନାର୍ ଜନାର୍ ଯେତେ ଲୋକଙ୍କ ଫୋନରୁ ଏପଟୁ ଲଗେଇଲେ ବି ଆଉ ଧରିଲା ନାହିଁ । କିଏ କହିଲା ତା ଫୋନର ଅବିଗୁଣ । ଆଉ କିଏ କହିଲା ବଢ଼ି ପାଣି ଲାଗି ସବୁ ସିଆଡ଼େ ଗଡ଼ବଡ଼ ହେଇଯାଇଛି । ସାଇ ପିଲାଏ ଛିଗୁଲାଇଲା ପରି କହିଲେ - ଅନ୍ତୁ ଜାଣିଶୁଣି ଓଲଟା ପୁଲଟା କରିଦେଇଛି । ଗାଁ ଲୋକ ସାଇପଡ଼ିଶା ଦି ଚାରି ପଦ ଶୁଣାଇବାର ସୁଯୋଗ ହାତଛଡ଼ା କଲେ ନାହିଁ । ଅନ୍ତୁର ଚାକିରୀରେ

ଆପଣା କର୍ମକୁ ନିନ୍ଦୁଥିବା ସାଇ ମାଁ ମାନେ ଏଥର ନିଜ ନିଜର ମତ ରଖିବାରେ ଆଉ ହେଳା କଲେ ନାହିଁ। ଅନ୍ତୁ' ମା ପଇସା ପଇସା ହେଇ ପିଲାଟାକୁ ନାକେଦମ କରି ଦେଲାରୁ ସେ କୁଆଡ଼େ ଘର ଛାଡ଼ିଦେଲା। ସୁରୁବାବୁର ମାଁ କହିଲା। ଅନ୍ତୁ' ବା'ର ଏଇ ଗାନା ବାଜଣା ସଉକିନିଆ ଧନ୍ଦାରେ ବିଜାର ହେଇ ଚାକିରୀ ବାହାନାରେ ଘର ଛାଡ଼ିଦେଲା। ଦୀରୟୁର ମାଁ କହିଲା। ଆଉ କୋଉ ବେଳ ହେଇଥିଲେ ଅନ୍ତୁ' ମାଁ କଥାକୁ କଥା ହାଣିଥାନ୍ତା। ହେଲେ ଏବେ ଆଉ ଏ ତୁଚ୍ଛା କଥା କଟାକଟି ପାଇଁ ତାର ମନ ଯାଉ ନାଇଁ। ଆଉ କିଏ କିଛି କହୁ କି ନ କହୁ ତାକୁ ତ ଲାଗୁଛି ଗଛ ପତ୍ର ହଲିଲେ ବି ଅନ୍ତୁ କଥା ପଚାରୁଛି। ପୋଷା ବିଲେଇଟା ମ୍ୟାଉଁ କଲେ ବି ସେ ଗୋଟେ ରକମ ଚମକି ପଡୁଛି। ଅନ୍ତୁ' ବା'ଟା ଘରକୁ ଆସିଲେ ଖାଲି ଗାରୁଗାରୁ ହଉଛି। ତାରି ପାଟିକି ଡରି କିଛି ନ କହିଲେ ବି ସୁବିର ମୁହଁଟା ଦେଖି ସେ ସବୁ ଜାଣୁଛି। ବୁଝୁଛି।

ଦଶହରାକୁ ଆଉ ବେଶୀ ଦିନ ନାଇଁ। ପିଲା କବିଲା ଘର। ଏମିତି ମନ ଭଣା କରି ବସିଲେ ବି କି ଲାଭ। ଘର ଲିପା ପୋଛା ପାଇଁ ଛୁଇ ମାଟି ଆଣିବାକୁ ମୁଣ୍ଡିଆ ବାଙ୍କ ତଳକୁ ଯିବା ଲାଗି ଡଲାଟାଏ ଧରି ବାହାରିଲା। ଡଲାଟା ଧରି ପିଢ଼ା ତଳକୁ ଓହ୍ଲାଇଛି କି ବିଲେଇ ବାଟ ଛେକିଲା ପରି ଖାକି ପିନ୍ଧା କନେଷ୍ଟବଳ ଜଣେ ଦୁଆର ମୁହଁରେ ଠିଆ। ତା ପଛରେ ଘର ଦେଖାଇବାକୁ ଆସିଥିବା ଅଧ ଲଙ୍ଗୁଳୀ ଛୁଆ କେଇଟା। ଥାନାରୁ ଡକରା ଆସିଥିବା କଥା କନେଷ୍ଟବଳ ଜଣକ ଅନ୍ତୁ' ବା'ର ନାଁ ପଚାରି କହିଲା। ଅବି ଯିବାକୁ ହେବ।

ଥାନାରୁ ଡକରା ହେବାଟା ଅନ୍ତୁ' ମାଁ ପାଇଁ ସେମିତି କିଛି ନୂଆଁ କଥା କି ବଡ଼ କଥାଟେ ନୁହଁ। ତିନି ମାସ ତଳେ ଗାଁ ମାଇକିନାଙ୍କ ମଦ ଭାଟି ଭଙ୍ଗା ଘଟଣାରେ ସାକ୍ଷୀ ହେବାକୁ ଯାଇଥିଲା। କିଛି ବି କଥାକୁ ବୁଲା କିନ୍ଦିରା ନ କରି ସଫାସଫା କହିଦିଏ ବୋଲି ଥାନାବାବୁ ତାକୁ ସାବାସୀ ଦିଅନ୍ତି। ହେଲେ ବି ତାର ଛାତିଟା କେମିତି ଦାଉଁ ଦାଉଁ କଲା। କନେଷ୍ଟବଳଟା ତା ନାଁ ନଧରି ଅନ୍ତୁ' ବା'କୁ ଡାକିଲା କିଆଁ ? ମନଟା ସେଥିରେ ଘଡ଼ିଏ ଗୁଡ଼େଇ ତୁଡ଼େଇ ହେଲା।

ଅନ୍ତୁ' ବା ଘରେ ନାହିଁ। ଚାରିଦିନ ହେଲା କରମା ନାଚିବାକୁ ମନମୁଣ୍ଡା ଯାଇଛି। କେବେ ଫେରିବ ତାର କି ଠିକଣା। ଘର ଭାସିଗଲେ ବି ତାର ଯାଏ ଆସେ କେତେ। ଅଗତ୍ୟା ସେ ବାହାରିଲା। ଆଉ ଦିନ ମାନରେ ସେ ଚାଲିକି ଯାଇଥାନ୍ତା। ପାଖ ସହର। ଚାରି କୋଶର ବାଟ। ଆଜି ଚାଲିକି ଯିବାକୁ ତର ସହୁନି। ଗାଁ ମୁଣ୍ଡ ଛକରେ ଜିପ୍ ଚଢ଼ିଲା।

ଥାନା ଗେଟ୍ ଭିତରକୁ ପଶୁପଶୁ, ଥାନାବାବୁ ତାକୁ ଚିହ୍ନି ପକାଇଲେ।

ଦେଖିଲାକ୍ଷଣି କହିଲେ– 'ଓଃ ତୁ କି ! ଅନ୍ତୁ' ମାଁ କଣ କିଛି ପଚାରିବା ଆଗରୁ ଥାନାବାବୁ ତାକୁ ଗୋଡ଼ଠୁ ମୁଣ୍ଡଯାଏଁ ଥରେ ଅନାଇଲେ । ଲମ୍ବା ନିଶ୍ୱାସଟେ ଛାଡ଼ି କହିଲେ - ଗୋଟେ ବୋଲି ପୁଅ । ତାକୁ ଶେଷରେ ମାଓକୁ ଛାଡ଼ିଦେଲୁ ?

ଅନ୍ତୁ' ମାଁ କାଠ ଖୁମ୍ବ ପରି ଦୁଇ ପାଦ ଜାଗାରେ ଲାଖି ସ୍ଥିର ହେଇଗଲା । ତା ଚାରି ପଟେ ଦୁନିଆଁ ଘୁରୁଛି ନା ଦୁନିଆଁଟା ସ୍ଥିର ହେଇଯାଇ ସେ ତା ଚାରି ପଟେ ଘୁରୁଛି– ଆଉ କିଛି ଜାଣି ପାରୁ ନ ଥିଲା ।

■

ପରିଚୟ

ଛୋଟିଆ ସହରଟି ଉପରେ ହଠାତ୍ ଅଦିନିଆ ନଈ ବଢି ପରି ଲୋକ ଭିଡ ମାଡ଼ି ଆସିଲା। ପୀରବାବା ଛକ, ଗୋଲବଜାର, ଜେଲ ଛକ, ମୁଦି ପଡା, ହସ୍ପିଟାଲ ରୋଡ଼ ଠୁ ଆରମ୍ଭ କରି ଅଇଁଠାପାଲି ବସ୍ ଷ୍ଟେସନ ପର୍ଯ୍ୟନ୍ତ ଯୋଉଠି ଦେଖ ଭେଳା ଭେଳା ଅଚିହ୍ନା ଅପରିଚିତ ମୁହଁ। ମାଇକିନା, ମରଦ, ପିଲା, ବୁଢା ସମସ୍ତଙ୍କ ମୁଣ୍ଡରେ, ପିଠିରେ, ହାତରେ ଦୁନିଆଁ ରକମର ବୋଝ। ଡେକ୍ ଚି, କଡ଼େଇ, କୋଡ଼ି, କୋଦାଲ, ଆଉ ସବୁ ଯେତେକ ଛୋଟମୋଟ ଘରକରଣା ଜିନିଷ। ଚାଲିଚଳନ, ରଙ୍ଗ ଢଙ୍ଗରୁ ଯାହା ଜଣାପଡୁଥାଏ ସେମାନେ ଲୋକାଲ୍ ନୁହଁନ୍ତି। କାହାରି ମୁହଁରେ କଥା ନାହିଁ। କେତେବେଳେ କେମିତି ପିଲାଙ୍କ କାନ୍ଦ, ବୁଢାଙ୍କ ଖୁଁ ଖୁଁ କାଶ ଛଡ଼ା ଆଉ ସେମିତି କିଛି ବିଶେଷ ଶବ୍ଦର ଆଭାସ ଆସୁ ନଥାଏ।

– ଶଳା ଜଙ୍ଗଲୀ କୋଉଠିକାର ସବୁ ! ଏକାସାଙ୍ଗରେ ମରିବାକୁ ମନ କି ? ଦେଖୁଛ ସାମ୍ନାରୁ ଗାଡ଼ି ଆସୁଛି, ଫେର୍ ବି ଏକାସାଙ୍ଗରେ ପନ୍ ଝାଏ ରୋଡ୍ ଉପରକୁ ଉଠି ଆସୁଛ...। ପିକ୍ ଅପ୍ ଭେନ୍‌ର ଡ୍ରାଇଭର ଜଣକ ଗାଡ଼ି ଭିତରୁ ବେଶ୍ ଜୋର୍‌ରେ ପାଟି କଲା।

ଏମିତି ଥରେ ନୁହେଁ, ଦୁଇ ଚକିଆ, ଚାରି ଚକିଆ, ତିନି ଚକିଆ ଗାଡ଼ିରୁ ଏମିତି କେତେଥର ଶୁଣିବାକୁ ମିଳିଲା। ଗାଁ ଖୁଲିରେ, କ୍ଷେତ ବାଡ଼ିରେ ବେଫିକର ଚାଲିରେ ଅଭ୍ୟସ୍ତ ପାଦମାନ ଏମିତି ମପାଚୁପା ଆଦବ କାଇଦା ଭିତରେ ଥତମତ ହେଇ ପଡୁଥାନ୍ତି।

ସ୍କୁଲ ଛୁଟି। ତେଣୁ ମୋତିଝରନ୍ ପ୍ରାଇମେରୀ ସ୍କୁଲ, ବୀର ସୁରେନ୍ଦ୍ର ସାଏ ଅପର ପ୍ରାଇମେରୀ ସ୍କୁଲ, ଆଶାପାଲି ସ୍କୁଲ ସବୁଠି ସାମୟିକ ଭାବରେ ବିସ୍ଥାପିତଙ୍କ ରହିବା ଖାଇବା ବ୍ୟବସ୍ଥା କରାଯାଇଛି। ବୁଡି ଅଞ୍ଚଳରୁ ଲୋକଙ୍କ ସୁଅ ଛୁଟୁଥାଏ।

- ବୁଝିଲେ ସାର୍, ଛତିଶଗଡ଼ ସାଙ୍ଗରେ ମହାନଦୀ ଇସ୍ୟୁକୁ ନେଇ ଯେମିତି ଝାମେଲା ହେଲାଣି ନା ଆମର ଏଇ କେମ୍ପ ସାର୍ଭିସ୍ ଆଉ ବନ୍ଦ ହେବନି ଜଣା ପଡୁଛି...

- କାହିଁକି ?

- କାହିଁକି ମାନେ ଆଉ କ'ଣ ? ଛତିଶଗଡ ସରକାରକୁ ଟକ୍କର ଦେଇ ଓଡ଼ିଶା ସରକାର ଏମିତି ଆହୁରି ଆହୁରି ଛୋଟ ବଡ଼ ଡେମ୍ ପ୍ରୋଜେକ୍ଟ କରି ଚାଲିବ। ସେଇ ତୁଳନାରେ ଡିସ୍‌ପ୍ଲେସ୍‌ମେଣ୍ଟ ବି ବଢ଼ିଚାଲିବ। ଆଉ ପୁଣି ସେଇ ତୁଳନାରେ ଆମର ରିଲିଫ କେମ୍ପ୍ ବି ବଢ଼ି ଚାଲିଥିବ।

- ନାଇଁ ନାଇଁ, ଏଇଟା ସିନା ଏମରଜେନ୍‌ସି ସିଚ୍ୟୁଏସନ୍ ହେଲା ବୋଲି। ଥରେ କ୍ଷତିପୂରଣ ମାମଲାଟା ସେଟ୍ ହୋଇଗଲେ ଲୋକେ ଯେଝା ପେଟ ପାଟଣାର ରାସ୍ତା ଧରିବେ ଯେ।

- ଆଉ କ'ଣ ସେଟ୍ ହେବ ସାର୍ ? ଯାହାର ଜମି ନାଇଁ, ତା ନାଁରେ ଜମି ବାହାରୁଛି, ଆଉ ଜମି ଥିଲାବାଲା କାଗଜପତ୍ରରେ ଭୂମିହୀନ ହୋଇଯାଉଛି। ଏଥିରେ ଅବସ୍ଥା ଆଉ ସୁଧୁରିବ ଭାବୁଛନ୍ତି ସାର୍...

ରିଲିଫ ଦାୟିତ୍ୱରେ ଥିବା ସରକାରୀ କର୍ମଚାରୀଙ୍କ କଥାବାର୍ତ୍ତା ସ୍କୁଲ କାନ୍ଥକୁ ଆଉଜି ବସିଥିବା ଧନେଶ୍ୱର କାନରେ ପଡ଼ିଲା। ତାର ସଦ୍ୟ ଖଣ୍ଡିଆ ଘା'ଟା ଆହୁରି ଟିକେ ଉଖାରି ହେଲା। ଜମି ଖଣ୍ଡିକ ତ କାହିଁ ତାର ବାପ ଗୋସ ବାପା ଅମଳରୁ ଚାଷ କରିଆସୁଥିଲେ। ଭୋଇ ଘର ତ କାହିଁ ଦିନେ ବି ତାକୁ ନେଇ ଆପତ୍ତି ଅଭିଯୋଗ କରି ନଥିଲେ। ବୁଡି ଇଲାକାର କାଗଜପତ୍ର ଯାଞ୍ଚ କରୁକରୁ ତାରି ଜମି ଖଣ୍ଡିକ ଭୋଇଘର ଚକ ନାଁରେ ବାହାରିଲା। ଗୋଟେ କଲମ ଗାରରେ ସେ ଭୂମିହୀନ ହୋଇଗଲା। ଇଲାକା ବୁଡିବା ଆଗରୁ ତାର ରଇତ ଟେକ, ମାନ ଅରମାନ ସାଙ୍ଗରେ ଭାଗ୍ୟଟା ଗୋଟାପଣେ ବୁଡିଗଲା।

ଭୋଇଘର ପିଲାମାନେ ଟିକେ ଉସତ ହେଲେ ଅବଶ୍ୟ। କ୍ଷତି ପୂରଣରେ ଟିକେ ଅଧିକା କଞ୍ଚା ପଇସା ପାଇବେ। ଯିଏ ହେଲେ ବି ଖୁସି ହେବ ଯେ। ହେଲେ ତାଙ୍କୁ ଦୋଷ ଦେଇ ଲାଭଟା କ'ଣ। ସେମାନେ ତ ତାକୁ ତା'ର ହକ୍ ଛଡ଼େଇ ନାହାନ୍ତି। ଗାଁଟା ସାରା ଲୋକ ତା ପାଇଁ ବିଥେଇ ହେଲେ। ହେଲେ କ'ଣ ହେବ। ସବୁରି ଡଙ୍ଗା ତ ଟଳମଳ। କିଏ କାହାକୁ ଭଲା ଏଠି ଉଦ୍ଧାର କରିବ।

ଆଉ ଏଠି ଜମାରୁ ମନଟା ଟିକୁ ନାଇଁ। ଚୁଡ଼ା ମୁଢ଼ି ଖାଇ ଖାଇ ଏମିତି ପରଆଶ୍ରି ହୋଇ ପଡ଼ିବାର କଥାଟା ଦିହ କି ମନକୁ ଆଉ ଆରଉ ନାହିଁ। ଯେତେବେଳେ

ଦେଖିବ ଏଠି ପାଟିତୁଣ୍ଡ କଳିଗୋଳର ଦୁନିଆଁ ହାଟ ବସିଛି। ବନ୍ଧ ବିରୋଧୀ ନେତାଙ୍କୁ କିଏ ସାଥ୍ ଦେଲା ଆଉ କିଏ ଦେଲା ନାଇଁ ତାକୁ ନେଇ ଦୋଷ ଲଦାଲଦିର ନାଟ ପ୍ରାୟ ଚାଲିଥାଏ। ଯା ଭିତରେ ଆଉ ଗୋଟେ କଥା ଧନେଶ୍ୱରର ଆଖିରେ ପଡୁଛି। ଗାଁରେ କାଖରେ ମୁଣ୍ଡରେ ଦୁଇ ଦୁଇଟା ଗରିଆ ପାଣି ବୋହି ଚାଲୁଥିଲେ ବି ଏଇ ବୋହୂ ଭୁଆସୁଣୀଙ୍କ ନଜର ଉଞ୍ଚ ହେଉ ନଥିଲା। ଅଥଚ ସେଇମାନେ ଏବେ ମୁହଁ ସିଧା କରି ଟାଇଁ ଟାଇଁ କଥା ଝାଡି ଦଉଛନ୍ତି। ପାଖରେ କିଏ ମାନ୍ୟତା ଲୋକ ଥିଲେ ବି ତାଙ୍କର ନଜର ଖାତିର ନାଇଁ ଯାହାକୁ କହନ୍ତି ମରଦ ଘରେ ଶୋଇଲେ ଗଲା, ମାଇକିନା ଦାଣ୍ଡକୁ ଗଲେ ଗଲା। ଲକ୍ଷ୍ମୀଟା ବି ଏଠି ଏଇଦିନ କେତୁଟାରେ ଏଠି ଏରକମ ବାଦୋଇ ହେଇଯାଇଥାନ୍ତା ନା କ'ଣ। ବଡ଼ ନାଇଁ, ସାନ ନାଇଁ, ଏମିତି କଥାକୁ କଥା ହାଣି ଯାଙ୍କ ପରି ବେସରମି ହେଇଯାଇଥାନ୍ତା। ଲକ୍ଷ୍ମୀ ତାର ବୋହୂ। ଭଲ ହେଇଛି ଯାଙ୍କରି ଭିତରେ ନାହିଁ। ଟିକେ ରହି ପୁଣି ଧନେଶ୍ୱରର ମୁଖମୁଦ୍ରାଟା ଗୋଟେ ରକମ ଆତଙ୍କିତ ଜଣାପଡିଲା। ଲକ୍ଷ୍ମୀ ସେଠି ଆଉ କିଛି ବେସରମ କାମ କରୁ ନ ଥିବ ତ ? ଗାଁରୁ ଦାଦନ ଖଟିବାକୁ ଲୋକ ନାଁରେ କେତେ କଥା ଶୁଣିବାକୁ ମିଳେ। ସୁରତରେ ସୂତାକଳରେ କାମ କରୁ କରୁ ପାଖ ଗାଁ ରଙ୍ଗାଟିକିରାର ରତନ ସା'ର ହାତ ଛିଣ୍ଡିଗଲା। ତା ଭାରିଯା ବିଦେଶରେ ଆଉ କରିବ କ'ଣ। ବିଚାରୀ କୁଟୁମ୍ବ ମୁହଁରେ ଆହାର ଦେବାକୁ ଯାଇ...। ଧନେଶ୍ୱର ଆଉ ଭାବି ପାରିଲାନି। ଯୋଉ ଦିନ ଜମି ଯିବାର ଖବର ଶୁଣିଲା ସେ ଦିନଟା ସାରା କୁମର କେମିତି ଚୁପଚାପ୍ ରହିଗଲା। ରାଗ ନାଇଁ କି ଦୁଃଖ ନାଇଁ କି କିଛି ବି ନାଇଁ। ତା ମାଁ ଗଲା ଦିନଠୁ ତାର ଏମିତି ମୁହଁ କେବେ ଦେଖି ନ ଥିଲା। ତାପରେ ହପ୍ତାଏ ଉପରେ ହେବ ଘରୁ ସକାଳୁ ବାହାରିଯାଏ ଯେ ସଞ୍ଜକୁ ଯାଇ ଫେରେ। ସେମିତି ମୁହଁ। ଟିକିଏ ବି ଅଦଳବଦଳ ନାଇଁ। ଦିନେ ଶନିବାରିଆ ସଞ୍ଜରେ ପେଡ଼ି ପୁଟୁଳି ସେ କରୁକରୁ କହିଲା - ବା' ତୁ ବି ବାହାରିପଡ଼ ?

- କୋଉଠିକି ? ଧନେଶ୍ୱର ଚମକି ପଡ଼ି ପଚାରିଲା।

- ଚେନ୍ନେଇ। କାଲି ସକାଳେ ଟ୍ରେନ୍ ...

- କ'ଣଟା କରିବା ସେଠି ...

- ଇଟା ଗଢା କାମ... ଆଉ କ'ଣ...

- ଦୂର ବିଦେଶ ଜାଗା...

- ଆଉ ଦେଶ କ'ଣ ବିଦେଶ କ'ଣ... ଯେମିତି ହେଲେ ଭିଟାମାଟିରୁ ହଟିବାକୁ ହେବ। ଖାଲି ତୁ ନାଇଁ କି ମୁଁ ନାଇଁ। ସଭେଁ...

- ଆଉ କିଏମାନେ ଯାଉଛନ୍ତି ?

- ସେଟା ଜାଣି ଆଉ ଲାଭ କ'ଣ ? ଯାହା ହାତରେ ଦୁଇ ପଇସା ପଡ଼ିଲା ସେ କ'ଣ ବେପାର ବେଉସା କରିବ। ଆମର ଆଉ କ'ଣ କରିବାର....

କେତେ ସମୟ ଯାଏଁ ଧନେଶ୍ୱର ତୁନି ରହିଗଲା। ବୋହୁର ମୁହଁକୁ, ନାତିର ମୁହଁକୁ, କୁମର ମୁହଁକୁ ପରସ୍ତ ପରସ୍ତ ଓଲଟାଇଲା ପରି ଉଖାରି ଚାହୁଁଥାଏ। ବା'ର କୁହୁ କୁହୁ ହେବା ଦେଖି କୁମର କହିଲା - ତୁ ନହେଲେ ରହିଯା। ପରେ ଯିବୁ। ମୋବାଇଲ ନମ୍ବର ରଖିଥା। ସୁବିଧା ଅସୁବିଧାରେ ବାହାରୁ ଫୋନ କରିବୁ। ମୁଁ ସେଠୁ ଟଙ୍କା ପଠାଇ...

ଧନେଶ୍ୱର ବୁଝିଗଲା। ଏଥର ସବୁ ଶେଷ। ପୁରା ଜଲ୍‌ଡୁବି। ତା ହାତର ରୂପା ବଳାଟିକି ନାତି ହାତରେ ଗଳାଇ ଦେଲା। କୁମର ମାଁର ନାକଗୁଣାଟି ବୋହୁ ହାତରେ ଧରାଇ ଦଉଦଉ କହିଲା - ହେପାଜତରେ ରଖିବୁ... ଦେହ ପା...। ଲକ୍ଷ୍ମୀ ନାକ ସୁଁସୁଁ ହେଲା। ନାତି ଟ୍ରେନ୍‌ରେ ବସିବ ବୋଲି ଡେଉଁଥାଏ। କୁମର ଯେମିତିକି ସେମିତି ଚୁପ୍। ଭଲ ନାଇଁ କି ମନ୍ଦ ନାଇଁ।

ସ୍କୁଲ ପାଚିରୀ କଡୁ କଡୁ କାହାକୁ କିଛି ନକହି ଧନେଶ୍ୱର ବାହାରି ଆସିଲା। ଏବେ ଆହୁରି କେତେ ଜଣଙ୍କ ମୁହଁ ସେ କେମ୍ପରେ ଦେଖିବାକୁ ପାଉ ନ ଥାଏ। ସାହୁ ପଡ଼ାର ମହାଦେବ ସାହୁ, ତଳି ପଡାର ମକରଧ୍ୱଜ ଭୁଏ, ଶଙ୍କର୍ଷଣ ପ୍ରଧାନ ଆଉ ଏମିତି କେତେଟା ବଛାବଛା ନାଁର ଦେଖା ମିଳୁ ନାଇଁ। ଆଉ କୋଉଠି ବେପାର ବେଉସା ପାଇଁ ଚାଲି ଯାଇଥିବେ।

ମେନ୍ ରୋଡ୍‌ରେ ଧନେଶ୍ୱର ପାଦ ଦେଲା। ଚାରିଆଡେ ପେଁ ପାଁ ହୋ ହାଲ୍ଲା। କିଏ କାହାକୁ ଜାଣେ ନା ଚିହ୍ନେ। ରାସ୍ତାରେ ଚାଲି ନ ଜାଣିବାରୁ ଗାଡ଼ି ମଟରବାଲା ଶୋଧା ଖାଇ ଖାଇ ଧନେଶ୍ୱର ଦରକାରଠୁ ଅଧିକା କଣେଇ ହେଇ ଚାଲୁଥାଏ । ଟ୍ରାଫିକ ଛକରେ ଧଳା ନୀଳ ଜାମା ପିନ୍ଧା ପୁଲିସ୍ ଜଣକ ହାତ ମାରୁମାରୁ ରିକସାଟାଏ ଆଗକୁ ମାଡ଼ିଗଲା। ପାଖରେ ଥିବା ପୁଲିସ ଜଣେ ରୁଲ ବାଡ଼ିଟାରେ ରିକସାର ବାଡ଼ ଉପରେ ପାହାରେ କଷି ଗର୍ଜିଲା - କେବର ରିକସାବାଲା। ତୁ... ଆଖି ଦିଶୁ ନାଇଁ ଶଳାର।

- ତା'ର କୁଞ୍ଚ ଧୋତି ଢଙ୍ଗକୁ ଦେଖ। ସେଥିରେ ରିକସା ବାହିବ କଣ?

- ଏ ଶଳା ବଡ଼ି ଅଞ୍ଚଳର ଲୋକ ଆସି ଏଠି ଆମର ବେପାର ମାନ୍ଦା କରିଦେଲେଣି। ପାଞ୍ଚ ସାତ ଟଙ୍କାରେ ବି ସବାରୀ ଟାଣି ନଉଛନ୍ତି... ସବୁ ଭିକାରୀ କୋଉଠାର। ଆମେ ଉଚା ଭଡ଼ା ହାଙ୍କିଲେ ଆମ କଥା କିଏ ଶୁଣିବ? ସବାରି ତ

ଶସ୍ତାରେ ଶସ୍ତାରେ କାମ ଚଳେଇ ନଉଛନ୍ତି...। ତା ପଛକୁ ପଛ ଲାଇନ୍‌ରେ ବାହୁଥିବା ଏଇ ଜାଗାର ପୁରୁଣା ରିକସାବାଲା ଜଣେ ଦୁଇଜଣ ଅଭିଯୋଗ କରି କହି ଚାଲିଥାନ୍ତି।

ବୁଢ଼ି ଅଞ୍ଚଳ କଥାର ତାନାଟା ଶୁଣି ଧନେଶ୍ୱର ସିଆଡ଼େ ଚାହିଁଲା। ବିନା ଖରାରେ ମୁହଁରେ ଗାମୁଛା ଢାଙ୍କି ସାହୁଏ ରିକସାର ଘଣ୍ଟି ବଜାଇ ବଜାଇ ଛକର ବାଁ କଡ଼କୁ ବାହିନେଲେ। ଗାଁ ପଞ୍ଚାୟତ, ନ୍ୟାୟ ନିଶାପର ସଭାରେ ମହାଦେବ ସାହୁଙ୍କର ଗୋଟେ ଭିନେ କାଟ୍‌ତି। ମୁହଁର କଥା ମାନେ ବେଦର ଗାର। ଗାଁର ପିଲାଠୁ ବୁଢ଼ାଯାଏ କେହି ଅମାନ୍ତି କରନ୍ତି ନାଇଁ। ଗାଁର ମାନ୍ତା ଚାଷୀ ମୁଣ୍ଡରୁ ଜଣେ। ସେ ଯାହା ଶୁଣିଥିଲା ତାହେଲେ କଥାଟା ସତ। କ୍ଷତିପୂରଣ ଟଙ୍କାକୁ ନେଇ କୁଆଡ଼େ ବାପ ପୁଅଙ୍କର କଥା କଟାକଟି ହେଲା। କଣ ଫନ୍ଦି ଫିସାଦି କରି ଦୁଇ ପୁଅ ବେପାର ବଣିଜ ନାଁରେ ଟଙ୍କାତକ ବାପଠୁ ହାତେଇ ନେଲେ। ଏବେ ପୁଣି ଦୁଇ ଭାଇଙ୍କ ଭିତରେ ତାକୁ ନେଇ ଭାରି କଳିଗୋଳ, କେସ୍ କଚିରୀ ଝାମେଲା। ଧନେଶ୍ୱର ଗୋଟେ ରକମ ହତବମ୍ବ ହେଇଗଲା। ତେବେ ବି ପିଛିଲା ଦିନରେ ମହାଦେବ ସାହୁଙ୍କର ଓଜନଦାର ଆସନି ଆଉ କାଟତିର ଖାତିରରେ ନା କଣ ସିଆଡ଼େ ଦେଖି ନ ଦେଖିଲା ପରି ମୁହଁ ବୁଲାଇଦେଲା।

ଛକ ପାରିହେଇ ବାଁ କଡ଼େ କଡ଼େ ବେଶ୍ ଘଡ଼ିଏ ଚାଲିଲା । ଦିହଟା ବସିଗଲା ପରି ଲାଗୁଛି। ପିଠିରେ ଜରି ବସ୍ତାରେ କୋଡ଼ି, କୋଦାଳ ଖୁରୁପିର ଡଂଢାଂ ମାନ ରୋଷ ବୋହି ଚାଲିଛି। କମରପଟିରେ ମୋଡ଼ିମାଡ଼ି ରଖିଥିବା ଦି ଚାରିଟା ନୋଟ୍‌କୁ ପରଖି ଦେଖିଲା। ଆଉ ବଳ ପାଉ ନାଇଁ। ଆଖ ପାଖରେ ସେ ଖାଇଲା ପରି ହୋଟେଲ ଆଖିରେ ପଡୁ ନାଇଁ । ଏ ପାଖ ସେପାଖ ଆଉ ଦରାଣ୍ଡି ଦେଖିବାର ବି ତାର ମନ ବଳୁ ନାଇଁ...। ଯେତେକ ଗାଁ ଛଡ଼ା ସମସ୍ତେ ଏମିତି ଗୋଟେ ଧକମ୍‌ରେ ଏକମୁହାଁ ହେଇ ଚାଲୁଥାନ୍ତି। ସେ ଅନୁମାନ କରେ। ସହରର ଚକମକ କି ନୂଆଁ ଦୋକାନ ବଜାର ଉପରେ ଆଖି ବୁଲାଇବାକୁ କାହାରି ଆଗ୍ରହ ନଥାଏ। ଖାଲି ଚାଲିବା କଥା।

ଲକସତକସ ହେଇ ଗୋଟେ ଗଳି ମୁଣ୍ଡରେ ଧନେଶ୍ୱର ପହଞ୍ଚିଲା। ଧାଡିକି ଧାଡ଼ି କଲୋନୀ ଘର। ସବୁ ଘର ସାମ୍ନାରେ ଛୋଟ ଫୁଲ ବଗିଚା। ଗଳିରେ ବୁଲାଣି ବାଙ୍କ ସେପାଖ ଘର ବାରିପଟ ଏଠୁ ସଫା ଦେଖାଯାଉଥାଏ। ବାଇଗଣ, ଭେଣ୍ଡି, କଲରା, ଭଣ୍ଡା ଆଉ ଜାତି ଜାତିକା ପନିପରିବା ଦପ୍‌ଦପ୍ କରୁଥାଏ। ହାଲୁକା ଖରାରେ ସାଗୁଆ ରଙ୍ଗର ଲହଡ଼ି ଭାଙ୍ଗୁଥାଏ। ଧନେଶ୍ୱର ସେଇ ଆଡକୁ ମୁହାଁଇଲା। ଯାଉଯାଉ ବାଁ ପଟ ଘର ମୁହଁରେ ଚିହ୍ନା ଚିହ୍ନା ଲାଗିଲା। କିଏ ଜଣେ ତରତର ପାଦ ପକାଇ

ଫାଟକ ଖୋଲି ବାହାରିକି ଆସୁଛି । ପଛରେ ଚାରି ପାଞ୍ଚ ବର୍ଷର ଛୁଆଟାଏ ମାଁ କାନି ଧରିଧରି ଆସୁଥାଏ । ଏଥର ସେ ଠିକ୍ ଜାଣିପାରିଲା । ଉପରେ ସାଇର ହାରାଧନ ବେହେରାର ବଡ଼ ବୋହୁ । ଗାଁଟା ଯାକର ବୋହୂ ବୋଲି ବୋହୂ ଖଣ୍ଡେ । ଭାଗବତ ଗୁଡିରେ ପୁଅ ଜିଉଁତିଆ, ତିଜ, ସାବିତ୍ରୀ ଅମାବାସ୍ୟା, ଜନ୍ମାଷ୍ଟମୀ ଆଦି ସବୁ ପୂଜାପାଠରେ ଆଗୁଆ ଥାଏ । ପୂଜାପାଠ ନୀତି ନିୟମରେ କୋଉ ଖାନଦାନୀ ବ୍ରାହ୍ମଣ ବୋହୂ ବି ପାରିବନି । ତାକୁ ଦେଖୁ ଦେଖୁ ମୁଣ୍ଡରେ ଲୁଗା ଦେଇ ଓଳଗି ହେଲା ବେହେରା ବୋହୂ ।

- ଇଆଡ଼େ କୁଆଡ଼େ... ବୋହୂ । ନ ପଚାରିବା କଥା ଜାଣି ବି ତା ପାଟିରୁ ଅଜାଣତରେ ବାହାରି ପଡ଼ିଲା ।

- ନାଇଁ ଏଇଆଡେ... ଥତମତ ହେଇ ଉତ୍ତର ଦଉଦଉ ବେହେରା ବୋହୂ ଜରିଟାରେ ଧରିଥିବା ରୁଟି ଦୁଇ ଖଣ୍ଡକୁ କାନିରେ ଘୋଡେଇ ରଖିବାରେ ଲାଗି ପଡ଼ିଥାଏ । ଛୁଆଟା କାନିରେ ଘୋଡା ଜରିଟାର ପିଛା ପଡ଼ିଥାଏ ।

ପିଲାଟାକୁ ଦେଖୁ ଦେଖୁ ଧନେଶ୍ୱରର ନିଜ ନାତି କଥା ମନେ ପଡିଗଲା । ସେଠି ଲକ୍ଷ୍ମୀ ବି ଏମିତି ପରଘରେ ପାଇଟି କରି ଚଳୁଥିବା ନା କ'ଣ । ଘଡିକ ପାଇଁ ତା'ର ମନଟା ପୁଣି ଦୋହଲି ଗଲା । ଅଣ୍ଟାରେ ଗୁଞ୍ଜା ଯୋଡ଼ା ମକଚା ଦଶଟଙ୍କିଆ ନୋଟ୍ ଖଣ୍ଡେ ପିଲା ହାତରେ ଧରେଇ ଦେଲା ।

- ଥାଉ କକା, ଖାଲିଟାରେ କାଇଁ ଦଉଛ... ବେହେରା ବୋହୂ ସେମିତି ମୁଣ୍ଡ ପୋତି ଟିକେ ଇତଃସ୍ତତ ହେଇ କହିଲା ।

- ଦେବା ଲାଗି ଆଉ କ'ଣ ଅଛିକି ବୋହୂ ? ସବୁ ଭାଗ୍ୟ...

ବେହେରା ବୋହୂ ସେମିତି ମୁଣ୍ଡ ପୋତି ଅସ୍ଥିର ମୁଦ୍ରାରେ ଛିଡ଼ା ହୋଇଥାଏ ।

- ହଉ ମା ଯା ଭାରି ତୋର ତେଣେ କାମ ରହିଯିବ ।

ବେହେରା ବୋହୂ ଛୁଆକୁ କାଖେଇ ବେଶ୍ ବଡ ବଡ ପାହୁଣ୍ଡ ପକାଇ ସେଠୁ ଚାଲିଗଲା । ଧନେଶ୍ୱର ଟିକେ ପଛକୁ ଅନେଇଲା । ବୋହୂର ଆଉ ଗାଁ ଚାଲି ନାହିଁ ।

ବାଁ ପଟ ଘରବାରି ଉପରେ ପୁଣି ଆଖି ପଡ଼ିଲା । ଅଜାଣତରେ ଗୋଡ଼ ଦୁଇଟା ସେଇ ଘର ସାମ୍ନାରେ ରହିଗଲା । ତାକୁ କେତେ ସମୟ ସେଠି ସେମିତି ଛିଡ଼ା ହେବାର ଦେଖି ବାବୁ ଜଣେ ଗେଟ୍ ପାଖକୁ ଚାଲିଆସିଲେ । ତା ଆଡକୁ ଟଙ୍କାଟେ ବଢେଇ ଦେଲା କ୍ଷଣି ଧନେଶ୍ୱର ଝଟକା ଖାଇଲା ପରି ଟିକେ ପଛକୁ ହଟିଗଲା ।

- କ'ଣ ହେଲା, ନେବୁନି ? ଆଶ୍ଚର୍ଯ୍ୟ ହୋଇ ବାବୁ ଜଣକ ପଚାରିଲେ ।

- ନାଇଁ ଆଜ୍ଞା, ମୁଁଇ ଭିକାରୀ...' ଧନେଶ୍ୱର ମୁଣ୍ଡ ହଲାଇଲା ।

- ତା ହେଲେ ?

- ମୁଁ ରଇତ...

- କ'ଣ ଦରକାର ?

- କାମ

- କି କାମ କରି ପାରିବୁ ଏଇ ବୟସରେ ?

- ଏଇ ବାରି ବେଉସା କାମ... ବଗିଚା କାମ... ହଜୁର।

ପରଦିନ ସକାଳେ ଖୁରୁପିରେ ମାଟି ଖୋସାଉ ଖୋସାଉ ଧନେଶ୍ୱର ହାତରେ ମାଟି ମୁଠାଏ ଧରିଲା। ପୁଣିଥରେ ସେଇ ବାସ୍ନା ତା ଦିହରେ ଚହଟି ଆରେଇଗଲା। ତାକୁ ଲାଗିଲା, ଯେମିତି ଏଇମାତ୍ର କଣ ଗୋଟେ ଫେରି ପାଇଛି।

■

ଲୁହ ବର୍ଷା

ଗଛରୁ ପାଣି ପଡ଼ିବା ଚର୍ଚ୍ଚାଟା ଥମୁ ନ ଥାଏ । ମେଘ ନାହିଁ, ବର୍ଷା ନାହିଁ କି କାକର ନାହିଁ, ଶୁଖିଲା ପାଗରେ ଏମିତି ଅଦିନିଆ ପାଣି ଝରିବା ଦେଖି ଆଖ ପାଖ ଲୋକ ସମସ୍ତେ ତାଜୁବ । ଝୋଲାମରା ତାତି । ଝାଞ୍ଜି ପିଟୁଛି । ତା ଭିତରେ ରାସ୍ତା କଡର ଏକଣା କୁସୁମ ଗଛଟାରୁ ଥପ୍ ଥପ୍ ପାଣି ପଡ଼ିବାଟା ଦେଖିଲା ଲୋକର ଆଖି କାନକୁ ଅବିଶ୍ୱାସରେ ଜାବ୍‌ଦା କରି ଦଉଛି ।

- ବୁଝିଲରେ ପୁତାମାନେ, ଏକା ଖାଲି ମକାର୍ ଲକ୍ଷଣ । ଇନ୍ଦ୍ର ରଜା ଆଉ ପାଳିବାକୁ ମଙ୍ଗୁ ନାଇଁ । ଘୋର କଳି ଯୁଗ । ସବୁ ଏଠେଇଁ ଓଲଟା ଓଲଟା ଚାଲିବ । ନଇଲେ ଚାରି ଆଡେ ଶୁଖା ଧୁକା । ଗଛରୁ ଫେର୍ ପାଣି ନିଥିରି ପଡୁଛି କ୍ୟାଁ ? ଉପରେ ଦେବତା କାନ୍ଦୁଛି । ଯାହା ହେଲେବି ତାର ତ ପରଜା । ପରଜାର ଦୁଃଖ ରଜାକୁ ଇ ତ ବେଶୀ ବାଧେ । ପରଜାର ମାନ୍, ରଜାର ମାନ୍ । ସରଗୀ ପତ୍ରର କାହାଳୀରେ ବିଡ଼ି ଟାଣୁ ଟାଣୁ କନ୍ଧ ବୁଢ଼ା ମିଞ୍ଜି ମିଞ୍ଜି ଆଖିରେ ଉପରକୁ ଚାହିଁ କହିଲା ।

ପାଖରେ ଠିଆ ହେଇଥିବା ଗାଁର ଅପାଠୁଆ, ଅଧା ପାଠୁଆ ପିଲାଯାକ ତ କଥାକୁ ନ ଶୁଣିଲା ପରି ଆପଣା ଭିତରେ ବେଶ୍ ଚଢ଼ା ସ୍ୱରରେ ଚର୍ଚ୍ଚା ଜାରି ରଖିଥାନ୍ତି । ତା ଭିତରୁ ଜଣେ ଦି ଜଣ ଗଛରୁ ପାଣି ବୁନ୍ଦା ଆଣି ବୈଜ୍ଞାନିକ ପରି ନିବିଷ୍ଟ ମନରେ ପରୀକ୍ଷା ନୀରିକ୍ଷା କରୁଥାନ୍ତି । ଦେବତାର ଲୁହ ମଣିଷର ଆଖି ପାଣି ପରି ଲୁଣିଆ ହେଇଥିବ କି ନାଇଁ ଜାଣିବା ପାଇଁ ନା କଣ ଇଶ୍ୱର ଭୁଏ ସେଥିରୁ ଦି ଟୋପା ଆଣି ଜିଭ ଅଗରେ ରଖିଲା । ଦୀର୍‌ଜୁ ପାଣ୍ଡେ ଟିକେ ନେଇ ମୁଣ୍ଡରେ ମାରିଲା । ଗାଁରୁ କୋଡ଼ିଏ କି ପଚିଶ କିଲୋମିଟର ଦୂରରେ ଥିବା ଛୋଟିଆ ସହରରୁ କୁଜି ସାମ୍ବାଦିକ ଆଉ ଖବର କାଗଜର ଫଟୋଗ୍ରାଫର ମାନେ ନିଜ ହିସାବରେ ଏଇ ଅଦ୍ଭୁତ ଘଟଣାଟିର ରିପୋର୍ଟ ତୟାରି କରିବାରେ ବ୍ୟସ୍ତ । ସେ ଅଞ୍ଚଳରେ ଜଣାଶୁଣା ଶିକ୍ଷିତ

ଯୁବକ ଜଣେ ଦି ଜଣ ତାର ବିଜ୍ଞାନ ସମ୍ମତ କାରଣ ଦର୍ଶାଇ ଖବର କାଗଜରେ ତାଙ୍କର ବୟାନ ଦେଲେ । ତେବେ ବି କୁସୁମ ଗଛର ପାଣି ବୁନ୍ଦା ପରି ଚର୍ଚ୍ଚାର ବୁନ୍ଦା ଗାଁ ଦାଣ୍ଡ ବାଟ ଘାଟରେ ନିଥିରି ପଡୁଥାଏ ।

- ବୁଝିଲୁ ଜାରା ମା, କନ୍ଧ ବୁଢ଼ାର ମୁଣ୍ଡଟା ଆଉ ଆଗ ପରି କାମ କରୁ ନାହିଁ ଲାଗୁଛି । କଥା କଥାକେ ମକାର ମରଡ଼ି କଥା କହି ମଣିଷର ଅଧା ଦମ୍ ଘିଚି ନଉଛି । ଗଞ୍ଜେଇ ନିଶାରେ ତ ବେହାଲ୍ । ସେଥିରେ ଭଲା କି ଆଗତ ନିଗତ ବଖାଣିବ କେଜାଣି । ବାଁ ହାତରେ ମଗରମୁହିଁ ଗୁଣାଟାକୁ ସଳଖି ଜେମା ଖୁଡୀ କହିଲା ।

- କିଛି ଗୋଟେ ଗୁପତ କଥା ବୋଲି ନ ଥିଲେ ଏମିତି ତାଜୁବ କଥା ଭଲା କିଆଁ ଘଟିବ କହ ? ମୁଣ୍ଡର କାଠ ବୋଝକୁ ଡାହାଣ ହାତରେ ବାଗେଇ ଧରୁ ଧରୁ ଜାରା ମା କହିଲା ।

- କାନ ଗଜୁରିଲା ଦିନଠୁ ମଣିଷ ଏମିତି କଥା ଶୁଣି ନ ଥିଲା । ଭୂତ ପ୍ରେତ କି ଗୁଣି ଗାରେଡ଼ିର କାମ ନା ଆଉ ପୁଣି କଣ ଅଘଟଣ ଆଗକୁ ଅଛି ଯେ କେଜାଣିରେ ମା । ସଜନୀ କାଠ ବୋଝକୁ ମୁଣ୍ଡରେ ସିଧା କରି କହିଲା ।

- ଓହୋରେ ତମର ଦୁନିଆଁ ଗପ । ମୁଣ୍ଡଟା ଦାଉଁ ଦାଉଁ ହେଇ ଆଖିରୁ ପାଣି ବାହାରି ପଡୁଛି । ତେଣେ ଗଛର କାନ୍ଦୁରା ପାଣି ପାଇଁ ଏତେ ଦରଦ ଉଛୁଳି ପଡୁଛି । କାଠ ବୋଝଟାକୁ ଦାସ ଘର କ୍ଷେତ ମୁଣ୍ଡର ଝାମ୍ପୁରି ଆମ୍ବ ଗଛ ମୂଳରେ ପକାଇ ଦେଇ ଲଥ୍ କିନା ବସି ପଡୁ ପଡୁ କାଞ୍ଚନ ନାନୀ ଝାଡ଼ି ହେଇ କହିଲା ।

ତା କଥାକୁ ଟାକି ଥିଲା ପରି ବାକି ବୋଝାଳିମାନେ କାଠ ବୋଝ ଓହ୍ଲାଇ ଗଛତଳେ ଥକା ମାରି ବସି ପଡ଼ିଲେ । କିଛି ଗୋଟେ ନୂଆଁ କଥା କହି ସମସ୍ତଙ୍କୁ ଚମକେଇ ଦେବାର ଦମ୍‌ରେ ସଜନୀ କହିଲା - ବା' ତ ଆଗ କାଳର କଥାଟେ କାଲି କହୁଥିଲା ।...

ତେବେ ନିର୍ବାଚନ ଇସ୍ତାହାରରେ ଭ୍ରଷ୍ଟାଚାର ମୁଦ୍ଦାଟାକୁ ଗୋଟେ ପାର୍ଟିର ହାତରୁ ଆଉ ଗୋଟେ ପାର୍ଟି ହାଇଜାକ୍ କରିଦେଲା ପରି ଜେମା ସଜନୀ ମୁହଁରୁ କଥା ଛଡ଼େଇ କହିଲା - ମୁଁ ଜାଣିଛି ତ । ଏଇ ସାହାଡ଼ା ସୁନ୍ଦରୀ କଥା ତ...

ବୋଝିଆଳି ଯେତେକ ଏଥର ସଜନୀଠୁ ମୁହଁ ଫେରେଇ ଜେମା ଆଡ଼କୁ ଚାହିଁଲେ । ନିଜ ରଣନୀତିରେ ସଫଳ ହେବାର ଅଥବା ଖରା ଦାଉରୁ ଥକା ମେଣ୍ଟାଇବାର ଆଶ୍ୱସ୍ତିରେ ଜେମା ପଣତକାନିରେ ମୁହଁର ଝାଳ ପୋଛୁ ପୋଛୁ କହିଲା- କଳିକାଳ ହେଲେ କଣ ହେଲା, ସୂର୍ଯ୍ୟ ଚନ୍ଦ୍ର ତ ଫେର୍ ଆତଯାତ ହଉଛନ୍ତିଟି । ଏଟା ସତ୍ୟ ଯୁଗର ଫଳ ବାହାରୁଛି, ବୁଝିଲ । ରଜା ପୁଅ କେମିତି ସାହାଡ଼ା

ଗଛକୁ ବିଭା ହେଲା ସେଇ କଥାନୀ ତ ଜାଣିଛ। ଏଇଟା ତା ପର କଥା। ରଜା ପୁଅ ଆଖିର୍ ରଜା ପୁଅ। ସାହାଡ଼ା ସୁନ୍ଦରୀ ପାଖରେ ମନ ବିକିଦେଲେ କଣ ହେଲା ସିଂହାସନରେ ତା ପାଖରେ ବସିବା ପେଇଁକି ରାଣୀଟେ ଲୋଡ଼ା। ସାହାଡ଼ା ଗଛକୁ ଆଣି ବସାଇଲେ ରାଜ୍ୟରେ ଅପଖ୍ୟାତି ହେବ। ସେ ଲୋକହସା ହେବ। ସେଲାଗି ଲୁଚା ଛପାରେ ସେ କନ୍ୟା ଠିକଣା କରିବାକୁ ଲାଗିଲା। ସାହାଡା ସୁନ୍ଦରୀ ସବୁ ଜାଣି ପାରିଲା। ରାଗିଯାଇ ରଜାପୁଅକୁ ଶାପ ଦେଲା। କହିଲା - ମୋ ସାଙ୍ଗେରେ ବେଇମାନୀ କଲୁ। ମତେ ଠକିଲୁ। ମୁଁ ଯଦି ସତୀ ସାହାଡ଼ା, ତୁ ଏଇଠି ମୋର ସାମ୍ନାରେ ପଥର ପାଲଟି ଯା। ସତକୁ ସତ ରଜା ପୁଅ ସେଠି ଘଡ଼ିକେ ପଥର ପାଲଟି ଗଲା। ସାହାଡ଼ା ଗଛ ରୂପ ବଦଳେଇ କୁସୁମ ଗଛ ହେଲା। ପଥର ତଡ଼ା ହେଲାରୁ ସାହାଡ଼ା ସତୀ ଆଖିରୁ ପାଣି ଝରିଲା...

ତା ପାଟିରୁ କଥା ଛଡ଼େଇ ନେଇଥିବାର ବାଦରେ ନା କଣ ସଜନୀ ଦୁଇପଦ କଥା ଉଖାରିଲା - ଯଦି ସେଇୟା ତ ରଜାପୁଅ ତା ବେଇମାନୀର ସଜା ପାଇଲା। ସାହାଡା ସତୀ ଫେର୍ ସେଥିକୁ କାନ୍ଦୁଛି କଣ ପାଇଁ ?

- ଆଲୋ ଯାହା ହେଲେ ବି ଆପଣା ଗେରସ୍ତ । ଭଲ ହେଉ କି ମନ୍ଦ ହେଉ ଶିଳ ଶିଳପୁଆ ପରି ଦୁହେଁ ପାଖେରେ ଥିଲେ। ବିଛୋଡ଼୍ ହେଇଗଲେ ଆଖିରୁ ପାଣି ବୋହିବ ନାଇଁ ? ଜାରା ମା ବୁଝାଇ କହିଲା।

ଏଥର ବୋଝାଳିମାନେ ବୋଝ ଟେକି ଯିବାକୁ ବାହାରିଲେ । ଗଛ ବିଷୟରେ ବାଟ ସାରା ପଦେ ଅଧେ ଟୀକା ଟୀପ୍ପଣୀ ଚାଲିଥାଏ। ସତରେ ବି, ଗଛଟା ପଥର ସନ୍ଧିରେ କେବେ ଉଠି ପୁଣି ଏତେ ବଡ଼ ହେଇଗଲା କେହି ଜାଣିପାରିଲେନି। କୋଉ ଅଜଣା ଚଢ଼େଇଟେ କୁସୁମ ଫଳ ଖାଇ ସେଠି ମଞ୍ଜି ଛାଡ଼ି ଯାଇଥିଲା ନା ପବନରେ ଉଡ଼ି ଆସି ସେଠି ପଡ଼ି ଯାଇଥିଲା କେଜାଣି । ପଥର ସନ୍ଧିରୁ ଉଠି ଉପରକୁ ଉପରକୁ ମୁହଁ ଟେକୁଟେକୁ ଲାଗିଲା ଗଛଟା ସେଇଠି ସେମିତି ରହିଯିବ । ପଥର ସନ୍ଧିରେ ଚେର ମେଲି ଉଧେଇ ପାରିବନି। ଏଇ ଆଶଙ୍କାଟିକୁ ଭୁଲ ପ୍ରମାଣିତ କରି ଗଛ ଦର୍ପର ସହିତ ମୁଣ୍ଡ ଟେକିଲା।

କଳା ମୁଗୁନି ପଥରର ଅବୟବ ସହିତ ଗଛଟିର ଅବସ୍ଥିତି ଏମିତି ହେଇଥାଏ ଯେ ଏପାଖୁ ସେଠାକୁ ଦେଖିଲେ ଲାଗେ ବୁଢ଼ୀ ମା'ଟିଏ ନଇଁପଡ଼ି ତା ଛୁଆଟିକୁ କୋଳେଇ ଆବୋରି ଧରିଛି। ଫିକା ଜହ୍ନ ଆଲୁଅରେ କଙ୍ଗାରୁଟିଏ ଥଳିରେ ଛୁଆ ପୁରାଇ ତରଂ ତରଂ ହେଇ ଚାହିଁଲା ପରି ଲାଗେ। ମାଇ ସଞ୍ଜରେ ଗୋଠ ଖଣ୍ଡିଆ କବ୍‌ରା ଚିତ୍‌ରା ଗାଈଟେ ପରି ଦିଶେ। ଉପରକୁ ଉପରକୁ ପହଁରା ମାରି ଉଠିଥିବା

କୁସୁମ ଗଛଟା ଯେମିତି ସାରା ଦୁନିଆଁର ତୋଫା ସୂର୍ଯ୍ୟ କିରଣ ଆଉ ଖୋଲା ପବନ ପାଇଁ ପ୍ରଭୁଙ୍କ ପାଖରେ କୃତଜ୍ଞତାର ମୁଦ୍ରାରେ ଟିକେ ନଇଁ ପଡ଼ିଛି। ଯାହାକୁ ଯେତେବେଳେ ଯେମିତି ଦେଖାଗଲେ ବି ଗଛ ଆଉ ପଥରର ଏକ ଯୁଗଳବନ୍ଦୀଟା ଗାଁର ପାଦଚଲା ରାସ୍ତାଟିକୁ ଗୋଟେ ରକମର ନିଆରା ଝଲକ ଦେଉଥାଏ। ପ୍ରଧାନମନ୍ତ୍ରୀ ସଡ଼କ ଯୋଜନାରେ ରାସ୍ତା ନିର୍ମାଣ କାମ ତଦାରଖ୍ ପାଇଁ ଆସିଥିବା ଯୁବ ଇଞ୍ଜିନିୟର ଜଣକ ଦେଖୁ ଦେଖୁ ଜାଣି ପାରିଲେ। କନଷ୍ଟ୍ରକସନ୍ ଓ ଇଞ୍ଜିନିୟରିଂରେ ଡିଗ୍ରୀ କରି ଆସିଥିବା ଯୁବ ଇଞ୍ଜିନିୟର ଜଣକ ସ୍ଥିର ଦୃଷ୍ଟିରେ କିଛି ଚାହିଁ କଣ୍ଟ୍ରାକଟରକୁ କହିଲେ - ସେଇଟାକୁ ଡିଷ୍ଟର୍ବ କରିବେନି। ତାକୁ ନଷ୍ଟ କରିଦେଲେ ରାସ୍ତାର ସୌନ୍ଦର୍ଯ୍ୟ କମିଯିବ।

- ହଁ ସାର୍। ଭାରି ଭଲ ଲାଗୁଛି। ଦେଖିଲା ଲୋକର ଆଖି ପୁରିଯିବ। ତେବେ ସେଇଟା ରଖିଲେ ସେଠି ଗୋଟେ ବ୍ଲାଇଣ୍ଡ୍ କର୍ଭ ହେଇଯିବା ପରି ଲାଗୁଛି। କଣ୍ଟ୍ରାକ୍ଟର ଜଣକ ବେଶ୍ ନମ୍ର ହେଇ ଉତ୍ତର ଦେଲେ।

- ଦେଖିବା। ମୁଁ ଦୁଇଦିନ ପରେ ଆସିବି। ସେ ଯାଏଁ ରାସ୍ତା ଆର ପାଖର କାମ କରୁଥାନ୍ତୁ। ସେଇଟାକୁ ଛାଡ଼ି ଦିଅନ୍ତୁ। ଯୁବ ଇଞ୍ଜିନିୟର ଜଣକ ଯିବାକୁ ବାହାରିଲେ। ଯିବା ଆଗରୁ ପୁଣି ସେ ଆଡକୁ ଦୃଷ୍ଟି ପକାଇ ନିଜକୁ ନିଜେ କହିଲେ - ମାର୍ଭେଲସ୍ !

ଦୁଇ ରାତି ଯାଏଁ କଂପ୍ୟୁଟର ପରଦାରେ ଆଖି ଲଟକାଇ ବସିଥିଲେ ବି ଯୁବ ଇଞ୍ଜିନିୟରଙ୍କ ମୁହଁରେ କ୍ଳାନ୍ତିର ଦାଗ ଜଣା ପଡୁନଥାଏ। ଆଖିରେ 'ଇଉରେକା'ର ଖୁସି ପହଁରା ମାରୁଥାଏ। ଖେଳ ଶିକ୍ଷକ ପିଲାମାନଙ୍କୁ ପଡ଼ିଆରେ ଡ୍ରିଲ୍ କରାଇଲା ପରି ସେ କଣ୍ଟ୍ରାକ୍ଟରଙ୍କୁ ରାସ୍ତାର ଏକଡ଼ ସେକଡ଼ ଘୁରାଇଲେ। ନୂଆଁ କିଛି କରି ଦେଖାଇବାର ସୁଯୋଗ ଆସିଛି ଭାବି ନା କଣ କଣ୍ଟ୍ରାକ୍ଟର ଜଣକ ବି ବେଶ୍ ଉତ୍ସାହରେ କାମ କରୁଥାନ୍ତି। ଅଥରିଟି ଖୁସ୍ ହେଇଗଲେ ଆଗକୁ ଗୁଡାଏ କାମ ହାତକୁ ଆସିଯିବ। ସେ ବି ଗୋଟେ କଥା। ଠିକ୍ ସମୟରେ ରାସ୍ତା କାମ ସରିଗଲା। କୁସୁମ ଗଛ ଆଉ କଳା ପଥର ପାଖରେ ଅଳ୍ପ ସାପେଇ ଯାଇଥିବା କଂକ୍ରିଟ ରାସ୍ତାଟି ଗୋଟେ ପ୍ରଲମ୍ବିତ କାନଭାସ୍ ପରି ସେଇ ଦୃଶ୍ୟଟିକୁ ଆହୁରି ସ୍ପଷ୍ଟ କରି ଧରି ରଖିଲା।

ସୁପରଭିଜନ୍ ଟିମ୍ ଆସି ପହଞ୍ଚିଲେ। ଗାଁକୁ ଗାଁ ବୁଲି ଦିନ ଚାରିଟା ଭିତରେ ଏଇ ଏରିଆ ଶେଷ କରିବାକୁ ହେବ। ଗାଁ ମୁଣ୍ଡରେ ପାଦ ରଖୁ ରଖୁ ଟିମ୍ ମେମ୍ବରମାନଙ୍କ ଆଖି ସେଇଠି ଲାଖିଗଲା। ରାସ୍ତାର ମାନ ପରଖୁ ପରଖୁ ସମସ୍ତେ କାମର ନୂଆଁ ଶୈଳୀଟାକୁ ବେଶ୍ ତାରିଫ୍ କରିବାରେ ଲାଗିଲେ।

- ଏଥର ଏଇ ରାସ୍ତାକାମଟି ଗୋଟେ ଆର୍ଟ ପିସ୍ ପରିବା ଲାଗୁଛି।

ଇଞ୍ଜିନିୟରିଂଟାକୁ ଯନ୍ତ୍ରପାତିର ଶୁଖା ପାଠ ବୋଲି ଭାବିବାଟା ଆମର ଗୋଟେ ଭୁଲ୍ ଧାରଣା । ନୁହେଁ ସାର୍ ? ନିଜର ମତାମତ ଉପରେ ଅଫିସିଆଲ୍ ମୋହର ଲଗାଇବା ପାଇଁ ନା କଣ ବ୍ଲକ ସୁପରଭାଇଜର୍ କଥାଟି କହି ଉପରିସ୍ଥ ଅଫିସରଙ୍କ ଆଡ଼କୁ ଚାହିଁଲେ ।

ଉପରିସ୍ଥ ଅଫିସର ଜଣକ ହସି ମୁଣ୍ଡ ଟୁଙ୍ଗାରିଲେ ।

- ଯାହା ହେଲେ ବି ନୂଆଁ ମଥା, ନୂଆଁ କଥା । ଆମ ପରିକା...

ଟିମ୍ ମେମ୍ବରମାନଙ୍କ କଥାବାର୍ତ୍ତାକୁ ଶୁଣୁଥିଲେ ନା ନାଇଁ କେଜାଣି, ଚିଫ୍ ଇଞ୍ଜିନିୟର ତାଙ୍କ ଅଭ୍ୟସ୍ତ ଢଙ୍ଗରେ କଣ୍ଟ୍ରାକଟର ଓ ଯୁବ ଇଞ୍ଜିନିୟରଙ୍କ ଆଡକୁ ଆଙ୍ଗୁଠି ଦେଖାଇ କହିଲେ- ଏ କଣ ? ମନ୍ତ୍ରୀ ରାସ୍ତା ଉଦ୍‌ଘାଟନୀ କରିବାକୁ ଆସିବେ, ତମର ଆର୍ଟ ଗେଲେରୀ ନୁହଁ । ଏ ସବୁଥିରେ ପ୍ରାକ୍‌ଟିକାଲ ହେବା ଦରକାର ।

- ସାର୍, ମୁଁ ରାତି ରାତି ଅନିଦ୍ରା ହେଇ କାମ କରିଛି । ସେମିତିରେ ତ ଯିବା ଆସିବାରେ କିଛି ଅସୁବିଧା ନାହିଁ... ଯୁବ ଇଞ୍ଜିନିୟର ଜଣକ ଅନୁନୟ ମୁଦ୍ରାରେ କହିଲେ ।

- ମୁଁ ଆଉ କିଛି ଶୁଣିବାକୁ ଚାହେଁ ନାହିଁ, ବୁଝିଲ । ସେଇଟାକୁ ସେଠୁ ହଟାଅ । ତାଙ୍କର ଏତେଦିନର ଅଭିଜ୍ଞତା ଓ କାମର ଧାରା ଉପରେ ପ୍ରଶ୍ନବାଚୀ ଲାଗି ଯିବାର ଭୟଟା ଚିଫ୍ ଇଞ୍ଜିନିୟରଙ୍କୁ ମାଡ଼ି ବସୁଥିଲା ।

- ସାର୍ ପ୍ଲିଜ୍ ...

କଣ ଭାବିଲେ କେଜାଣି ଏଥର କର୍ତ୍ତୃତ୍ୱବୋଧର ଚାବୁକଟାକୁ ଟିକେ ହାଲୁକା କରିଦେଇ କହିଲେ- ଗଛଟା ଥିବ ଯଦି ଥାଉ । ପଥରଟାକୁ ସେଠୁ ହଟେଇ ଦିଅ । ଇମିଡିଏଟ୍‌ଲି । ଭୟ ଉପରେ ଘୁଣଖିଆ ଜ୍ଞାନର ଚାଦର ଘୋଡ଼ି ହେଇ ଚିଫ୍ ଇଞ୍ଜିନିୟର ସେଠୁ ଚାଲିଗଲେ ।

ଅଗତ୍ୟା ଡିନାମାଇଟ୍ ଲଗା ହେଇ ପଥର ଫଟା ହେଲା । ପଥରସବୁ ଗୋଟେ ଲୋକାଲ୍ ଫାର୍ମ ହାଉସ୍‌ର ପାଚିରୀ କାନ୍ଥ ପାଇଁ ଟ୍ରକ୍‌ରେ ବୁହା ହେଇ ଗଲା । ପଥରର ଅଶରୀରୀ ଛାଇ ପରି କଳା ଗାତଟିଏ ସେଠି ରହିଗଲା । ଆଉ ଘରୋଇ ହିଂସାର ଶୀକାର ହେଇଥିବା ନାରୀଟିଏର ଦେହ ଉପରେ ନିର୍ଯ୍ୟାତନାର ଦାଗ ପରି ସେଇ ଆଂଚୁଡ଼ା ଉଖୁରା ଖାଲ ଉପରେ କୁସୁମ ଗଛ ଲୁହ ଢାଳୁଥିଲା ।

■

BLACK EAGLE BOOKS

www.blackeaglebooks.org
info@blackeaglebooks.org

Black Eagle Books, an independent publisher, was founded as a nonprofit organization in April, 2019. It is our mission to connect and engage the Indian diaspora and the world at large with the best of works of world literature published on a collaborative platform, with special emphasis on foregrounding Contemporary Classics and New Writing.

Lightning Source UK Ltd.
Milton Keynes UK
UKHW010657090223
416681UK00007B/1855